Una hojarasca de cadáveres

Crónica criminal de la España posfranquista

Una hojarasca de cadáveres

Crónica criminal de la España posfranquista

MARIANO SÁNCHEZ SOLER

ALREVÉS
BARCELONA-2023

Primera edición: enero del 2023

Para Josep Forment, siempre con nosotros

Publicado por:
EDITORIAL ALREVÉS, S.L.
C/ València, 241, 4.º
08007 Barcelona
info@alreveseditorial.com
www.alreveseditorial.com

Printed in Spain
ISBN: 978-84-18584-85-5
Código IBIC: FF
DL B 21419-2022

FSC
www.fsc.org
MIX
Paper from responsible sources
FSC® C146635

Impresión:
QPprint

Las calles, los dormitorios, los despachos, los hogares... aparecían cubiertos de repente por una hojarasca de cadáveres. Sus ojos se precipitaban por un paisaje de cuerpos abatidos por una violencia imprevisible o inevitable. Era el otoño como lo siente un periodista de sucesos, una maldita estación que duraba todo el año.

Por todas partes la tierra está abonada
por una espesa capa de estiércol o basura
formada por una masa enorme de vísceras humanas.
Nosotros, los pocos que vivimos,
caminamos por ese lodo movedizo de cadáveres.

PETER WEISS,
Marat / Sade

ÍNDICE

PEQUEÑO PLIEGO DE DESCARGO

En el Instituto Anatómico Forense, la morgue ibérica, la vida uniformada de un blanco tanatológico dialoga, busca, clava el escalpelo como el incisivo de una fiera técnica, indagatoria, científica. La necropsia, esa manera de hurgar en un cuerpo muerto, es también la más gélida de las meditaciones. El cráneo, destapado circularmente como se hace con las latas de conservas, muestra el cerebro, la idea, la masa tierna que arrastró a matar. Poco importa ya quién fue el difunto o a quién amó. Lo imprescindible, lo urgente y necesario, radica en descubrir cómo murió; cuántas cuchilladas, hachazos o proyectiles recibió; qué clase de veneno desgarró sus vísceras y a qué hora le sobrevino el final absurdo. La Muerte estupefacta se reduce a un cuerpo desnudo y ausente, diseccionado, abierto de par en par. Solo queda reconstruir los hechos, los movimientos de la gacela torpe que sucumbió ante la violencia felina. Buscar la verdad, ¿no resulta insólito?

El humanista doctorado en difuntos debe abrir los corazones, desenredar las tripas, analizar toda la putrefacción que antecede al acto criminal, y buscar la esencia. La vida es frágil y se deshace al menor descuido. La Muerte, por el contrario, lo resiste todo sin flaquezas, incluso el paso de la Historia.

Durante años viajé por España siguiendo un rastro de sangre. Era mi trabajo. Como periodista he buscado la dimensión global de cada crimen. Son muchos los parricidios, los asesinatos económicos, políticos y familiares que he descrito en crónicas y reportajes que siempre acabaron como un papel olvidado que, en aquellos tiempos, aún servía para envolver bocadillos. Sé que resulta difícil sentarse al lado de los muertos cuando los vivos, como agresores experimentados, acaparan nuestro interés y nuestro miedo.

Los asesinatos son sin duda el capítulo más sombrío de la historia oficial, la otra cara del escaparate. Si buscamos la esencia hallaremos los mismos monstruos de antaño; el tabú sexual que mueve montañas y derrama sangre, el odio al diferente, la superstición del homicida ilustrado, la excusa política, la venganza inútil, el ateísmo disfrazado de religión cruenta, el crimen fatalista... Nuestra sociedad ha cambiado de apariencia, pero las tragedias persisten y se adaptan, tecnificadas y falsamente postmodernas. Tras los focos de neón se agazapa una oscuridad de siglos: la España negra inserta en la concentración urbana, la explotación sibilina, las frustraciones de una publicidad inalcanzable... Cada sociedad crea sus crímenes y sus criminales. No nacen. El auténtico rostro de nuestro modo de vida se reduce, a veces, a un cadáver maquillado como prueba inexorable del destino que a todos nos aguarda.

La criminalidad es un defecto de adaptación a la sociedad y no una tara de nacimiento. Quien no se adapta, mata, delinque o muere. Nuestros demonios particulares, algo camuflados, entran en los tanatorios y envían cadáveres al Instituto Anatómico Forense. Tienen nombres propios y ya son parte de nuestra historia negra.

Existen crímenes que me han perseguido durante toda mi existencia. Me sumergí en ellos por trabajo como periodista de investigación, inconsciente de lo que iban a suponer en mi realidad profesional y personal. Pasan las décadas, y sigo siendo un experto en el asesinato de los marqueses de Urquijo, en la desaparición del Nani, en el parricidio de la Dulce Neus, en el infanticidio de Paquito Reyes, en el atentado racista contra Lucrecia, en la secta Edelweiss... Algunos casos los he incorporado a mis novelas y a mis libros de no ficción: Baltasar Egea, Miquel Grau, López Moscoso, Arturo Pajuelo... Llevo en el alma el asesinato de Yolanda González, tan próximo y tan punzante, tan presente en mi vida y en mi manera de entender el dolor; tan decisivo en mi forma de compartir el desgarro de los amigos y familiares de las víctimas, personas marcadas para siempre por la memoria de un ser querido al que le arrebataron todo. El corazón humano es un misterio y el cerebro un infierno. Quienes escribimos sobre estos asuntos solo podemos ser humanistas a fuerza de conocer de cerca tanto horror.

Este libro visita por última vez mis crímenes verdaderos y algunos paisajes ensangrentados. Son los más importantes en mi carrera como periodista, y ahora, que me acerco a una edad inquietante, necesito escribirlos y devolverlos a este mundo tan salvaje que nos ha tocado en suerte.

MARIANO SÁNCHEZ SOLER

I

«... O MORIRÁS COMO YOLANDA GONZÁLEZ»

Aquel viernes 1 de febrero de 1980, alrededor de la medianoche, Yolanda llegó a su casa tras un largo y aburrido trayecto en metro. Como siempre, descendió en Empalme, un apeadero de hormigón y alambradas situado entre las estaciones de Aluche y Campamento. Tras recorrer cincuenta metros de barrizales se adentró en el portal 101 de la calle Tembleque, en uno de esos bloques de viviendas ya deteriorados que habían sido construidos diez años atrás, en plena explosión urbanística de Madrid.

La muchacha se sentía cansada tras una semana de reuniones agotadoras, discusiones bizantinas y largos peregrinajes por los institutos de la zona sur de Madrid. Las Coordinadoras de Enseñanza Media y Universidad habían puesto en lucha a dos millones de estudiantes de toda España con una huelga general rotunda, pero ahora todos acusaban el cansancio. La efervescencia era total. Los grupos fascistas realizaban atentados como la bomba contra el Club de Amigos de la UNESCO, la vista oral por la matanza de Atocha se desarrollaba en un ambiente cuartelero enrarecido y un reportaje de Xavier Vinader para la revista *Interviú*, en el que un policía nacional denunciaba las tramas negras de Euskadi, provocaba la quema de quioscos y amenazas de muerte contra el Grupo Zeta al ser asesinado por ETA uno de los ultras citados en el reportaje. Por este motivo, el periodista Vinader tuvo que exiliarse tras ser acusado de «inducción al asesinato» y procesado por el juez ultra Ricardo Varón Cobos, titular del juzgado central número 1 de la Audiencia Nacional.

El 10 de enero, David Martínez Loza, un hombre de cincuenta y cinco años, propietario de una droguería en la zona de Cuatro Caminos y estrecho colaborador de Blas Piñar como jefe nacional de Seguridad de Fuerza Nueva, se entrevistó en su despacho de la sede de ese partido con el ingeniero electrónico Emilio Hellín Moro, de treinta y dos años, a quien entregó una nota con el nombre y la dirección de Yolanda González Martín.

—Verifícala —le ordenó.

Educado y bravucón, Emilio Hellín visitaba con asiduidad la cafetería California 47, frecuentada por los militantes de Fuerza Nueva, y había colaborado con el Servicio de Documentación de Presidencia del Gobierno (SECED) bajo el mandato de Carlos Arias Navarro. Sabía dar órdenes. Por eso, aquella misma tarde, en la Escuela de Electrónica Digital, una academia que poseía en la calle San Roque número 6, se citó con su subordinado, el estudiante de Químicas Ignacio Abad Valavázquez, de diecinueve años, en quien delegó la comprobación del domicilio de Yolanda. Como miembros de los Grupos de Seguridad de FN estaban acostumbrados a cumplir las órdenes de Martínez Loza con la mayor celeridad.

El 1 de febrero, Hellín y Abad se disponían a volar la agencia de publicidad Cinco-Cero, del Grupo Zeta, por orden directa de Martínez Loza, como respuesta al reportaje de Vinader. Debían hacerlo preferiblemente antes de las once de la noche, porque los padres de Abad siempre le exigían que regresara a casa a esa hora. El fanfarrón estudiante de la Universidad Complutense, militante de la Centuria «Víctor Legorburu» de Fuerza

Joven, a quien se le oía repetir con frecuencia: «Voy a matar a unos cuantos rojos para hacer pastillas de jabón», era un fiel cumplidor de las normas familiares.

El reloj no marcaba todavía las ocho de la noche cuando David Martínez Loza telefoneó a Hellín y le dijo:

—Cambio de planes, la ETA ha asesinado a seis guardias civiles en Vascongadas. Pasa a Grupo 41.

Era una clave que muy pocas personas conocían. Sin apartarse del teléfono, Hellín introdujo un disquete en el ordenador Skanner VHF y leyó: «Yolanda González Martín. Comando informativo número 3, de ETA. Calle Tembleque, 101, cuarto piso. Localización e interrogatorio».

Así lo expone la sentencia del «caso Yolanda» en sus hechos probados:

> Emilio Hellín Moro, Ignacio Abad Velázquez, José Ricardo Prieto Díaz y Félix Pérez Ajero, que a la sazón ostentaban respectivamente los cargos de jefe de Seguridad, jefe de Núcleo, secretario y subjefe del distrito de Arganzuela (Madrid) del partido político legalizado Fuerza Nueva, habían constituido entre ellos, desde hacía más de un año, una banda organizada y armada para la realización de actos violentos e ilícitos, a la que dieron el nombre de «Grupo 41», y en la que ostentaba la jefatura real y de hecho el acusado Emilio Hellín. El procesado David Martínez Loza, que por entonces desempeñaba el cargo de jefe nacional de Seguridad de Fuerza Nueva, conocía la actividad clandestina del Grupo 41 y, no obstante, no solo la toleraba, sino que en algunas ocasiones se sirvió de él, impartiendo órdenes directas de realización de «acciones» a Hellín, con el que se entendía directamente.

A las nueve de la noche, los cuatro integrantes del Grupo 41 ya estaban reunidos en la academia de la calle San Roque. Emilio Hellín les dijo:

—Hay contraorden.

Junto a Hellín, Abad, Prieto y Pérez Ajero, se encontraba el policía nacional Juan Carlos Rodas Crespo, quien se ofreció a servirles de escolta. También lo hizo el guardia civil Juan José Hellín Moro, hermano de Emilio, que estaba de paso por Madrid.

Se repartieron los papeles y prepararon el plan. Sabían que Yolanda vivía con otras personas, una de ellas con apellido vasco, y que no era otro que el compañero de Yolanda, Alejandro Arizcun Cela, sobrino del famoso premio Nobel.

Hellín, su hermano guardia civil (que finalmente no participó en los hechos) y Abad irían en el Seat 124 del ingeniero. Prieto, Ajero y Rodas Crespo se desplazarían en el Simca 1000 del primero para vigilar las esquinas estratégicas hasta que Hellín y Abad secuestraran a Yolanda con el fin de trasladarla a la academia «para interrogarla». El jefe del Grupo 41 entregó dos pistolas, con su munición correspondiente, a Ignacio Abad y a Pérez Ajero, que carecían de licencia.

Mientras tanto, su futura víctima entraba en el portal y subía lentamente por las escaleras. Arrastraba los pies con una pesadez de plomo. Por la mañana se ganaba la vida limpiando unas oficinas y por la tarde se dedicaba a estudiar Electrónica y al activismo estudiantil. Abrió su puerta girando una sola vez la llave y la cerró con el reverso del pie, oyendo el portazo tras de sí. Despreocupada, arrojó el bolso, como siempre, a un lugar indeterminado del sofá, junto a algunas prendas de ropa dispersas. No encendió todas las luces, porque el piso estaba vacío.

Cuando se disponía a limpiar la cocina, sonó suavemente el timbre de la puerta.

—¿Quién es?

—Luis.

—¿Qué Luis?

Pero la puerta ya estaba entreabierta y aquellos dos energúmenos se habían abalanzado sobre ella con todo el peso de sus cuerpos. Un carné del Ministerio del Interior a nombre de «Luis Fernández Martínez» fue puesto ante sus ojos por Emilio Hellín. «La Policía», quizá pensó Yolanda mientras el cañón de una pistola Walter del nueve largo se marcaba en su sien. Enfundado en un anorak azul, Ignacio Abad empuñaba con mano temblorosa un revólver Star y gritaba:

—¡Al suelo, boca abajo!

Vertiginosamente, Hellín recorrió las habitaciones. No había nadie más.

A su paso arrebató una ikurriña que se encontraba en la pared.

Los agresores dejaron las luces encendidas y empujaron a Yolanda escaleras abajo.

En su costado, la joven sentía el frío metal del nueve largo acompañándola en todos sus movimientos, incluso en los más leves. Ya en el portal, Abad arrancó el cartel que, minutos antes, habían pegado al cristal de la puerta: «No cierren la puerta, por favor, se nos ha olvidado la llave. Gracias». Tras los dos secuestradores no quedaba huella alguna.

Junto al coche, Yolanda quizá sintió una presencia extraña: un retumbar de pasos apresurados en la soledad absoluta, y a continuación el motor de otro coche rugiendo. Tal vez era el vehículo que escoltaba a los pistoleros, en el que se marchaban Pérez Ajero, Prieto y el policía nacional Juan Carlos Rodas. Posiblemente nada, el silencio de siempre.

En el asiento posterior del Seat 124, Yolanda se mantenía tranquila, con los brazos cruzados, expectante. El carné mostrado por aquellos tipos y la radio del coche conectada directamente a la vociferante emisora policial la ayudaron a mantener la calma. Pero el coche, lejos de conducirla a la comisaría de Carabanchel, se dirigió hacia las afueras, por carreteras oscuras poco transitadas, hasta detenerse en un descampado.

Durante el corto trayecto (así lo recordaría Ignacio Abad), Yolanda permaneció en silencio, con su cuerpo menudo ligeramente inclinado hacia delante y los codos apoyados sobre el respaldo del asiento que permanecía vacío junto al conductor Hellín. Por un momento, solo parcialmente, ocultó su rostro entre los brazos ahogando un suspiro nervioso. «¿Por qué se pararán?»

Ninguna luz en la carretera le servía de referencia. No sabía que estaban en el kilómetro 3 de la carretera a San Martín de Valdeiglesias, y que aquella construcción derruida era una caseta para peones camineros.

—Sal y vigila —ordenó Hellín a su compañero.

El estudiante de Químicas obedeció al instante. Ya fuera del coche, Ignacio Abad cerró su anorak, se apoyó en la portezuela y encendió un cigarrillo. Un escalofrío se apoderó de todo su cuerpo. Hasta sus oídos llegaban los gritos indescifrables del ingeniero, su tono colérico. También la voz de Yolanda, que, como un hilo diminuto, repetía con monótona desesperación las mismas palabras:

—Yo soy socialista. Milito en el Partido Socialista de los Trabajadores. ¡No soy terrorista y nunca he simpatizado con ETA! ¡Créame!

—¡Reconócelo, roja, sabemos que eres de ETA! —Hellín gritaba, con crispación—. La información que tenemos es de primera mano. ¡No hay error posible! ¡Reconócelo y te dejaremos ir!

—¿Qué quiere que reconozca? ¡No soy de ETA!

—¡Rojos de mierda, estáis ensuciando a España! ¡Pero esto se acabará pronto!

Las voces traspasaban las ventanillas cerradas. Abad consumió su cigarrillo y se preguntó qué hacían allí. Los planes hablaban de poner una bomba en una agencia del Grupo Zeta, pero aquella mañana de viernes un atentado terrorista había acabado con la vida de seis guardias civiles que custodiaban un transporte de armas en Ispaster, Vizcaya. Aquello lo había cambiado todo. Ojo por ojo.

A su espalda, el coche se agitó de una manera diferente. La portezuela se abrió con rabia y Hellín sacó a la indefensa Yolanda, más frágil que nunca. Sin mediar palabra, el ingeniero la sentenció:

—Aquí se acaba el paseo.

Dos tiros certeros en la sien de la muchacha. Su rostro quedó desfigurado por los disparos del nueve largo descerrajados a una distancia inferior al medio metro. Las detonaciones retumbaron. Desmadejada y rota, Yolanda se desplomó ante la sorpresa estúpida del estudiante Abad.

—¡Remátala, por Dios, remátala! —ordenó Hellín.

Un tercer disparo vomitado por la Star de Ignacio Abad se hundió en el brazo de aquella muchacha abatida en el barro, atravesó el jersey lila e hizo saltar la cruz de lauburu que Yolanda llevaba al cuello. Era el torpe tiro de gracia.

Después, los dos pistoleros se marcharon a sus casas tranquilos. La ejecución de Yolanda no les hizo perder el sueño.

A la mañana siguiente, Emilio Hellín salió de su domicilio, en la calle Embajadores 173, y se dirigió a su academia de la calle San Roque. Desde allí marcó un teléfono que se sabía de memoria.

—Cuarenta y uno —dijo—, hemos tenido que tirar.

—Bueno —respondió su jefe—, te llamo en quince minutos.

Puntualmente, el teléfono de Hellín sonó de nuevo.

—Tranquilo —dijo aquella voz de mando—, no te preocupes por nada. Vas a escribir en una cinta lo que ahora te dicto. ¡Sí, por teléfono estamos totalmente cubiertos! La entregas a la prensa de la manera conveniente y te vas de viaje a Barcelona, ida y vuelta, y luego a las Vascongadas. Desde allí hablaremos.

Emilio Hellín siguió el dictado de su jefe y escribió:

> El Batallón Vasco-Español, grupo operativo militar, reivindica el arresto, interrogatorio y ejecución de Yolanda González Martín, natural de Deusto, miembro de un comando informativo de ETA, rama estudiantil (IASE), del que también forman parte otras dos personas con domicilio en Madrid y que utilizan como tapadera y acción de masas a grupos políticos con tendencia trotskista y maoísta, desde donde amparan sus actividades. Esta es una medida tomada como consecuencia del atentado a seis guardias civiles sucedido el día uno. Seguiremos actuando hasta localizar y acabar con los tres comandos de información que actúan en Madrid, integrados por tres personas y un responsable, a las órdenes del agregado militar de la zona Centro-Castilla. Por una España Grande, Libre y Única. ¡Arriba España!

El ingeniero grabó en cinta de télex el comunicado, lo escondió en los lavabos de la cafetería Nebraska, de la Gran Vía madrileña, tomó el puente aéreo y, desde Barcelona, telefoneó a la agencia EFE para indicarle el lugar donde estaba el mensaje. Después, los teletipos recibieron la noticia:

> Madrid, (EFE), 2 de febrero. El cadáver de una joven con la cabeza destrozada fue encontrado a las ocho y media de la mañana por miembros de la Guardia Civil, avisados por un camionero que vio un bulto extraño junto a la carretera.

Tres horas después del hallazgo, la agencia EFE recibió un comunicado del autodenominado Batallón Vasco-Español (BVE) en el que reivindicaba la muerte de la muchacha y daba como razón del hecho su supuesta militancia en ETA. A las diez de la noche, fuentes de la Policía comunicaron a los periódicos la identificación de Yolanda González Martín, de diecinueve años, natural del barrio de Deusto (Bilbao), hija de un obrero del metal y vecina del barrio madrileño de Aluche desde hacía un año. Estudiaba formación profesional en el instituto Vallecas, al que representaba en la coordinadora estudiantil que tantas acciones está realizando contra las leyes educativas del Gobierno. Se sospecha que su asesinato pudiera tratarse de una represalia por el atentado que costó la vida a seis guardias civiles en el País Vasco el día anterior. No se descarta la hipótesis de que su muerte esté relacionada con el movimiento estudiantil.

Durante varios años, bajo las siglas del Batallón Vasco-Español se ocultaba la trama de la guerra sucia contra el terrorismo de ETA; funcionaba a la manera de los Escuadrones de la Muerte latinoamericanos. En el País Vasco, el Batallón Vasco-Español colocaba bombas, culminaba atentados a instituciones autonómicas y democráticas, ametrallaba a militantes de la izquierda abertzale..., en definitiva, campaba por sus fueros. Así, el 2 de febrero de 1980, horas después del crimen de Yolanda, el Batallón Vasco-Español asesinó en Eibar a Jesús María Zubicaray.

Hasta entonces, el tiro al blanco de las bandas armadas ultraderechistas había sido entendido por muchos como una parte de la particular «guerra del Norte» desatada en el País Vasco, pero con el asesinato de Yolanda esta «guerra» dejaba de ser particular. En su persona se atentaba contra el movimiento estudiantil, por ser dirigente de la Coordinadora de Estudiantes de Enseñanza Media; contra los partidos de izquierda, porque había militado en las Juventudes Socialistas, en la Liga Comunista Revolucionaria y en el Partido Socialista de los Trabajadores; y contra los sindicatos de clase, por su afiliación a Comisiones Obreras del sector de la limpieza. Estas organizaciones así lo entendieron, y se movilizaron masivamente contra el crimen.

Sin embargo, lo que asustó a muchos fue que, por primera vez, las bandas parapoliciales de la «guerra sucia» habían traspasado los límites del País Vasco para imponer en Madrid su cruda realidad sangrienta. Ya no se trataba de la violencia mortal en el transcurso de una manifestación, ni del joven asesinado por unos energúmenos con bates de béisbol, en el caso de Yolanda actuaba una trama negra bien organizada, con armamento, locales, documentos falsos, ordenadores, aparatos tecnológicos, disfraces... Para comprenderlo, basta reseñar el arsenal incautado por la Policía en la vivienda de la calle Libertad número 22 y en la academia de San Roque: cincuenta kilos de Goma-2, las armas del crimen, un subfusil Mausen, dos escopetas, un rifle, pelucas, cebos electrónicos, detonadores pirotécnicos, sesenta cartuchos de explosivos fabricados por la Empresa Nacional Explosivos Río Tinto, granadas de mano PO reglamentarias del Ejército, botes de humo, un aparato Skanner VHF, receptores de emisoras policiales y un bolígrafo-pistola como el fabricado en 1979 por el teniente coronel Molinero en el Regimiento de la Academia de Ingenieros.

Por un golpe de suerte o de ignorancia, el «arrepentimiento» del policía nacional Juan Carlos Rodas puso ante los tribunales a los miembros del Grupo 41. También, por vez primera, un miembro de la cúpula dirigente de

Fuerza Nueva aparecía encausado. De este modo, quedó registrado en el sumario «que David Martínez Loza fue quien ordenó a Hellín que comprobara la dirección de Yolanda. Que Martínez Loza era quien daba las órdenes y que "solo se movían cuando David se lo ordenaba", según palabras textuales de Hellín. Que el piso de la calle Libertad número 22, donde se encontró el arsenal (cincuenta kilos de Goma-2, subfusiles reglamentarios del Ejército, granadas de mano, pistolas, etc.), lo había alquilado Hellín por encargo de Martínez Loza. Que este le había proporcionado la lista de supuestas víctimas futuras. Que los grupos de seguridad de Fuerza Nueva estaban todos bajo el mando de Martínez Loza».

A pesar de tales evidencias, la negativa del juez instructor Varón Cobos a cursar el procesamiento de David Martínez Loza (aunque fue juzgado posteriormente) hizo perder la oportunidad de desmadejar la trama negra; la dejó intacta. No se investigó a ningún posible implicado al margen de los ejecutores materiales, no se indagó ninguna ramificación que demostrara quiénes organizaban desde la legalidad los actos terroristas de extrema derecha.

Los abogados acusadores José Mariano Benítez de Lugo y José María Mohedano encontraron en su camino numerosos escollos. Por su parte, Fuerza Nueva dejó a Hellín sin abogado para castigarlo por sus acusaciones contra Martínez Loza. Con el cerrojazo que precipitadamente Varón Cobos dio al sumario, se perdió la posibilidad de investigar las relaciones de Fuerza Nueva con bandas armadas y miembros de los cuerpos de seguridad del Estado. Los cabos sueltos fueron tan numerosos como la rocambolesca y personalísima instrucción sumarial. El juez instructor no autorizó el registro de la sede de Fuerza Nueva. El ordenador Skanner VHF, donde Hellín escribió el comunicado del crimen, tenía una terminal como las de los servicios de seguridad; tras la detención del ingeniero fue desconectado y retirado de la circulación; también desapareció la antena de largo alcance que Hellín poseía en el tejado de su casa. Se encontraron cintas magnetofónicas grabadas en las que una voz dictaba nombres de militantes de la izquierda vasca «desde las dependencias de un organismo de la seguridad del Estado» y en las que, junto a esa voz no identificada, aparece dialogando por unos instantes Hellín. Gran parte del arsenal incautado al Grupo 41 estaba compuesto por armamento reglamentario del Ejército; Hellín poseía emisoras de la Policía y de la Guardia Civil. Dos días después del asesinato, el ingeniero durmió en el domicilio de un policía de Vitoria, quien declaró al abogado Benítez de Lugo: «Hellín tiene importantes y conocidos contactos entre los peces gordos de los cuerpos de seguridad del Estado y el Ejército».

El 5 de febrero, durante los funerales de Yolanda, miles de jóvenes se manifestaron ejemplarmente. Como acto final, desde las verjas del Instituto de Formación Profesional de Vallecas, Enrique del Olmo, secretario general del Partido Socialista de los Trabajadores y amigo de Yolanda, tomó un megáfono y, emocionado, dijo a la muchedumbre congregada:

> Yolanda era joven, era mujer, era vasca. Tenía tres razones fundamentales para luchar. Como mujer tenía el derecho inalienable de combatir por su liberación. Como vasca tenía el derecho de luchar por la soberanía nacional de Euskadi. Como joven tenía el derecho a combatir por las reivindicaciones de la juventud. Todo eso lo englobó en una sola batalla: en la batalla por el socialismo.

El lunes 11 de febrero, Fuerza Nueva no tuvo más remedio que reconocer a los asesinos como militantes suyos. Mediante una nota de prensa manifestó que «como organización, no puede hacerse responsable de la presunta acción personal cometida por sus afiliados, ni puede tampoco ser considerada como instigadora de un hecho absolutamente ajeno a su acción política, a todas luces reprobable».

Antes y después del crimen

En diciembre de 1979, miles de estudiantes se echaron a la calle como en los últimos años del franquismo. Universidades cerradas, institutos de Enseñanza Media en pie de guerra, profesores en huelga, manifestaciones violentas y fuera de control... Dos coordinadoras estudiantiles dirigían, de manera asamblearia, las movilizaciones contra la política educativa del Gobierno de la Unión de Centro Democrático (UCD): la Ley de Autonomía Universitaria y el Estatuto de Centros Docentes. La opinión pública no salía de su asombro. En una crónica del 11 de diciembre, el diario *El País* afirmaba:

> Por primera vez, posiblemente, desde la restauración de la vida democrática en España, fuertes conflictos afloran a la calle por una vía absolutamente ajena al parlamentarismo o a la legalidad vigente. Viejos gritos, tantas veces escuchados en este país durante las últimas décadas, como «Dimisión del Gobernador Civil», «No a las medidas represivas» o «Fuera Policía», son coreados estos días por los estudiantes madrileños. La tensión recuerda la conflictividad habitual universitaria en tiempos de Franco.

Yolanda González estaba empeñada en esa lucha desde sus inicios, cuando en la sede de la Confederación Nacional de Trabajadores (CNT), de la calle San Vicente Ferrer, se reunieron siete institutos para crear una Coordinadora. Tras su asesinato, hablé con dos estudiantes de Enseñanza Media que habían dirigido la movilización junto a Yolanda.

—Allí discutimos durante casi un mes cómo montar el tinglado —me relató Alfonso Araque, representante del instituto Orcasitas—. Recuerdo que Yolanda se integró en la gestora durante aquellas primeras reuniones.

—La primera reunión a la que asistí fue también en la sede de San Vicente Ferrer —explicó José Manuel Belén, del instituto Gómez Moreno—. Allí estaban llevando el cotarro Dani *el Pelopincho*, Yolanda y Alfonso. Estábamos treinta y tantos centros y se intentaba que nuestras decisiones desembocaran en la movilización. Yolanda participó muy activamente desde los primeros momentos. En sus intervenciones clarificaba posturas, limaba los enfrentamientos con un carácter muy político, con tranquilidad, mientras Alfonso era muy mitinero y estaba siempre agitando. Luego, cuando asesinaron a Yolanda... el miedo se adueñó de todos. A cualquiera podían secuestrarnos y pegarnos un tiro.

Antes, los estudiantes sufrieron la muerte en manifestación de José Luis Montañés y Emilio Martínez. El relato de lo que ocurrió a las nueve de la noche de aquel 13 de diciembre, me lo proporcionó una vecina, testigo de los hechos, con la condición de que no desvelara su identidad.

—Yo estaba en mi balcón. La manifestación de Comisiones Obreras había llegado a la glorieta de Embajadores. Los oradores lanzaban sus discursos y el cordón de seguridad rodeaba a la gente haciendo una bolsa. Desde las calles próximas comenzaron a llegar grupos de jóvenes que intentaban unirse a la manifestación de Comisiones. Gritaban: «Obreros y estudiantes, unidos venceremos».

Venían de la calle Isaac Peral, donde cien mil estudiantes habían protestado contra las medidas educativas del Gobierno. Comisiones se movilizaba contra el Estatuto del Trabajador. Yolanda participaba en esa convocatoria encabezando una columna estudiantil dentro de la manifestación de Comisiones Obreras. La unidad, siempre la unidad.

—Frente a mi casa estaban aparcados varios jeeps de la Policía y furgonetas de esas nuevas, color crema. Los recuerdos que tengo, pues todo fue muy rápido, son: los estudiantes comenzaron a gritar, discutían con el servicio de orden de la manifestación y, a la vez, insultaban a los policías que ya habían salido de los furgones. A medida que aumentaba el grupo de jóvenes, calculo que serían varios centenares, tras los insultos, algunas piedras y objetos parecidos fueron arrojados a la Policía. Las piedras y las carreras fueron repelidas con botes de humo. La Ronda de Valencia era una inmensa humareda, la visibilidad se hizo peor. Sin embargo, pude ver perfectamente, justo debajo de mi balcón en el primer piso, entre los números 6 y 8 de la Ronda, a un nutrido grupo de jóvenes en actitud violenta que estaban rodeando a los policías a una distancia de quince metros por lo menos. Antes de que sonaran los disparos, vi cómo Ramón Tamames y otros tres de Comisiones agitaban pañuelos blancos tratando de hablar con la Policía. Lograron acercarse hasta dialogar con algunos policías, pero... Varios jóvenes habían rodeado a otros policías, que se defendían y disparaban. Insisto en que la distancia entre los estudiantes y esos policías era de quince metros. Sonaron los disparos de bala, tiro a tiro. Calculé hasta catorce. Luego vi perfectamente cómo caía un joven vestido con un anorak. Tenía una herida en la garganta y sangraba mucho. Fue retirado inmediatamente por sus compañeros. Al producirse los disparos llegaron refuerzos de la Policía y la calle se cubrió de manifestantes. Carreras, botes... Unos jóvenes pintaron con una tiza blanca un cuadro dentro del cual estaba la mancha de sangre que había dejado el joven herido. Pidieron flores a los vecinos. Yo misma les tiré algunas plantas. Luego siguió la confusión y un grito que salía de la manifestación de Comisiones: «¡Han matado a un compañero!».

Como en otros tiempos, el ministro del Interior, general Ibáñez Freire, explicó: «Los policías han disparado al aire. Habían acorralado el jeep y peligraba la vida de los agentes». Ante el estupor general, el ministro pronunció una frase para la historia: «En España hay una democracia tan estable como la francesa y allí les ocurrió un Mayo del 68». El gobernador civil de Madrid, Juan José Rosón, llegó más lejos. Según él, José Luis Montañés, de veintitrés años, abatido a cinco metros de su compañero Emilio Martínez, de veinte, formaba parte «de un plan perfectamente estudiado y desarrollado en la práctica como un dispositivo de coordinación y actuación simultáneas, típico de la guerrilla urbana».

En el fanzine *Contracorriente*, del instituto Gregorio Marañón de Madrid, los estudiantes denunciaron: «Los periódicos se cuidan mucho de informar sobre la saña de la Policía pegándonos, de las encerronas previamente planificadas, de las detenciones anónimas, de la aplicación de la ley antiterrorista a manifestantes de a pie como nosotros. Dicen que provocamos. Pero ¿quién decide el resultado: el que lleva las armas o el que se manifiesta junto a sus compañeros? [...] Nosotros afirmamos que para violencia: la admitida, organizada y a veces silenciada por las instituciones del Estado».

El luto y el duelo estudiantil desembocaron en la Huelga General de la Enseñanza lanzada desde el lunes 28 de enero hasta el domingo 3 de febrero de 1980. Caía la noche del sábado cuando los miembros de la Coordinadora de Estudiantes de Madrid, reunidos en la sede de la UCSTE (sindicato de profesores), conocieron el asesinato de Yolanda.

—La Coordinadora estaba reunida cuando supimos por Jesús que Yolanda había desaparecido —recordó Juan Manuel Belén—. Sabíamos que la casa estaba patas arriba y que sus compañeros de piso iban a ir a la Dirección General de Seguridad porque creían que estaba detenida. Pasadas las cuatro de la tarde intentábamos currarnos un boletín, cuando entró otro miembro de la Coordinadora: el Boinas, diciendo que el periódico vasco *Deia* habían recibido un comunicado del Batallón Vasco-Español y que Yolanda había sido asesinada. Cuando el Boinas lo informó, todos nos quedamos de piedra. ¡Yolanda era una tía que estaba con nosotros, que la habíamos visto tres días antes mientras participábamos en las últimas luchas! Hicimos un comunicado y nos marchamos a la reunión con la Coordinadora de Universidad, en Industriales.

—Nos resistíamos a creer que Yolanda había sido asesinada —explicó Alfonso Araque—. La gente se hundió en un sentimiento de rabia y llanto contenido. El Batallón Vasco-Español señalaba en su comunicado a otras dos personas más y decidimos cambiar de domicilio por unos días como medida de seguridad. Algunos tardamos semanas en regresar a nuestras casas. En Industriales, mientras Radio Nacional daba el parte, el miedo era general, pero la actividad, la conciencia de que debíamos dar una respuesta al fascismo evitó que el pánico nos dominara.

En palabras de Juan Celada, dirigente entonces de la Coordinadora de Universidad:

—La situación general era de terror. Éramos doscientos representantes estudiantiles y llevábamos ya dos meses de lucha. Hay una diferencia entre cómo recibimos la muerte de José Luis y Emilio y cómo la de Yolanda. Cuando mataron a José Luis y Emilio, nuestra reacción fue: «¡A ver cómo los paramos!», mientras que en el asesinato de Yolanda experimentamos un sentimiento de impotencia; nos encontrábamos sin salida. Todos veíamos fachas apuntándonos a la cabeza. El golpe que acabó con Yolanda había sido directo a la yugular del movimiento estudiantil.

Yolanda en el recuerdo

La imagen de Yolanda inerte, abandonada en la cuneta de una carretera comarcal, me perseguirá siempre. Estuve alojado en su casa a mediados de diciembre de 1979. Por eso sé que a principios de aquel mes alguien había entrado en su piso.

—Ha sido la Policía sin duda —me dijo Yolanda mientras señalaba las muescas desconchadas en el marco de la puerta, huellas descaradas de una palanqueta—. Han simulado como si fueran cacos, pero no se llevaron nada. Casi ni desordenaron... —bromeó— más de lo que ya estaba.

Sus frases eran cortas, tajantes, desprovistas de adornos. Así era ella, menuda y frágil, pero de palabras contundentes sin ninguna doblez.

Yo perdí los ojos ante los libros amontonados por doquier, sobre las sillas y en el sofá. El pequeño balcón era un muestrario variopinto de ropa tendida. Con cierto temor ante semejante caos, le pregunté dónde dormiría esa noche, y Yolanda señaló el cuarto de estar. Después apareció arrastrando un colchón Flex que había sufrido todas las intemperies en la galería de la cocina.

En aquel crudo invierno, yo me encontraba de paso por Madrid. El barrio de Aluche, con sus colmenas dormitorio, no me gustaba nada. Había vivido allí durante algún tiempo.

Yolanda me relataba sus últimas batallas en la Coordinadora de estudiantes.

—Me he quitado la chapita con la ikurriña porque en el instituto van diciendo que soy una etarra. El director lo está fomentando y los fachas lo pregonan para desprestigiarme. Un consejo: no lleves ningún distintivo de izquierdas, guárdate las insignias. En Madrid es peligroso y te pueden dar una paliza, como te descuides.

Y su casa asaltada. Como se supo más tarde, en aquellas fechas tres mil domicilios de vascos residentes en Madrid habían sido allanados ilegalmente en busca del diputado centrista Javier Rupérez, secuestrado por ETA. Sin embargo, el piso de Yolanda no estaba alquilado a su nombre, sino al de Marimar Noguerol, una joven trabajadora madrileña con la que convivía junto a sus dos compañeros.

—¿Cómo sabían tu dirección?

—En el instituto. Al matricularme…

¿Quién había informado a la Policía de que allí vivía una vasca?, ¿y a los fascistas? Estaba totalmente descartada la posibilidad de un robo. Tampoco buscaban papeles o documentos. No se molestaron en disimular y actuaron a sus anchas.

Recuerdo muy bien aquella última tarde en que hablé con Yolanda. Puso un disco de Imanol que hablaba de Euskadi en castellano y en euskera. Luego, para complacerme, colocó en el tocadiscos *Campanades a morts* de Lluís Llach, su homenaje a los obreros de Vitoria muertos por la Policía en 1976. Era el único cantante catalán que poseía en su docena escasa de discos. Los demás eran todos vascos excepto un increíble *Grandes Éxitos* de Roberto Carlos, «el gato que está triste y azul no va a volver a casa si no estás...». Todas las paredes hablaban del País Vasco mediante pósteres del Aberri Eguna, el Gernikako Arbola, la letra del «Eusko Gudariak»... En las estanterías, sobre anaqueles de madera sin barnizar, reposaban libros de economía, novelas de ciencia ficción y algunos volúmenes de historia.

Yo le conté con emoción los grandes avances en el País Valenciano, la huelga de la construcción de Alicante, cómo recuperábamos la palabra precisa, los nombres de los pueblos, la música, las ciudades, cómo era la juventud de mi tierra... A ella le emocionaba todo aquello. Hablaba de Euskadi con sinceridad, orgullosa, reivindicando su compromiso con la vida, su estancia en las Juventudes Socialistas, su salto a la lucha sindical, su actual afiliación a Comisiones Obreras. Conversamos durante horas mientras ella exprimía naranjas. Con sus brazos menudos ensalzaba al Cantábrico vital y bronco. Yo apenas salía del Mediterráneo.

Al recordar su tierna amabilidad, no puedo creer que cuando la empujaron escaleras abajo o registraron su casa, ningún vecino escuchara nada a través de aquellos tabiques tan finos. Es más probable el mecánico caparazón de la tortuga, el insensible espectador de violencias ajenas, la insolidaridad como antesala del miedo. Lo que ocurra más allá de mi puerta no es asunto mío.

A los dos años de su muerte, cuando sus asesinos iban a ser sentados en el banquillo, escribí esta pequeña semblanza en *El Periódico de Catalunya,* donde ya colaboraba como redactor de tribunales:

Hoy Yolanda tendría veintiún años recién cumplidos. Resulta difícil pensar en ello, imaginarla como a cualquier joven, paseando. Dos años después de su asesinato, se ha convertido en otra cosa, es diferente. Muy pocos hablan ya de aquella joven menuda, de sonrisa amplia y ojos muy abiertos; nerviosa siempre, preocupada y enérgica en sus convicciones, con la tenacidad inquebrantable de sus diecinueve años.

En 1979 dejó Bilbao. Allí había comenzado militando en las Juventudes Socialistas de Deusto, ocupó la secretaría de Cultura, y trabajó en la asociación de vecinos. En aquella ciudad emprendió el camino más difícil pero más acorde con sus ideas revolucionarias. Cuando se trasladó a Madrid lo hizo porque su compañero, Alejandro, su novio desde hacía un año, tenía que vivir en aquella ciudad.

Después estudió Formación Profesional en Vallecas, representó a ese instituto en la coordinadora estudiantil de la que había sido promotora, y por las mañanas trabajaba limpiando casas y fregando suelos. Con su sueldo se mantenía. Tal era la razón de que compartiera su casa con otra joven trabajadora en idéntica situación económica.

Siempre tomó una postura activa ante cuanto le rodeaba. Lejos del escepticismo, sin desesperar, ocupaba su vida en la actividad militante: como estudiante en la coordinadora de Enseñanza Media y Formación Profesional, como trabajadora en Comisiones Obreras.

Al matar a Yolanda, «los Hellín» y «los Abad» estaban asesinando a demasiados jóvenes comprometidos, airados, serios consigo mismos. Porque Yolanda no era ni una peligrosa terrorista ni una máquina insensible. En su vida cotidiana y en su actividad personal de cada día ella era un producto de su generación, de los nacidos a la lucha social en junio de 1977, posterior a cuantos elevaban *el desencanto* junto con otras etiquetas de moda. Yolanda, a quien todavía recuerdo discutiendo acaloradamente, formaba parte de esa otra juventud que jamás podrán vender en las rebajas de otoño ni exponer los escaparates de la esquina.

Pero ya no es nada de eso. Despojada con el paso del tiempo —dos años que parecen lustros— de su calidad personal, humana, concreta... se ha convertido en otra cosa. Sobre ella se han vertido calumnias, especulaciones mercantiles, mítines y poemas. Con el proceso a sus asesinos, Yolanda se ha transformado en «actualidad política», en picota contra Fuerza Nueva, en recuerdo sentimental de muchos, en odio cobarde de quienes tienen las manos manchadas. Yolanda ya es algo diferente. Queda atrás la muchacha de carne y hueso, a la que algunos conocimos. Tras su asesinato, gran número de estudiantes han recibido anónimos fascistas como este: «Abandona el movimiento estudiantil o morirás como Yolanda González». Su nombre es ya un símbolo hoy, cuando apenas tendría veintiún años y pasearía por las calles como cualquiera de nosotros.

Postdata del asesino invicto

Mientras el asesino Ignacio Abad perdió la vida por una enfermedad incurable, Emilio Hellín Moro, a sus sesenta y tres años, consiguió cerrar el círculo. A principios de los años setenta empezó a colaborar con el Servicio de Documentación de Presidencia del Gobierno (SECED), creado por el almirante Carrero Blanco para labores de inteligencia. Allí siguió trabajando bajo el primer Gobierno de la monarquía presidido por Carlos Arias Navarro. Gracias a su experiencia en las cloacas, la transición democrática convirtió a Hellín en responsable de seguridad de Fuerza Nueva del distrito de Arganzuela y en jefe del denominado «Grupo 41» del parapolicial Batallón Vasco-Español, antecedente de los GAL (Grupos Antiterroristas de Liberación), organizados por el Ministerio del Interior bajo el Gobierno socialista de Felipe González.

Tras seis años en la Prisión de Zamora, el 24 de enero de 1986 Emilio Hellín disfrutó de su primera libertad durante cinco días. El juez de vigilancia penitenciaria, José Donato Andrés Sanz, le concedió el permiso a partir del cual protagonizó dos fugas penitenciarias. Una duró apenas unos días, en la segunda dispuso de un DNI auténtico con otro nombre e identidad y logró escapar a Paraguay, donde creó el Centro de Estudios Profesionales y trabajó para los servicios de seguridad de la dictadura de Stroessner, que lo protegió durante tres años, hasta que fue localizado por la revista *Interviú* y extraditado el 21 de septiembre de 1990. No tardó en obtener la libertad condicional. Condenado a cuarenta y tres años por asesinato, solo cumplió catorce en la cárcel.

Por fin, a partir de 2008, completó su oscura biografía. Desde entonces trabaja como asesor en temas de criminalística al servicio de la Guardia Civil y la Policía Nacional, y es uno de sus expertos. A través de su empresa New Technology Forensics radicada en Madrid, realiza asiduamente el peritaje de procesos criminales. Su especialidad es el rastreo de pruebas en teléfonos móviles, y asiste como perito a la Audiencia Nacional (que lo condenó en el pasado) y a numerosos juzgados de toda España. También imparte cursos de formación a agentes de la Policía, la Guardia Civil, la Ertzaintza y los Mossos d'Esquadra.

La detención de Emilio Hellín puso en evidencia la infraestructura y los contactos con la Policía y la Guardia Civil de que disponía para sus acciones terroristas. En siete años de Transición, de 1975 a 1982, un total de ciento ochenta y ocho personas perdieron la vida por actos de violencia consentido u organizado desde los aparatos del Estado; de ellas, sesenta y cinco fueron asesinadas directamente por grupos «incontrolados» de extrema derecha y por comandos parapoliciales, como el Batallón Vasco-Español. Así lo revela mi libro *La Transición sangrienta*. Hellín era uno de los dirigentes de aquella violencia organizada por las «tramas negras» de los cuerpos de seguridad y así quedó patente tras la detención de su comando. Durante la investigación judicial se echó tierra encima. Como de costumbre. Caso cerrado.

II

RAFAEL ESCOBEDO «EN UNIÓN DE OTROS»

En 1980 enterraron los restos del rey Alfonso XIII en el monasterio de El Escorial, los autores de la matanza de Atocha fueron condenados a quinientos años de cárcel, el ejército guatemalteco asaltó la embajada española en aquel país matando a treinta y siete personas, los camiones españoles cargados de fruta eran volcados en la frontera francesa y el País Vasco vivía una nueva oleada de violencia etarra. Sin embargo, la auténtica convulsión, el estallido popular, llegó con la muerte violenta de los marqueses de Urquijo, unos nobles de vida gris y apellidos bancarios. Mientras los Juegos Olímpicos de Moscú discurrían boicoteados por los Estados Unidos, en Madrid María Lourdes Urquijo Morenés (cuarenta y cinco años) y Manuel de la Sierra Torres (cincuenta y cinco años) fueron asesinados en sus propios lechos durante la madrugada del primero de agosto. La tinta y la sangre han discurrido parejas desde entonces, sin que el misterio haya sido resuelto.

Desde 1975, los nobles y los ricos habían saltado a la opinión pública para protagonizar bodas, bautizos y comuniones; rituales realizados impunemente en una atmósfera inalcanzable para las masas populares que ni siquiera podían erigirse en convidados de piedra. También, en raras ocasiones, empresarios y banqueros de élite eran secuestrados por ETA o los GRAPO.

Ahora, el inesperado crimen despertaba nuevas pasiones, mostraba en las páginas de los periódicos a dos Grandes de España muertos en sus camas, y exponía a los ojos del mundo el mobiliario, la piscina cubierta, sus amistades íntimas... Más en el deseo popular que en la realidad, un entramado de oscuros intereses era destilado por los protagonistas sospechosos de tan luctuoso suceso: Juan, Myriam, Rafi, Dick *el Americano*, el mayordomo Vicente, el administrador... Y con ellos, relaciones matrimoniales truncadas, amancebamientos mal vistos por la moral oficial del momento, juergas homosexuales en el lugar del crimen, el poder de la gran banca, cazadores por doquier, negocios oscuros, personas de alcurnia portándose como barriobajeros... y dos cadáveres ejecutados con una frialdad profesional. Así concluye la autopsia:

> Estos disparos hablan del ánimo frío y profesionalizado del agresor o agresores, con auténtico ánimo homicida, ya que los disparos se produjeron hacia la cabeza de ambas víctimas y en situación de indefensión y sorpresa.

El psiquiatra forense José Antonio García-Andrade, uno de los autores de la autopsia, siempre mantuvo que Rafael Escobedo, por su personalidad quebradiza y débil, carecía del empuje necesario para realizar un asesinato tan frío y calculado. Solo una persona templada para matar lo hubiera ejecutado con tal precisión.

El «caso de los marqueses de Urquijo» ha sido el crimen del siglo porque los señoritos, por primera vez en la historia de España, habían sido expuestos en una vitrina, destripados sin miramientos y, cómo no, juzgados por los tribunales del cuarto de estar, de las peluquerías y las oficinas. Sin ninguna significación política, el asesinato de los marqueses de Urquijo dejaba patente el odio ancestral que sobrevive en nuestro subconsciente ante personajes que han sido dueños de vidas y haciendas a lo largo de los siglos. Por eso, un jurado popular habría absuelto a Rafael Escobedo Alday, el endeble *Rafi*, y hubiera afilado sus uñas hacia los herederos. Como escribió Conan Doyle: «Amigo Watson, el criminal es aquel a quien beneficia el crimen». También lo dice el derecho romano, que es mucho más antiguo. Y Escobedo ha sido, hasta su oscura muerte, el gran oficiante de un curioso carnaval; el verdugo y la víctima postrera del «caso Urquijo».

¿Mató Rafi a sus suegros? ¿Quiénes lo acompañaron aquella noche en el lugar del crimen? ¿Quién disparó? ¿A quién benefició las muertes? ¿Por qué fueron asesinados? Los hechos ocurrieron como relato con el máximo detalle posible en las páginas siguientes, después de haber cubierto el caso durante más de cuarenta años. En el aire siguen flotando tres acertijos sin respuesta sobre el móvil criminal y la autoría:

1. *La amenaza.* Dice la sentencia número 215, del 7 de julio de 1983, «que en las frecuentes discusiones sostenidas entre la declarante y su esposo, este le hacía ver que odiaba al padre de la declarante [Manuel de la Sierra], a quien insultaba y culpaba del fracaso matrimonial, actitud que culminó en la discusión sostenida tres días antes de ocurrir el luctuoso hecho cuando Rafi dijo a la que declara [Myriam], estas palabras: "Te vas a acordar de mí. Voy a hundir a tus padres. Y esta vez va en serio"». Ocho meses después del crimen, Myriam de la Sierra recordó estas palabras cruciales a la hora de dictar sentencia para explicar el endeble móvil criminal de la venganza.

2. *Los motivos indeterminados.* Afirma la sentencia citada: «El procesado se sintió manipulado [por la demanda de nulidad matrimonial financiada por el asesinado marqués] llegando en una discusión con su esposa a for-

mular amenazas el 28 de julio de 1980, por lo que por esta causa y probablemente por otros motivos no determinados decidió darle muerte». El móvil de la venganza es tan frágil que la sentencia que condenó a Rafi habla de «motivos indeterminados». ¿Dónde ha quedado el posible móvil económico?

3. *Otras personas, otros pistoleros.* Según el auto de procesamiento de Javier Anastasio de Espona, Sumario 101/83 Especial: «Javier y Rafael en un Seat 1430 blanco, perteneciente a una hermana de Javier [...], se dirigieron al chalé de los Marqueses de Urquijo, en Somosaguas, penetrando presumiblemente en unión de otras personas, y a continuación se dio muerte violenta, con disparo de arma de fuego, a los nombrados marqueses, quedando encargado Javier de deshacerse de la bombona de gas, del soplete, de un martillo y de la pistola utilizada para dar muerte a las víctimas». Este indefinido «presumiblemente en unión de otras personas» equivale al famoso «solo o en unión de otros» que acuñó la sentencia condenatoria contra Escobedo. Ni el auto de procesamiento ni la sentencia 215 desvelan el punto fundamental del «caso Urquijo». «Se dio muerte violenta» a los marqueses, añade el auto, pero ¿quién dio la muerte? ¿Quién o quiénes apretaron el gatillo si la Administración de Justicia es incapaz de afirmar claramente que fueron Rafael Escobedo o Javier Anastasio?

En el banquillo de los acusados

El martes 21 de junio de 1983 la sala tercera de la Audiencia Provincial de Madrid fue el escenario de una singular puesta en escena. El juicio contra Rafael Escobedo comenzó en medio de un tumultuoso retraso de media hora. Allí estábamos los periodistas, cuaderno en ristre, compartiendo la primera fila con unas damas muy bien vestidas. El ambiente era plenamente popular: señoras maduras vestidas de luto, curiosos parados, cincuentonas abanicándose, quinceañeras, hombres con el rostro quemado por el sol, trajes y zapatillas apretándose en los incómodos bancos sin respaldo... Era el mismo lugar donde habían sido juzgados los autores de la matanza de Atocha y donde Joseph L. Mankiewicz rodó una escena de *La condesa descalza*, con Ava Gardner como testigo defensor.

El presidente del tribunal, el magistrado Bienvenido Guevara, tocó la campanita y ordenó silencio. A la derecha, el fiscal José Antonio Zarzalejos, de sesenta y tres años, ordenaba sus apuntes. Frente a él, arropado por sus dos ayudantes, el abogado defensor, José María Stampa Braun, criminalista prestigioso. Los cinco jueces, sentados entre el defensor y el fiscal, dictaminarían a tenor de aquel duelo.

—¡Que entre el acusado! —ordenó el juez Guevara.

Rafael Escobedo Alday, de veintinueve años, escoltado por dos guardias civiles, salió por la puerta que conduce al recinto desde los calabozos. Miró de reojo la sala. Estaba llena. En pie, vistiendo un impecable traje gris, bien peinado y más flaco que en las fotografías, observó al tribunal. Sus muñecas estaban esposadas y, a pesar de la solicitud del defensor, el juez Guevara no aceptó quitárselas durante toda la vista dada «la excepcionalidad del delincuente», según sus propias palabras.

Stampa rompió el fuego haciendo que constara en acta la «extraña desaparición» de la única prueba material que existía contra Escobedo: alguien había hecho desaparecer los 215 casquillos de bala encontrados en la finca familiar de San Bartolomé (Moncalvillo, Cuenca), las cuatro vainas del calibre 22 hallados en las habitaciones de los marqueses y los cuatro proyectiles de plomo extraídos de los cadáveres y el armario.

Zarzalejos no se opuso a la petición de Stampa y, con calma, comenzó su interrogatorio a Rafi. Nuevamente en pie, mirando al tribunal, erguido y con voz segura, Escobedo respondió a las preguntas del fiscal durante más de dos horas. Minuciosamente, contó su vida desde su boda con Myriam, el 25 de junio de 1978, hasta el día en que se confesó autor de la muerte de los marqueses.

—Vivíamos con más lujo que cualquier matrimonio joven en esa situación —afirmó.

—¿De dónde salía el dinero? —inquirió Zarzalejos.

—De nuestro trabajo en Golden.

—Pero usted no trabajaba en nada cuando se casó, y ahora tampoco.

—Ahora... en la cárcel...

Las risas que estallaron en la sala tenían un sentido: hasta ser juzgado, Rafi había esperado veintisiete meses encerrado en la séptima galería de Carabanchel.

El fiscal cambió de tema:

—En muchas ocasiones ha culpado a su suegro de su fracaso matrimonial. Lo dice Myriam y algunos de sus amigos.

—No influyó en nada. Myriam y yo nos separamos por desavenencias matrimoniales. Una discusión fue la chispa.

—Sin embargo —insistió Zarzalejos—, en alguna discusión usted llamó al marqués: «cerdo», «rácano» y «cretino».

—Son palabras que se dicen mucho. No es demasiado trascendente pronunciar esas palabras. Debí de usar ese vocabulario de manera accidental.

—No es trascendente —remató el fiscal.

—Mire, durante mi noviazgo, mis suegros daban a Myriam y a Juan un trato nada apropiado entre padres e hijos. Entre ellos la violencia provenía de las dos partes. Desde el prisma de mi noviazgo, veía que el marqués era muy duro, muy drástico con sus hijos.

Escobedo negó cualquier mala relación con Manuel de la Sierra. Afirmó incluso que el marqués no había visto con malos ojos su boda.

—Yo no me casé por dinero. El matrimonio se hizo con separación de bienes. En ningún momento he tenido nada que reprochar al marqués de Urquijo.

A continuación, calificó de «fantasiosa» la frase en la que supuestamente amenazaba con «hundir» a los padres de Myriam.

—El Americano es quien trajo los problemas. Mi suegro respetaba mi vida. Dejé el trabajo en Golden tras una discusión con Dick por motivos laborales; desconocía entonces las relaciones amorosas entre él y mi mujer.

Rafi negó toda participación en el crimen. Tras cenar e ir de copas con su amigo Javier Anastasio de Espona, durmió en casa de sus padres desde las dos y media de la madrugada.

—¡Lo que usted hizo al llegar a su casa —exclamó el fiscal, señalándole con el dedo acusador— fue recoger la pistola, el soplete, el martillo y la cinta adhesiva para ir a Somosaguas y asesinar a los marqueses!

—Eso no es cierto —respondió Rafi, sosegado—. Estuve durmiendo y por la mañana me fui a la Oficina de Empleo.

Por aquellos meses, golpeado por la separación matrimonial, Escobedo atravesaba un mal momento; bebía demasiado alcohol y consumía las drogas que caían en sus manos. Su estado emocional era tal que decidió tratarse por el psicólogo Julián Zamora, quien había enviado al juez instructor un informe sobre la personalidad de Escobedo en el que destacaba:

> Viene a la consulta aquejado de angustia y depresión, infantilismo, que —a mi entender— se genera en el ambiente familiar, negativo y castrador, y en una carencia afectiva básica. Masoquismo, con una actitud de dependencia muy fuerte, especialmente hacia su mujer. Personalidad influenciable. Se deja manipular por las personas que ejercen sobre él una determinada influencia. Actitud vital altamente obsesiva. Se ve en la idea reiterativa del sentimiento de frustración por la ruptura amorosa con su mujer y la relación de dependencia hacia ella, que no puede superar ni aun después de la ruptura. Cansancio vital con ideas de suicidio. Lo único que le salva es la relación positiva y afectiva con amigos.

José María Stampa Braun calificó la confesión firmada por Escobedo como «prefabricada».

—Cuando llegué a defender a Rafael Escobedo, él me dijo: «¡Esto no se puede tocar!» ¡Y no se podía tocar porque todo estaba pactado con el inspector Cordero! ¿No es así?

Rafi narró con detalle el trato recibido en la Dirección General de Seguridad. «Menos palizas, todo», dijo. Su relato era tan minucioso que el juez Guevara, interrumpiéndole, le increpó:

—¡No siga usted contándonos la comedia, cíñase a los hechos!

—¡Si el señor presidente no deja expresarse libremente a mi defendido —intervino Stampa Braun, airado—, tendré que abandonar la sala! ¡Señor, lo que estamos tratando aquí no es una comedia, en todo caso será un drama!

—Señor letrado —respondió Guevara, conciliador—, comedia y drama forman parte del mismo género literario. No había en mis palabras ningún ánimo peyorativo para su cliente. El acusado tiene absoluta libertad para manifestarse, y este tribunal no está limitando el derecho de la defensa.

El enfrentamiento entre Stampa y el juez, tras este incidente, volvió a cobrar fuerza por la tarde, cuando el abogado comenzó a redactar un escrito pidiendo, por segunda vez, la anulación del juicio en base a la desaparición de los 215 casquillos y la insuficiente prueba balística practicada. Al negarle la petición, Stampa redactó la solicitud a viva voz, dictando un texto durante más de media hora que era «un auténtico estudio sobre balística».

—... la geometría del arma —dictaba Stampa— es distinta y está determinada por la relación angular entre el percutor y el tope inyector...

—Señor letrado —le interrumpió el juez—, lo que está usted haciendo no es una solicitud, es un informe.

—¡Señor presidente —protestó Stampa—, si no puedo realizar la defensa adecuada, si no puedo alegar como considero correcto, renunciaré a la defensa y abandonaré la sala! ¡Dejo de ser abogado!

El público rompió en aplausos.

—¡Desalojen la sala! —decidió el juez Guevara, agitando la campanilla con autoridad—. ¡Que salgan todos, menos la primera fila y los periodistas!

En varios minutos, la Guardia Civil dejó el recinto vacío mientras algunos asistentes hacían un amago de resistencia. Desde las seis y cuarenta de aquella tarde hasta las nueve de la noche solo quedamos los cronistas y las esposas de los magistrados del tribunal que ocupaban los asientos con pupitre reservados a la prensa, mientras nosotros escribíamos poniendo el bloc sobre nuestras rodillas.

Y Stampa continuó:

—... el informe balístico combina fotos como las de esas personas que en las ferias se hacen fotografías con distinto traje del que llevan. Se había solicitado un informe balístico para demostrar que los dos casquillos analizados, el de Moncalvillo y el de los marqueses de Urquijo, son distintos, y esa prueba no se ha realizado.

El primer testigo llamado a declarar fue el inspector de primera Cayetano Cordero. Con palabras efusivas y gesticulando, Cordero explicó:

—Comenzamos a sospechar porque el padre de Rafael Escobedo tenía una pistola registrada en la Guía General de la Guardia Civil, una Star F del calibre 22. Le preguntamos dónde estaba y no nos dio una respuesta satisfactoria.

—¿Ustedes le presentaron a su padre esposado, mientras coincidían los dos detenidos en la Dirección General de Seguridad? —preguntó el fiscal Zarzalejos.

—La Policía no le presentó a su padre —respondió el inspector—, pero pudo haberlo visto en algún momento, por casualidad.

Cayetano Cordero explicó que los hijos de los marqueses, Juan y Myriam, «tenían indicios».

—Dos funcionarios se quedaron por la noche con Escobedo. Estaba derrumbado, había firmado la confesión y lloró después de hacerlo. A estos funcionarios que le custodiaban les dijo que había más personas pero que no podía decir quiénes, y que le estaban esperando en el chalé. A la mañana siguiente lo negó.

—¿Y cómo desaparecieron los casquillos? —preguntó Stampa.

—No lo sé. Los casquillos los entregamos en el juzgado 16.

—¿Tienen un justificante de esa entrega?

—No nos entregaron recibo. No hay ninguna norma que obligue a ello.

—O sea, que ustedes dieron las pruebas del «caso Urquijo», ¡hala!, ¡metidos en una bolsa y sin justificante!

—Sí, señor.

—Ustedes funcionan con buena fe, por lo que veo, y además mandan a este tribunal un informe balístico sin las balas.

Stampa se ensañó con el inspector Cordero hasta que Guevara intervino pacificando:

—Tenga en cuenta el señor letrado de la defensa que el inspector es un funcionario, no la institución de la Policía. Él no puede saber y ser responsable de todo. Pero, para aclarar quién miente, si su defendido o el testigo, vamos a realizar un careo. ¡Levántese el acusado, pónganse frente a frente!

El abogado Stampa protestó argumentando que, al estar su cliente esposado, el careo lo realizaría en inferioridad de condiciones con respecto al policía. Guevara no aceptó que a Rafi le quitaran las esposas porque ya era muy tarde.

Enfrentándolos, a pocos metros el uno del otro, el tribunal pretendía saber si durante la confesión judicial del 10 de abril de 1981, en una entrevista privada que solicitó Escobedo para hablar con Cordero, ambos trataron de «ultimar el pacto» o fue simplemente «una entrevista de amistad», como aseguró el policía mientras negaba de forma tajante que la confesión de Rafi fuera producto de un «pacto secreto» para librar a su familia. El careo tuvo su violencia.

—¿Cómo dice que me entrevisté con usted porque estaba en un callejón sin salida —comenzó Escobedo—, si el juez no me estaba forzando y me trataba con caballerosidad?

—¡Tú mientes, sigues mintiendo! —exclamó el inspector Cordero.

—No discutan, dialoguen —intervino Guevara.

—¡Estabas acorralado! —dijo Cordero.

—¿Acorralado? ¡Si ya había aceptado firmar mi confesión!

—¡Hablaste conmigo porque me tenías confianza!

—¿Confianza, yo? ¿Cuándo he comido con usted? —le reprendió Rafi.

—¡Le está llamando de tú y no de usted! —intervino Stampa, gritando—. ¡Aquí se está representando el clásico papel de superioridad del policía sobre el detenido! ¡Escobedo está en inferioridad de condiciones!

Cuando el juez Guevara dio por terminada la sesión hasta la mañana siguiente, José María Stampa Braun cerró su portafolios, satisfecho. Estaba demostrando los puntos oscuros, había pedido en tres ocasiones la suspensión del juicio y la desaparición de los casquillos daba un nuevo argumento para que la defensa saliera victoriosa. Sus énfasis en contraste con la meticulosidad tranquila y científica del fiscal, no eran más que el brioso comienzo de una carrera. Adornos.

Aquel día, Stampa comprobó que el tribunal no estaba dispuesto a suspender el juicio, y comprendió que, pasara lo que pasara, la vista contra Escobedo proseguiría hasta el final. Tras la fórmula técnica aducida por el fiscal: «No existe ninguna causa mediana o inmediata que justifique la anulación», o por Bienvenido Guevara: «Eso ya consta en el sumario», se escondía la principal amenaza contra la libertad de Rafael Escobedo. De todos modos, era preciso poner al tribunal contra las cuerdas, demostrar la falta de pruebas, la incompetencia de los policías que investigaron y la coacción como medio para conseguir una confesión de culpabilidad.

Rafi parecía contento porque creía que había ganado el asalto por puntos. Pero el primer *round* no era el combate. Se había declarado culpable ante un juez y eso era suficiente para que un tribunal lo condenara. Aquel día, con su declaración pública de inocencia y sus buenas maneras, Rafi salió de la sala ganando, pero ya no hablaría más en las siete sesiones que iba a durar la vista oral. Todo su papel en este «drama» consistiría en entrar, salir, mirar de reojo a la gente, saludar a hurtadillas y levantarse con las esposas puestas para ser reconocido por el testigo de turno.

Solo tres momentos estelares volvieron a poner el juicio al rojo vivo. El primero lo protagonizó el inspector José Romero Tamaral.

—¿Me puede decir qué ocurrió —le preguntó Stampa— con la primera confesión manuscrita de Rafael Escobedo, en la que escribió de su puño y letra que mató a sus suegros?

—Se tiró —respondió Romero—. Era una cuartilla sin valor. Una vez hecho el primer borrador de la declaración, aquella confesión no servía para nada.

Stampa manifestó su estupor: la Policía había hecho «desaparecer» la única confesión autógrafa de Rafi, capaz de demostrar en un estudio grafológico el estado de ánimo del acusado.

—A Escobedo le tratamos muy bien, le dimos siete coca-colas y todo el tabaco rubio que quiso.

La nueva bomba estalló cuando Romero, que hablaba a gran velocidad y casi gritando porque el tribunal le había pedido que alzara la voz (Bienvenido Guevara padecía una destacada sordera), aportó un nuevo dato sobre la desaparición de los casquillos:

—Un día, el secretario del juzgado número 14 me dijo que se habían presentado seis personas diciendo que eran inspectores de Policía y que le preguntaron sobre el paradero de los casquillos del «caso Urquijo». El que hablaba era un hombre bajito y grueso. Eran suplantadores y pudieron llevarse los casquillos que estaban depositados en el juzgado número 16 hace cuatro meses.

—Reitero mi petición de que el juicio debe ser suspendido ante la inesperada revelación del inspector Romero —dijo Stampa—. ¿Qué ha podido pasar con las piezas de convicción?

Ante la negativa del tribunal, Stampa prosiguió el interrogatorio de Romero afilando sus preguntas:

—Oiga, ustedes en la Policía han debido investigar mucho, ¿verdad? Sin embargo, el despacho de Manuel de la Sierra estuvo cerrado durante seis meses esperando la visita de la Policía, que no apareció.

—En esos primeros meses yo no estaba todavía en el caso.

—Tampoco realizaron la prueba de si la mano de Escobedo cabía en el hueco de la puerta de la piscina. ¿Y dónde está la confesión manuscrita?

—¡No lo sé!

—¿No sabe quién puede tenerla?, ¿si la Policía o el Arzobispado?

El juez Guevara interrumpió la sesión y concedió un descanso de diez minutos. Stampa bajó del estrado y exclamó:

—¡Es una vergüenza la parcialidad del tribunal!

El interrogatorio de Myriam también tuvo su perla:

—¿Es cierto que, según afirma la Policía —inquirió Stampa—, usted tiene otro amante, además de Richard Dennis, un estudiante llamado Ignacio Zaldúa?

—No es cierto —respondió Myriam, malhumorada—. Ignacio Zaldúa es un amigo con el que salí varias veces mientras Richard estuvo en los Estados Unidos. ¡No es mi amante! ¡Además, tampoco es estudiante, tiene cuarenta años y es químico!

—¡Pues sí que andaba encaminada la investigación policial! —dijo Stampa con sorna.

Y el de Juan de la Sierra:

—Usted, con Rafael Escobedo —interrogó el fiscal Zarzalejos—, tenía una amistad… íntima. No digo amorosa: íntima.

—Sí.

—La Policía afirma que usted y su hermana le mostraron evidencias de que Escobedo podría ser el asesino.

—No lo sé.

Juan hablaba con un hilo de voz tan débil que el juez Guevara exclamó:

—¡Se ha ido el sonido! ¡Hable usted más alto, hombre!

—No puedo.

—¿Es que usted no ha hecho la mili o no ha ido a un campo de fútbol?

La tez rojiza de Juan de la Sierra —que terminaría por fallecer en julio de 2022 tras una larga enfermedad— se puso como un semáforo en prohibido el paso.

Stampa le interrogó cuando la luz natural comenzaba a escasear en la sala.

—En el agujero practicado en el cristal de la puerta de la piscina —preguntó—, ¿usted sabe si cabía una mano normal?

—Una mano pequeña, sí. Mi mano pudo entrar. Lo comprobé con la Policía delante.

—¿Y tomaron nota de que su mano cabía?

—No.

—¿Sabe usted si ha intervenido Rafael Escobedo en la muerte de sus padres?

—Evidentemente, no lo sé. Ni sé de nadie que haya podido intervenir.

—¿Cree que Rafael podría tener un motivo serio para matar a sus padres?

—Pienso que no.

Todo marchaba bien para Stampa hasta que entabló el duelo balístico con Francisco de Paula Ovando, en la sesión del miércoles 23 de junio.

El abogado defensor quiso dejar en la sala la rara sensación de que el informe había sido manipulado. El inspector Ovando, jefe del Gabinete de Balística, se mostró indignado:

—Me parece improcedente que un letrado con la experiencia del señor Stampa pregunte por qué se ha fotografiado una sola vaina o casquillo, y no las cuatro encontradas en el lugar del crimen. En el famoso «caso Atocha», por ejemplo, donde el señor Stampa formaba parte de la acusación particular, se presentó un informe pericial nuestro. Eran cinco asesinatos en vez de dos; se había recuperado una de las armas y había unas diecisiete vainas y diez balas. Se fotografió una sola vaina y una sola bala y, desde luego, el informe se dio por correcto.

Los hechos probados del «caso Urquijo» tenían tantos puntos oscuros que el fiscal Zarzalejos, al pedir la máxima pena para Escobedo, concluyó:

—Lamentaría que un inocente cumpliese una larga condena, pero más lamentaría que un asesino anduviera suelto. Los marqueses de Urquijo recibieron una muerte alevosa, trágica, inmisericorde, pero yo he actuado igual que si los muertos fueran de cualquier condición social. Para la Justicia no hay diferencia. Aquí no estoy buscando un culpable, sino el o los culpables. En este caso, la fantasía se ha desbordado. No ha faltado la CIA como en los mejores seriales, drogas, terrorismo, amenazas... Han desfilado ciento veintinueve testigos. La Policía los investigó a todos, porque todos eran sospechosos. Necesariamente era preciso ceñirse al círculo familiar. El crimen había sido una chapuza, el tipo de arma usada no era buena, dejaba demasiadas pistas. Solo con la prueba de los casquillos jamás habría acusado a Rafael Escobedo y sí habría apuntado mis sospechas hacia su círculo familiar, pero estoy convencido de que Rafael Escobedo participó en los asesinatos. Espero que cuando sea dictada la condena los otros posibles cómplices del crimen no se estén riendo de la Justicia por no haberlos podido sentar en el banquillo.

Y argumentó:

—Los móviles por los que se realiza un crimen nunca están predeterminados o archivados. En una ocasión, un hombre mató a su mujer porque le llevaba el desayuno a la cama. No existen los móviles explicables; es un simplismo pensar que existe un porqué lógico de todos los actos. Rafael Escobedo tenía una frustración sentimental; le faltan lazos familiares, sus amigos suplen a la familia. En el terreno profesional y matrimonial es una persona inestable. Sus intentos de suicidio no serios muestran su falta de afectividad.

En solitario, Rafi fue condenado a cincuenta y tres años de prisión. Así lo escribí en *El Periódico de Catalunya*:

> Rafael Escobedo Alday, yerno de los marqueses de Urquijo, ha sido declarado culpable del asesinato de sus suegros ocurrido hace tres años. El tribunal, que no descarta la posible existencia de cómplices del delito, ha condenado al acusado a una pena de veintiséis años por cada uno de los dos asesinatos, así como al pago de veinte millones de pesetas de indemnización a los herederos de las víctimas. Al enterarse de la sentencia, Escobedo se encogió de hombros y comentó: «¡Qué le vamos a hacer!».

Noche de licántropos

El jueves 31 de julio de 1980, Rafael Escobedo Alday almorzó con su íntimo amigo Javier Anastasio. Fueron al bufé de El Corte Inglés porque les habían asegurado que por seiscientas pesetas podrían comer cuanto quisieran. Ninguno de los dos se dedicaba a nada especial. Rafi había abandonado la carrera de Derecho y Anastasio decía ser fotógrafo porque había vendido un reportaje sobre Filipinas a una revista. Pasadas las cuatro de la tarde, ambos se marcharon a la casa de Anastasio, en la calle José Abascal. La familia de Javier había salido ese día de vacaciones y el piso estaba vacío. Oyeron música, charlaron un rato y durmieron la siesta.

A las siete de la tarde, a bordo de un Seat 1430 ranchera, matrícula M-0801-AS, los dos jóvenes emprendieron su última juerga de verano. En El Chascarrillo, un pub del barrio de Salamanca, Rafi estaba muy animado, hablaba sin parar y explicaba a su amigo sus proyectos más inmediatos, entre los que destacaba su intención de montar un bar. Allí se les unió José Juan Hernández Valverde, *el Sastre*, que también conocía a Juan de la Sierra Urquijo, quien aquel día se encontraba en Londres. Según algunos testimonios, en la relación de los cuatro no faltaban ciertas dosis de sexo.

Tomaron gin-tonics, algunos «benjamines» de champán y cenaron en el restaurante El Espejo. Después, de nuevo en El Chascarrillo, prosiguieron las copas rodeados de otros compañeros ocasionales como José Ramón Horta.

A las doce y media, Hernández Valverde dejó solos a Rafi y a Anastasio, que estuvieron en el pub Mil y Una Noches, también llamado «El Moro», hasta las dos de la madrugada aproximadamente, cuando Anastasio aparcó el Seat ranchera frente al domicilio de los padres de Rafael, en el paseo de la Castellana número 77, donde Escobedo vivía desde que en diciembre último se separó de Myriam. Lo que ocurrió a partir de aquí forma parte del «rompecabezas Urquijo», un puzle en el que las piezas jamás encajaron.

Escobedo pulsó el timbre del portal. No tenía llaves y todos dormían en la casa. Su hermano Alberto, de veintitrés años, le abrió la puerta semidormido. «Después de oír el telefonillo y el timbre —declaró—, abrí a mi hermano Rafael. Eran pasadas las dos y media. Le regañé por haberme despertado y vi cómo Rafael se iba a su cuarto y comenzaba a desnudarse».

Sin embargo, el yerno de los marqueses de Urquijo cogió una bolsa de deporte que contenía un soplete con bombona de butano, un martillo, un rollo de esparadrapo y una pistola Star del calibre 22 que su padre, el abogado Miguel Escobedo Gómez-Martín, poseía sin licencia. Supuestamente, Rafi lo tenía todo preparado desde el día anterior y había comprado los utensilios en unos grandes almacenes.

En menos de veinte minutos, el coche de Javier Anastasio llegó a Somosaguas, la zona residencial más lujosa de Madrid junto al pulmón de la Casa de Campo, y aparcó el vehículo en las inmediaciones del chalé número 27 del Camino Viejo de Húmera. Las declaraciones de Javier así lo afirman. Ernesto Anastasio, padre del «transportista», relató a la Policía una conversación mantenida entre su hijo y Escobedo: «Rafi le dijo a Javier que iba a Somosaguas porque había quedado allí con Juan. Mi hijo insistió: “Pero si Juan está en Londres”. Y Rafi le dijo: “No, no, he quedado con Juan”». Otro testimonio de Escobedo abunda en este sentido: «Me estaban esperando dentro del chalé —dijo a la Policía al ser detenido—.

Eran tres, y entre ellos una mujer, pero no os diré sus nombres».

Sobre las tres de la madrugada, según la sentencia 215/83, Escobedo, «presumiblemente en compañía de otras personas, penetró en el chalé, tras romper la puerta de cristal de la piscina cubierta y abrir un agujero en otra puerta, esta de madera, utilizando para ello un soplete con bombona de butano». Para que el cristal no cayera al suelo hecho añicos colocaron un trozo de esparadrapo que impidió el crac de los vidrios al romperse. Cuando fundieron la madera de la puerta no les importó dejar cenizas y tres huellas que jamás fueron descifradas. El caniche Boli no ladró. Los asesinos lo tenían todo bien pensado y conocían las dos plantas del chalé a la perfección, con sus habitaciones y sus recovecos. La única persona de la servidumbre que dormía aquella noche allí era la cocinera dominicana Florentina Dishmey Barrett, cuya habitación estaba situada justo debajo de la ocupada por la marquesa.

Una vez dentro de la casa, «solo o en unión de otros, [Rafi] marchó directamente al cuarto donde dormía su suegro, alumbrándole en la oscuridad con una linterna, a quien disparó, mientras dormía, un tiro en la nuca».

Los asesinos conocían las costumbres de Manuel de la Sierra. Sabían que, por padecer insomnio, taponaba sus oídos con aislantes acústicos de gran potencia, como los usados por los obreros en las fábricas. También solía cubrirse los ojos con un antifaz como el que, ya cadáver, llevaba en la mano. Una huella de pólvora de tres centímetros chamuscó la nuca de Manuel de la Sierra. Su muerte fue instantánea. Pero un nuevo disparo accidental se alojó en el interior de un armario, a unos sesenta centímetros del suelo. Quizá los asesinos chocaron entre sí por la oscuridad, o tropezaron al no ver la silla que solía estar junto a la cama interrumpiendo el paso. El ruido, sin duda, despertó a María Lourdes Urquijo, que dormía en la habitación contigua.

—¿Quién anda ahí? —fueron sus últimas palabras, según la confesión judicial de Rafi del 9 de abril de 1981.

El pistolero abrió la puerta interior y, desde una distancia inferior a diez centímetros, le disparó un proyectil que le entró por la boca rompiéndole un diente, porque los labios de la marquesa estaban cerrados. El tiro no fue mortal de necesidad al no lesionar centros vitales. «Cuando recibió el impacto, la víctima debió sobresaltarse e incorporarse, momento en el que recibió el segundo disparo, casi acto seguido y a cañón tocante, es decir, aplicando la boca del arma sobre el cuello de la víctima, lo que hizo que el disparo se ejecutase de delante a atrás, de derecha a izquierda y de abajo a arriba; razón por la que el proyectil llegó desde el cuello a la cavidad craneal rompiendo las vértebras, el agujero occipital, destruyendo el tronco cerebral y parte del hemisferio cerebral izquierdo, produciendo la muerte inmediata.»

Las salpicaduras de sangre tintaron la pared y un gran reguero se extendió por el suelo. Mientras la marquesa tragaba su propia sangre, recibió el tiro de gracia, ejecutado de una manera técnica, y quedó desplomada en el lecho.

María Lourdes, que tenía la luz encendida, tampoco pudo accionar la alarma, cuyo botón se encontraba junto a la ventana, oculto por unas cortinas de color verde. Este dispositivo antirrobos iluminaba el jardín del chalé y hacía sonar una sirena audible a varios kilómetros, y los pulsadores estaban distribuidos por toda la casa.

La misma pistola del calibre 22 fue usada para asesinar a los marqueses. Los proyectiles, que carecían de camisa, habían sido previamente estriados para que produjeran en las víctimas unas lesiones óseas mayores. «Estos disparos hablan del ánimo frío y profesionalizado del agresor o agresores, con auténtico ánimo homicida, ya que los disparos se produjeron hacia la cabeza de ambas víctimas y en situación de indefensión y sorpresa.» Lo dice la autopsia.

Nadie vio marcharse a los asesinos, pero dejaron su rastro. En el suelo, cuatro casquillos de bala se esparcían despreocupadamente sin que ninguno de los agresores se molestara en llevárselos. El primero de ellos estaba en el pasillo de la habitación del marqués de Urquijo, otros dos daban la impresión de haber sido arrinconados con el pie; el cuarto fue hallado sobre la sábana que cubría a María Lourdes. Excepto la silla, todo se mantenía intacto y en su sitio: los intrusos no habían tocado las joyas ni el dinero; tampoco habían puesto sus dedos sobre la abundante pinacoteca de los Urquijo ni sobre los documentos guardados en la caja fuerte. «El hecho se preparó y decidió con antelación, e indudablemente incluía la posibilidad de matar a otras personas además del suegro, si fuera preciso.»

Ningún ruido, nada sospechoso. La calma reinaba en aquella calurosa noche de verano. El vigilante jurado Antonio Serrano no detectó nada anormal; recordó que tres coches pasaron por el Camino Viejo de Húmera, pero ninguno se detuvo. Los guardas que custodiaban aquella zona de chalés no pudieron hacer su trabajo en las horas que rodean al crimen porque —según las investigaciones policiales— se les estropeó el vehículo y tuvieron problemas con el embrague. Todas las condiciones estaban dadas para que los asesinos no tuvieran tropiezos. Un cúmulo de supuestas coincidencias facilitaban el sangriento complot.

Aquella noche de licántropos, además de los marqueses asesinados, solo seis personas sabían que el chalé estaba prácticamente vacío: la cocinera Florentina Dishmey; el chófer Antonio Chapinal Canalejo al servicio de los Urquijo desde 1971; el mayordomo Vicente Díaz Romero y su mujer, Sagrario; Myriam de la Sierra, que había comido aquel día con sus padres en Somosaguas y sabía que los criados se iban inesperadamente de viaje; y el administrador Diego Martínez Herrera, que —según sus propias palabras— a las once y media de aquella noche recibió una llamada telefónica del marqués «para decirle que comprara cuatro cartones de tabaco Winston blandos y que no había pagado al ebanista; que después se puso la marquesa al teléfono para comunicarle que al día siguiente llevarían unas alfombras desde el chalé a la oficina donde trabajaba su hija Myriam y que se pusiera en contacto con ella para decírselo».

Casi cuarenta y ocho horas después del doble asesinato, ocurrió uno de los pocos hechos probados y reconocidos por sus autores: Javier Anastasio de Espona se encargó de hacer desaparecer los utensilios empleados. Montado en el coche, enfiló la carretera que conduce a San Martín de Valdeiglesias y durante el trayecto, pieza por pieza, arrojó a la cuneta el esparadrapo, el martillo... La pistola Star acabó hundiéndose en el pantano de San Juan y desapareció hasta meses más tarde, cuando unos turistas la encontraron, al bajar el nivel del agua por la sequía, y la depositaron en el Ayuntamiento de Pelayos de la Presa. Después, el arma del crimen volvió a perderse.

Levantamiento de cadáveres excelentes

A la mañana siguiente, la cocinera se levantó y preparó el desayuno para el servicio. Le sorprendió no ver a la marquesa haciendo *footing*. A las nueve y diez, Florentina, el chófer Antonio Chapinal y la asistenta Paula Concejal Díaz desayunaron como siempre. Los marqueses no daban señales de vida; se extrañaron. Solían servirles el desayuno a las diez y resultaba insólita semejante calma. Cuando Paula quiso airear los salones, encontró la puerta que comunica con la piscina abierta y quemada. Asustada, halló también la puerta cristalera de la piscina con un agujero grande y vidrios rotos en el suelo. Corrió hacia el chófer Antonio, un hombre de ademanes bruscos, quien, al comprobarlo, exclamó:

—¡Anda, la puerta que da a la piscina está rota!

—No bromees —respondió la cocinera con su acento cadencioso—, siempre estás bromeando.

—A los marqueses, o los han raptado o los han matado —dijo el chófer, tomando en sus manos el teléfono interior.

Los patrones no respondieron a sus llamadas.

Antonio Chapinal no lo pensó dos veces. Avisó al guarda jurado Ángel López Navarro, quien, acompañado por su compañero Antonio Serrano, se acercó desde el chalé de enfrente. Comenzaron a registrar la casa. López Navarro subió, pistola en mano, hasta las habitaciones del primer piso, lo seguía Chapinal con la porra del guarda en la mano. El vigilante llamó a la puerta y, ante la falta de respuesta, decidió entrar en el dormitorio del marqués. Encendió la luz, vio el primer casquillo de bala en el pasillo, se acercó a Manuel de la Sierra, le tomó el pulso y volvió a salir. Eran las nueve y veinticinco.

—¡Han matado al marqués y secuestrado a la marquesa! —gritó.

—¡La marquesa duerme en la otra habitación! —respondió el chófer.

Cuando Ángel López Navarro entró de nuevo y llegó hasta el cuarto de María Lourdes, también encontró un casquillo en el suelo, otro sobre la cama y el cadáver de la marquesa en medio de un gran charco de sangre. A simple vista, la habitación estaba en perfecto orden, no habían robado nada.

Los teléfonos estallaron en la mansión de los Urquijo.

A las nueve y media, el inspector Felipe del Campo, de guardia en la comisaría de Pozuelo de Alarcón, recibió un aviso que registró con el número 603: «El guarda de la finca de los marqueses de Urquijo dice que han sido encontrados en sus dormitorios respectivos y en las camas los cuerpos de sus señores, al parecer asesinados, sin más datos».

El comisario Francisco Sánchez Méndez, en la Policía desde 1943, y el subcomisario Antonio Herrero Rivera, con casi treinta años en el cuerpo, se desplazaron inmediatamente al lugar del crimen. Herrero dirigió las primeras diligencias, realizó una inspección ocular e interrogó a las personas del servicio. Ante la gravedad del hallazgo, la Brigada Regional de Policía Judicial de Madrid envió al Grupo IX de Homicidios, con el inspector de primera Luis Aguirre Duro, de treinta y cinco años, al frente. El Gabinete Central de Identificación tardó un poco más en llegar. La comisaría de Pozuelo de Alarcón dejó paso a los hombres del comisario Emilio Ballesteros.

A las diez de la mañana, el juez de Navalcarnero, Dámaso Ruiz-Jarabo, llegó al chalé y, en cuanto comparecieron el fiscal Zarzalejos y el médico de Pozuelo, Manuel

Valderrama Carrasco, constituyó la comisión judicial imprescindible para efectuar la primera diligencia de levantamiento de cadáveres e inspección ocular:

... una vez dentro de la vivienda, es conducida la comisión judicial por el Comisario Jefe de Policía de Móstoles al dormitorio grande, donde, y sobre la cama, es hallado el cuerpo de un hombre que está en posición decúbito prono, inclinado ligeramente hacia el lado izquierdo en postura relajada, y dada orden al Médico para su reconocimiento, previo juramento que presta en legal forma, dice: que es cadáver y el mismo presenta herida de arma de fuego con orificio de entrada en región occipital derecha, sin orificio de salida; presenta síntomas de rigidez cadavérica avanzada.

Seguidamente se constituyó en el otro dormitorio pequeño, donde se observa, encima de la cama, el cuerpo de una mujer, también en posición decúbito prono y, dada orden al Médico para su reconocimiento, se efectúa e informa que es cadáver y presenta dos heridas de arma de fuego con orificio de entrada, uno en región lateral derecha del cuello y el otro en mitad izquierda del labio superior, sin orificios de salida ninguno de los dos disparos. Ambos orificios presentan pigmentación tatuada de pólvora.

Por Su Señoría se dispone el levantamiento de los cadáveres y el traslado al Depósito Municipal de esta villa, lo que se efectúa seguidamente.

Acto seguido se procede a practicar reconocimiento e inspección del lugar, observándose: Que la habitación donde es hallado el cuerpo del hombre, la misma estaba intacta sin señales de violencia en muebles y ropas. Es hallado un casquillo de bala; y en la habitación donde está el cuerpo de la señora se encontraron dos casquillos de bala, uno encima de la sábana y otro en el suelo; casquillos que se entregan a la Policía Judicial para su investigación y dictamen.

Los cuerpos de los cadáveres se hallaban cubiertos por los pijamas de dormir y camisón respectivamente, y tapados con la sábana superior de la cama. Se da orden a la Policía Judicial para que procedan a recoger huellas y demás fotografías para identificación de posible autor o autores, manifestándose por los mismos que lo harán rápidamente, lo que así se verifica.

Los cadáveres son identificados como Don Manuel de la Sierra Torres, nacido el 21 de diciembre de 1925, natural de Barcelona, banquero y vecino de Pozuelo de Alarcón, y como Doña María Lourdes Urquijo y Morenés, hija de Juan Manuel y María Teresa, casada con el anterior, nacida en Madrid el día 29 de junio de 1935.

Acto seguido se procede a hacer el detenido reconocimiento de la vivienda, observándose en la planta baja que en una cristalera que da a una piscina cubierta se encuentra su cristal roto con un orificio suficiente para introducir la mano; cristal que al parecer fue roto apoyando algún paño de tela para amortiguar los ruidos; yendo desde dicha puerta por la piscina cubierta se pasa a otra habitación donde aparece la puerta que comunica con la vivienda en sí, quemada en su mitad a la altura de los pestillos o cerradura con un hueco por el que cabe una mano; hueco que al parecer se ha efectuado con soplete o aparato similar. Toda la casa, o sea, los objetos y enseres, están en completo orden. No hallándose nada más digno de constar, se da la presente por terminada, que firma Su Señoría y demás asistentes, doy fe.

La comisión se había quedado corta. No había visto el cuarto casquillo, ni el proyectil incrustado en el armario. Durante aquella mañana, envuelta en el hervidero de policías y familiares, ocurrieron muchas cosas dignas de mención. A las diez, y vestido con una camisa negra —color muy apropiado para el caluroso agosto—, llegó el administrador Diego Martínez Herrera, que inmediatamente se puso al servicio del inspector Aguirre y mencionó a Rafael Escobedo y a Richard Dennis Rew, amante de Myriam, como posibles sospechosos.

El administrador fue la única persona ajena a los funcionarios que estuvo en la habitación de sus patronos mientras se realizaban las indagaciones y las pruebas periciales. Martínez Herrera acompañaba al médico de Pozuelo cuando, por orden del juez, a las 13:00 horas, se tomó la temperatura rectal a los cadáveres. Este dictamen imprescindible para definir la hora de la muerte se hizo con un atraso de casi cuatro horas.

Cuando se marchó el doctor Valderrama, Diego demostró que seguía siendo el hombre para todo: secretario, consuelo, administrador, practicante y persona de confianza de la familia Urquijo. Sin encomendarse ni a Dios ni al Diablo, lavó y amortajó los cadáveres de los marqueses ayudado por la enfermera Ana Igelmo, que obedeció sus órdenes tajantes. Pusieron algodones en las fosas nasales de la marquesa, desnudaron los cuerpos y los cubrieron con sábanas a modo de sayal para que estuvieran más presentables a los ojos de las dos abuelas, María Teresa Morenés Carvajal y Mercedes Torres Canals.

Así explicaría su conducta el propio administrador: «Nadie me dijo que esto no podía hacerse. Lo hice por caridad. Yo solo lavé sus caras». En los rostros, evidentemente, estaban las huellas de los disparos, el rastro del crimen. Cuando los cuerpos de los marqueses llegaron al Instituto Anatómico Forense de Madrid, los doctores Raimundo Durán y José Antonio García-Andrade, que practicaron las autopsias, escribieron: «Ambos cadáveres ingresaron sin ropas y lavados, por lo que no se pudo realizar en ellos el estudio de los vestidos, manchas de sangre, pruebas de parafina ni posibles estigmas de ahumados».

El rompecabezas Urquijo perdió sus principales piezas durante aquellas primeras horas. El juez encargado del caso no se preocupó de precintar la caja fuerte del chalé, y Diego Martínez Herrera, que conocía la combinación, se apresuró a quemar documentos sin pedir autorización judicial. Una vez interrogado, el administrador tuvo que reconocer que había prendido fuego al contenido de la caja «porque el marqués así se lo había indicado». Cuando el heredero Juan de la Sierra regresó de Londres por la tarde, sin que en el aeropuerto de Gatwick le sellaran el pasaporte, estuvo de acuerdo en la destrucción de papeles y participó en la operación. Para colmo, la Policía descubrió que se habían quemado otros documentos porque una persona anónima hizo llegar a los investigadores varios trozos de papel que el chófer había incinerado junto a la verja por orden expresa del heredero. Al respecto, Juan de la Sierra llegó a manifestar: «Eran papeles sin importancia».

Desde las doce del mediodía, Myriam de la Sierra estaba en el chalé y, en compañía de sus dos abuelas, había visto el tremendo espectáculo de sus padres asesinados tal y como habían sido encontrados por la mañana. La primera persona ajena a la familia que se personó en el lugar del crimen fue el embajador de los Estados Unidos, Terence Todman. También estuvieron Mahmud Abdelkafaar, embajador de Egipto, Enrique de la Mata Gorostizaga, exministro y presidente de la Cruz Roja, y el barón de Gotor, José María Martínez-Bordiú, hermano mayor del marqués de Villaverde. Desde el primer momento, Jaime Carvajal y Urquijo, primo de la marquesa y presidente del Banco Urquijo, ofició como portavoz de la familia.

Aquel día estuvieron casi todos en el escenario del crimen: Rafael Escobedo repartiendo pésames, el mayordomo Vicente Díaz Romero que regresó inmediatamente de su viaje, Dick *el Americano* que interrumpió sus negocios en Oviedo, Mauricio López-Roberts, marqués de Torrehermosa...

El sábado 2 de agosto, más de trescientas personas distinguidas acompañaron hasta el cementerio de San Justo a tan excelentísimos cadáveres. Allí pudo verse también al expresidente del Gobierno, Carlos Arias Navarro, al exministro Gregorio López-Bravo y a los políticos Antonio Garrigues Walker y Joaquín Satrústegui.

También se encontraban presentes, como casi siempre ocurre, los asesinos.

Cianuro con soga

Penal de El Dueso, Santoña, segunda planta, celda número cuatro. A las 13:20 horas de un caluroso miércoles, 27 de julio de 1988, una comitiva formada por el director de la cárcel, el secretario y varios funcionarios descubrieron oficialmente el cuerpo sin vida de Rafael Escobedo Alday. La descripción del macabro hallazgo se relata así en la diligencia de levantamiento del cadáver: «Colgado de la ventana aparece el cuerpo de un hombre, mirando al interior de la celda, y por consiguiente de espaldas a la calle, que viste chaqueta blanca de punto con vueltas en las mangas, un chándal pantalón azul claro, zapatillas azules claras con suelas de goma y cordones blancos; niqui de manga corta color rosa puesto del revés y un eslip rojo, portando en la muñeca izquierda un reloj en funcionamiento y perfecta hora».

Las manos de Rafi estaban extendidas y las yemas de sus dedos ligeramente apoyadas en el saliente de la pared. En la minuciosa descripción se destacaba un detalle revelador: «Las punteras de las zapatillas rozan ligeramente la sábana de una de las camas de la celda, situada en la parte inferior de la ventana, de cuyo primer barrote horizontal está atada una sábana de doce centímetros». De su extremo, rodeado por un nudo, colgaba el cuello de Rafi. Un primer elemento misterioso saltaba en esta diligencia: si el supuesto suicida se hubiese arrepentido durante su acto mortal, podría haber detenido su inmolación porque sus pies rozaban la cama.

Varios meses antes, en una carta dirigida a su amigo el periodista Matías Antolín, Rafi escribía:

> Morir tampoco es algo que se deba hacer de cualquier forma. A mí me gustaría morir como yo desee, tranquilamente. Llegar una noche, tomar una pildorita, quedarme dormidito y abandonar esta humanidad insoportable. Me gustaría morir, pero no colgado de una reja por el pescuezo como si fuera un chorizo.

El levantamiento del cadáver se realizó sin tomar una precaución importante. A diferencia de como es usual, nadie tomó fotografías del momento en que fue descubierto el ahorcado, de su posición y detalles del cuerpo. El juez José Antonio Alonso Suárez no lo consideró necesario. Esta ausencia de fotografías convierte la descripción antes citada y el dibujo realizado por un funcionario en los únicos e insuficientes documentos con los que podría descubrirse un posible crimen, si lo hubiera.

El cuerpo sin vida de Rafael Escobedo, de treinta y cuatro años, fue colocado sobre la cama, y la forense interina, Gabriela González Pardo, comenzó su examen. Rafi había muerto una hora antes, en torno a las doce y media de la mañana, mientras los demás internos estaban en el patio o en los talleres. Se encontraba supuestamente solo en su celda, pero nadie pudo corroborarlo. Un recluso podría conseguir una llave, hacer una copia rudimentaria y entrar sin ser visto. En las cárceles españolas se han dado muchos casos similares y tal posibilidad está dentro de lo cotidiano.

Tras comprobar que en el cadáver no había ningún signo externo de violencia, la forense dictaminó: «Parece en un principio que la muerte ha podido producirse por asfixia, por ahorcamiento». Esta hipótesis de trabajo marcó toda la autopsia. Una ambulancia trasladó el cuerpo al depósito municipal de Santoña y aquella misma tarde se realizó la disección.

Aunque a las 14:00 horas, y ante los reclusos José Manuel López Sevilla y Enrique Chagori, se retiraron de la celda las pertenencias de Rafi, que fueron introducidas en seis cajas de cartón atadas con cuerdas y llevadas al juzgado —según la diligencia judicial—, en realidad, en cuanto sacaron el cadáver, un grupo de internos entró en la celda buscando algo o quizá con la intención de borrar posibles huellas. Del mismo modo que ocurriera en el «crimen de Los Galindos» en 1975, por cuyo «lugar de los hechos» desfiló una romería de curiosos que borraron los indicios del quíntuple asesinato, la celda de Rafi no fue precintada y se convirtió en un lugar de peregrinación para los demás presos.

¿Una nueva chapuza? Durante tres meses desde que Rafi fue hallado sin vida, cuatro jueces distintos heredaron la instrucción del sumario. Primero fue José Antonio Alonso, después le cayó accidentalmente al juez de Laredo, Fernando Andreu Merelles; a partir del primero de octubre, a la suplente Mercedes Sancha, y ya por fin a Fernando Grande-Marlaska.

La posibilidad de que Rafael Escobedo fuera asesinado por otro recluso que simuló un ahorcamiento fue negada por los funcionarios del penal, uno de los cuales me aseguró:

—Es muy improbable que existieran copias de las dos llaves con las que se llega a la celda de Escobedo. Son llaves nuevas, hechas hace solo dos años.

—¿Qué hizo Escobedo aquel día?

—Tras el desayuno, fue acompañado hasta su celda por un funcionario, que cerró tras de sí las tres cancelas. Al contrario que sus compañeros de celda, Escobedo no acudía después del desayuno a trabajar en sus respectivos destinos, sino que regresaba a su celda. Contaba para ello con permiso del director y del médico, obtenido a raíz del estado de debilidad en que quedó sumido después de su segunda huelga de hambre. Escobedo fue dejado solo en su celda, que quedó cerrada por el funcionario de turno, repito.

Al día siguiente, la autopsia realizada por un solo forense apoyó la hipótesis del ahorcamiento. La descripción del cadáver de Rafi no dejaba de tener tintes sombríos: «Pelo castaño, ojos marrones entreabiertos; presenta alrededor del cuello un trozo de sábana con nudo corredizo presionando el cuello. Al retirar dicho trozo de sábana se aprecian señales de fuerte presión alrededor del cuello, sobre todo en el lado izquierdo, presentando la piel efecto apergaminado». Y el informe concluye: «De los datos hallados en la autopsia, y pendiente de los resultados de la investigación, la muerte ha sido debida a LA ASFIXIA POR AHORCAMIENTO».

Oficialmente, Rafi se había suicidado. Sin embargo, setenta días después de este dictamen, tal afirmación saltó por los aires. El Instituto de Toxicología de Madrid, donde habían sido remitidas las vísceras de Escobedo, detectó cianuro en distintas concentraciones. En el estómago (enviado lavado y vacío desde Santoña) fue imposible precisar la cantidad de veneno, pero en los pulmones se detectaron catorce miligramos por kilo. «El pulmón muestra una serie de alteraciones —explica el informe del Instituto de Toxicología— que indican una cierta cronicidad en la adicción a las drogas de abuso.» El estudio decía, además, que la no existencia de congestión y dilatación vascular en el pulmón «sugieren que durante un período de tiempo más o menos largo el individuo no ha estado expuesto a los efectos de la droga».

Según tales conclusiones, Rafael Escobedo no se drogaba en exceso durante el tiempo previo a su muerte. La alta dosis de cianuro la había ingerido por vía aérea inmediatamente antes de morir. Pero ¿qué lo mató?, ¿el ahorcamiento o el veneno?

Marcos García-Montes, segundo abogado de Escobedo tras la renuncia de Stampa Braun, mantuvo desde el primer momento la duda entre homicidio y suicidio: «Tras leer la autopsia y el dictamen de Toxicología avancé en la hipótesis de un posible homicidio; que alguien le hubiera ahorcado después de muerto. Como la jueza no oyó mis demandas de una nueva autopsia, recurrí a tres forenses de reconocido prestigio».

José Antonio García-Andrade, decano de los forenses españoles y uno de los que realizó la autopsia de los marqueses de Urquijo, elaboró un informe junto con el especialista de Anatomía Patológica, Mariano Pérez Folguera. Los doctores concluyeron: «En la autopsia se especifica claramente que no existen signos de violencia, por lo que la suspensión se hizo voluntariamente o sin consciencia de la víctima, lo que supone un suicidio complejo. Es decir, que el suicida utiliza dos sistemas mortales para asegurarse su propósito: el veneno y el ahorcamiento. O bien, una vez muerto se le suspende sin ningún tipo de resistencia. No obstante, la parte de signos vitales en el cuello habla más en favor de la segunda hipótesis. En el primer caso, al perder la consciencia la víctima, que es inmediata a la toma del veneno aunque el fallecimiento tarde como máximo dos o tres minutos, deberían haberse presentado signos vitales de ahorcamiento al quedar aún con vida pero inconsciente, suspendido del lazo, y con la posibilidad además de que, al estar muy próximo a la pared y tener las convulsiones propias de una muerte por cianuro, se golpease las extremidades contra el muro, signos que no se describen. Es decir, al estar suspendido ya no tenía convulsiones».

Dicho de otro modo: Rafi ya estaba muerto cuando lo colgaron de la sábana. La tesis del homicidio es la defendida por estos prestigiosos expertos que explican el efecto letal del cianuro encontrado: «El hallazgo del cianuro, sobre todo a nivel pulmonar, parece muy definitivo, teniéndose en cuenta que la dosis de catorce miligramos por kilo de pulmón es evidente que es una dosis excesivamente elevada como para atribuírsela a fenómenos cadavéricos de descomposición. La no existencia de lesiones cáusticas en la mucosa gástrica y la dosis tan elevada de cianuro en pulmón, induce a pesar de que la vía de entrada fue la aérea en forma de inhalación, lo que es habitual en muchos toxicómanos [...]. Ello permite suponer que una vez esnifado el polvo voluntariamente, en la creencia de consumir una papelina de cocaína o heroína, ya no hay retorno y la muerte se produce indefectiblemente».

Para García-Andrade y Pérez Folguera no había lesiones vitales en el cuello de Rafi y, por lo tanto, quedaba sugerido que el cuerpo fue colgado sin vida. Tampoco se apreciaban signos de ahorcamiento en la cabeza. La emisión de semen y la mordedura de lengua se dan en cadáveres que tienen una muerte convulsiva y no solamente en el ahorcamiento. «Si se descarta también la muerte por suspensión —añaden en su informe—, ya que los signos vitales de ahorcadura no aparecen, necesariamente ha de pensarse en una causa de origen tóxico [...] y la importancia de los cianurados en este tipo de muerte.»

Pero ¿de dónde salió el cianuro inhalado por Escobedo? «La muerte de Rafi —en palabras de Antonio García-Pablos, abogado defensor de Javier Anastasio— viene muy bien a quienes temían por la celebración del segundo proceso del «caso Urquijo». Creo que existe más de una persona que ha sentido alivio ante su muerte.»

¿Suicidio? ¿Asesinato? ¿Fue colgado después de muerto o tomó el cianuro para garantizar el éxito de su decisión? Como en el epílogo provisional de una farsa, el protagonista principal había sido obligado a hacer mutis antes de que bajara el telón. Rafael Escobedo Alday es la última víctima del crimen de los Urquijo. Mucho más monstruoso que morir en el momento justo, como escribió Elías Canetti, es morir a destiempo.

III

AMARGA NEUS O LA DESTRUCCIÓN DE LA FAMILIA

En la mañana del 26 de mayo de 1982, cientos de personas abarrotaban los veinte metros cuadrados del vestíbulo de la Audiencia Provincial de Huesca. Desde las nueve y media, una hora antes de que comenzara el juicio contra Neus Soldevila y sus hijos, eran muchos los que habían pugnado por un asiento. En la sala de vistas no cabía un alfiler. Ante la presión de la muchedumbre nerviosa cedían peligrosamente los quicios de la puerta de entrada. En el pasillo se sucedían escenas de desmayos, ligeras asfixias y señoras evacuadas por mareos. Era algo nunca visto en la tranquila vida de Huesca. El juicio por el parricidio de Juan Vila Carbonell, ocurrido el 28 de junio de 1981, levantaba un torbellino de pasiones y habladurías.

Cuando el presidente del tribunal, Pedro Vitrián Esparza, entró en la sala, estaba dispuesto a mantener las cosas en su sitio. Como magistrado de reconocida dureza, experiencia no le faltaba. En 1977 también presidió en Pamplona el juicio por el entonces famoso «crimen de Velate», contra un teniente de alcalde de Zaragoza llamado Jaime Balet, que mandó, según la sentencia, matar a su mujer, Pilar Cano. El tribunal, entonces, condenó al concejal franquista, a su cómplice y a dos alemanes a la pena de muerte, que sería conmutada por treinta años de cárcel.

El juez Vitrián abrió la sesión. En un silencio sepulcral, el fiscal Francisco Goyena de la Mata solicitó más de cien años para Neus Soldevila Bartrina, y treinta y siete para su hija mayor Neus y sus hijos gemelos Juan y Luis, y para la criada, Inés Carazo. El abogado defensor, José María Armadás, pidió la absolución.

Neus Soldevila, de pie, con una chaqueta azul marino y el pelo suelto con una melena larga y lacia, hablaba con suavidad ante las preguntas incisivas del fiscal: «No, no tenía intención de matar a mi marido. No es verdad que yo tuviera tratos con otros hombres ni que haya preparado un plan para eliminar a Juan».

Lo negaba todo.

NEUS: Tenía miedo a mi marido. Él nos amenazó con matarnos si nos íbamos de casa. Éramos muy, pero que muy, aborrecidos. Juan se tomaba de ocho a diez Valiums diarios, media botella de whisky y de diez a doce cervezas. Nos trataba muy mal. Jamás nos llamaba por nuestro nombre, se dirigía a nosotros diciéndonos «sucia», «bruta» o «cabrones».

FISCAL GOYENA: El día de autos usted hizo el amor con su marido.

NEUS: Juan me obligó, a pesar de que estaba con la regla y me dolía bastante el estómago y la cabeza.

FISCAL: Usted compró éter el 18 de marzo de 1981, casi tres meses antes del día de autos, para envenenarlo.

NEUS: Es verdad que fui a comprar éter con mi hija Neus para dormir a Juan, pero no para matarlo.

El 28 de junio de 1981, el constructor Juan Vila Carbonell fue asesinado mientras dormía la siesta en su chalé de Esplús (Huesca). Según fuentes policiales, después del crimen la esposa efectuó una llamada telefónica desde su casa de Montmeló a la Guardia Civil de Binéfar, para que se personase en el chalé Más Vila, porque horas antes habían acudido dos individuos encapuchados diciéndoles que abandonaran el lugar y que querían hablar con su marido. Más tarde, una llamada anónima reivindicó la autoría para la organización terrorista GRAPO. La Guardia Civil descubrió el cuerpo aún agonizante de Juan Vila sobre la cama, con un disparo en la nuca. El partido Fuerza Nueva manifestó que el muerto era militante suyo y que por eso lo habían asesinado. El 13 de octubre de 1981, Neus Soldevila, sus hijos y la criada ingresaron en la Prisión Provincial de Huesca como presuntos autores.

NEUS: Aquel día le pusimos dos o tres cabezas de cerilla en el café para dormirle. Yo no estaba presente en el momento del disparo. Vi a Marisol con una pistola y salí detrás de ella para sujetarla. Disparó y nos fuimos de allí corriendo. Creí que Marisol no sería capaz...

Aquel 28 de junio, la familia Vila-Soldevila tenía que regresar a Barcelona, pero Neus se encontraba mal, le dolía la cabeza y en su depresión hablaba a sus hijos de suicidarse. Las deudas le comían el terreno. Debía 750.000 pesetas cuyo plazo vencía al día siguiente. El «negocio» que había emprendido a espaldas de su marido consistía en pedir un préstamo a un conocido y comprometerse a devolverlo en poco tiempo y a un interés muy alto. Así llegó a adeudar dieciséis millones de pesetas. Aunque la fortuna de Juan Vila sobrepasaba los doscientos millones, el hombre mantenía a su familia en una austeridad extrema; hacía trabajar a sus hijos con él en la construcción y despreciaba la actividad intelectual, la cultura y los estudios. Venido de un ambiente campesino, Vila se había hecho a sí mismo. Con sus propios obreros construyó viviendas alrededor del nuevo cinturón industrial de Granollers.

El día del crimen, Neus Soldevila se metió en la cama. Juan decidió aplazar el regreso y «obligó» a su mujer a hacer el amor. Luego quedó profundamente dormido. «Hay que deshacerse de este hombre o me tiro bajo el tren», dijo Neus a sus hijos. Los gemelos y Marisol, de catorce años, tomaron la Star del 9 corto que su tiránico padre guardaba ilegalmente y se fueron a probarla al establo, contra unas balas de paja. Disparaba. Luis penetró en el dormitorio, pero fue incapaz de apretar el gatillo. Con ademán resuelto, la guapa Marisol, hija favorita de Juan Vila, tomó la pistola y exclamó: «¡Si vosotros no tenéis cojones, lo haré yo!». Entró en la habitación y descerrajó un tiro mortal en la nuca de su padre.

La aparición de Marisol Vila en la sala de vistas despertó la sorpresa envuelta con murmullos y un determinado oleaje de agitación, exclamaciones y cabezas pendulantes. El magistrado Duplá, miembro del tribunal, se puso las gafas mientras algunos quedaron boquiabiertos. Todos esperaban la aparición de una niña de quince años, cobijada por el Tribunal Tutelar de Menores, tímida como en un melodrama de Hollywood, asustada quizá por ser la autora material del asesinato de su padre. Hubieran caído lágrimas a raudales. Pero los asistentes vieron aparecer por la puerta de los testigos a una mujer hecha, alta y rubia, vestida de fucsia, que miraba a los jueces de frente con ojos bellos y desafiantes.

Marisol Vila dio la vuelta al proceso. Sus palabras parecían estudiadas.

FISCAL: ¿Quién mató a su padre?

MARISOL: Yo no disparé contra él.

El revuelo se adueñó de la sala mientras el defensor José María Armadás se llevaba las manos a la cabeza y Neus Soldevila, desde el banquillo, gritaba: «¡Eso es mentira!».

El juez Vitrián llamó al orden.

Prosiguió el interrogatorio.

MARISOL: Mi madre me dijo que debía ser yo quien disparase porque solo tenía catorce años, y me dijo también que la manera más limpia de matarlo era con la pistola. Yo me negué. Le dije que conmigo no contara.

FISCAL: ¿Acaso no fue usted quien disparó?

MARISOL: No.

FISCAL: ¿Quién lo hizo entonces?

MARISOL: No lo sé. Me metí en el lavabo. Oí un disparo, salí y vi que mi hermano Luis llevaba la pistola que antes tenía en sus manos mi hermana Neus.

Desde el banquillo, Neus Vila exclamó: «¡No he tocado nunca la pistola! ¡Mientes!».

Todos estaban desconcertados cuando le correspondió interrogar al abogado Armadás.

ABOGADO: Usted, ¿los fines de semana va a casa de su tío Luis Vila, hermano del muerto?

MARISOL: Sí.

ABOGADO: ¿Y sabe que su madre, Nieves, está querellada contra su tío Luis?

MARISOL: Sí.

ABOGADO: ¿No ha sido su tío quien le ha inculcado lo que está diciendo?

MARISOL: No.

ABOGADO: Lo cierto es que, dos días antes de su muerte, usted intentó matar con una barra de hierro a su padre, y que, ocho días antes, entró en la habitación de su madre para decirle que estaba dispuesta a matarle.

MARISOL: Eso no es cierto. A mí no me molestaba mi padre, ya que tenía la posibilidad de abandonar mi casa a los dieciocho años.

Abogado: ¿Sabe que si no es considerada autora de los hechos cobrará una póliza de muchos millones?

Marisol (visiblemente nerviosa): Sí, y es verdad también que estoy enfadada con mi madre, porque me escribe cartas recriminándome por todo lo que hago los fines de semana con mi tío Luis. He estado ocho meses en el colegio soportando el desprecio de todos porque creían que, de verdad, había matado a mi padre. Yo no puedo soportar más esto por un crimen que no he cometido.

Una pregunta quedó flotando cuando interrogó Goyena.

Fiscal: ¿Por qué había tardado siete meses y medio en negar que disparó?

Marisol: Porque ahora estoy bajo juramento.

Fiscal: ¿Qué es jurar?

Marisol: Es poner a Dios por testigo.

El juicio, a media tarde, entró en un callejón sin salida. El presidente Vitrián, a petición del fiscal, ordenó que la madre y la hija se carearan, frente a frente, para tratar de saber quién mentía de las dos.

A puerta cerrada, Neus y su hija Marisol, ambas en pie, cruzaron sus miradas.

Neus: Mari, solo quiero saber por qué has cambiado.

Marisol: *Estic farta!* ¿Sabes lo que es ir por la calle y que la gente te mire mal?

Neus: Yo he dicho la verdad y tú lo sabes muy bien.

Marisol: No, mamá. Lo que yo digo es cierto.

Neus: A mí no me importa, pero ahora echas la culpa sobre tus hermanos. No puedo más, señor presidente. —Neus se desmoronó—. No entiendo lo que pasa. No tengo valor para seguir ni fuerzas para nada.

20 de octubre de 1981. Carta de Neus Soldevila desde la Prisión Provincial de Huesca:

Más que un asesinato fue un acto de defensa personal. Mi esposo tenía planeado matar a uno de nuestros hijos de dieciséis años, simplemente por un motivo insignificante, ya que lo quería dejar solo otra semana en la finca, solo y sin ningún medio de comunicación, ya que se había peleado con el nuevo encargado. Cuando salga a relucir todo, se preguntará usted si se puede llamar persona a un bicho de esta clase. Si no fuera por mis hijas pequeñas [de siete y ocho años] preferiría vivir en una cárcel o en celda, si se quiere, antes que vivir con una persona en esas condiciones.

En la segunda sesión del juicio contra la viuda y los tres hijos de Juan Vila, los médicos forenses, que actuaron en calidad de psiquiatras, declararon tajantemente que el asesinado sufría una enfermedad mental. En su informe, los forenses Manuel Rodríguez y Vicente Medina, escribieron textualmente: «El señor Vila era un enfermo mental de carácter paranoico que actuó como agente alienante en su medio familiar». El retrato del muerto, elaborado por los dos peritos tras encuestar a numerosas personas que lo conocieron, es por sí solo elocuente: «Juan Vila fue víctima del mismo sistema que él había montado para su familia: la defensa con armas de fuego. En cada habitación de la finca tenía una escopeta cargada para repeler la llegada de cualquier visitante inesperado. Su carácter era conflictivo; ingería grandes cantidades de alcohol aunque no llegó a emborracharse públicamente. A sus obreros los mantenía a rajatabla, sin permitir discusiones ni contradicciones con él. Sus órdenes también eran sagradas en su familia. Con la llegada de los ayuntamientos democráticos, Juan Vila llegó a padecer "un auténtico delirio de miedo y persecución, su conducta se hizo más amenazante, dejó de estar a pie de obra y se encerró en su casa a beber y a tomar Valium 10"».

Sobre la carga ideológica que arrastraba con su militancia en Fuerza Nueva, el doctor Manuel Rodríguez afirmó: «En una ocasión en que Juan Vila estuvo a punto de cerrar un ventajoso contrato de ascensores, su interlocutor hizo un comentario que le delató como simpatizante de un concreto partido de izquierda de Cataluña. Por esta razón, Juan Vila lo echó inmediatamente de su despacho y contrató los ascensores a un precio más elevado.»

La conducta de la familia Vila-Soldevila fue calificada por los psiquiatras como «activa-agresiva». Dispararon con el arma de fuego por la propia conciencia que el padre les había imbuido: «las armas como defensa ante la angustia y el miedo». La inmadurez psicológica de Marisol Vila justifica su mentira en el juicio. Buscaba así «un mecanismo mental para desplazar y limitar sus culpas», según el forense Vicente Medina. «Es un intento de construirse su posibilidad de vida, para seguirla con cierta paz y huir de la catástrofe emocional.»

En sus conclusiones finales, el fiscal Goyena comparó a Neus Soldevila con «la mantis religiosa», un insecto del tamaño de un saltamontes que, después de aparearse con el macho, lo devora. El público que asistió al juicio quería la absolución de los hijos y el castigo más duro para la madre. Neus, la dulce, como fue calificada por cierta prensa, había destrozado las leyes más sagradas: el matrimonio que solo Dios puede separar y el crimen que rompe el quinto mandamiento. Todos los aspectos de su vida privada corrían de boca en boca. Quienes la defendían hablaban de una mujer desesperada, estafada por todos. Con el pelo teñido de rubio y cinco años más, los rasgos de Neus se habían endurecido. Su filosofía de la vida también. En la cárcel de Wad-Ras, en Barcelona, solo aspiraba a rehacer una familia que ya no existía, distribuida en reformatorios, dispersa como los pájaros tras el estallido de un disparo.

Balance y espectáculo

El tribunal la condenó a veintiocho años de cárcel por parricidio con agravantes de premeditación y alevosía. Su hija mayor, Neus Vila, fue condenada a veintiséis años, que luego el Tribunal Supremo reduciría a catorce; los gemelos Luis y Juan, de diecisiete años, a una pena de once y diez años de prisión respectivamente. Todos, menos la madre, cumplieron la condena en régimen abierto; trabajaban e iban a dormir los fines de semana a la cárcel.

Neus, la «mantis religiosa» de un excesivamente lírico ministerio fiscal, vio a su alrededor el gran *show* de la fama, un negocio del que muchos quisieron beneficiarse. Y ella decidió no ser menos. Los productores de una película basada en su historia, *Crimen de familia*, tuvieron que indemnizarla con siete millones de pesetas por transgredir su derecho a la intimidad.

Su hija Marisol, con dieciocho deslumbrantes años, posó desnuda en la revista *Interviú*, repartiendo a diestro y siniestro declaraciones que la mantuvieron en la cresta de la ola, como si pretendiera no olvidar nunca el horror de aquel 28 de junio de 1981. He seleccionado algunas de sus palabras, recogidas en revistas y periódicos de 1985, como muestra del largo camino emprendido por esta desafortunada muchacha:

> A mi madre la veo como una mujer reflexiva, conspiradora. Se ha construido una imagen de mujer dulce. La primera impresión es de dulzura y eso contrastaba con las brusquedades de mi padre, que era puro impulso pero sin rencor [...]. Mi madre es rencorosa y en público controla muy bien sus sentimientos. Si mi madre hubiera estado enamorada de mi padre no nos hubiera animado a enfrentarnos a él,

siempre insistiendo, comiéndonos el coco a todos los hijos. Yo estoy convencida de que era una campaña de preparación psicológica para que hiciéramos algo.

La verdad es que yo soy la más parecida a mi padre. Yo también estoy afiliada a Fuerza Nueva; bueno, ahora no existe, y por eso estoy en Alianza Popular, porque también es verdad que aquéllos eran unos extremistas; pero yo estoy de acuerdo políticamente con mi padre y no me parece bien todo lo que se ha escrito y dicho de él.

Sí, disparé contra mi padre, pero no sé por qué lo hice. Yo no negué los hechos durante el juicio para que la culpa recayera sobre mis hermanos. Lo negué por rabieta. Mi padre no hubiera sido capaz de hacer lo que yo hice.

Los años de cárcel y la desintegración familiar borraron los rasgos de dulzura de la esposa sumisa. Un inesperado día de octubre de 1986, la supuesta «mantis religiosa» se fugó de la Justicia española aprovechando un permiso de fin de semana y se marchó a Latinoamérica con su hija pequeña, María Dolores. En 1987 fue detenida en Ecuador acusada de contrabando de joyas.

Hace más de cuarenta y un años, la familia Vila-Soldevila se unió para realizar el exorcismo de la sangre: matar al padre. «Una acción de defensa propia», según Neus. Se defendían de un padre que había sido «el elemento alienador de la familia». En la mente de Marisol, la mano armada, primero surgió el odio al padre en defensa de su madre; luego, cuando el parricidio era ya agua pasada, renació en ella un justificativo amor al padre y el odio a la madre que la indujo a disparar. Un largo trayecto en un camino lleno de humillaciones, fantasías y amnesias. Los hijos y la mujer de Juan Vila Carbonell dieron muerte simbólica a la familia. Por eso, la muchedumbre que abarrotaba la audiencia de Huesca, que devoraba las crónicas periodísticas mientras el golpista Tejero era juzgado en consejo de guerra, pedía la cabeza de Neus y la absolución para los demás.

Para destruir un círculo de agravios y maltrato, cuando creyeron que ya no era posible salir de él sin derramar la sangre («Como me abandonéis, os mato», amenazaba el tiránico Vila), la familia recurrió al crimen. Matando al padre obtuvieron la liberación. Hasta que fueron detenidos, Neus y sus hijos vivieron tres meses de «auténtica felicidad», libres y tan visiblemente contentos que el hermano del muerto, Luis, llegó a escandalizarse y les llamó al orden para que no demostraran su alegría tan descaradamente.

Después, con su detención, confesión y encarcelamiento, la realidad sufrió un vuelco: de verdugos se transformaron en víctimas. En la novela de Dostoievski, Iván Karamazov declara al ser juzgado:

> —Pues eso, que estoy en mi juicio, en todo mi juicio, tan en mi juicio como está usted y como todas esas... carotas —dijo, volviéndose bruscamente al público—. Matan a su padre y luego fingen asustarse —prosiguió, rechinando los dientes con rabioso desprecio—. Unos a otros se engañan. ¡Embusteros! Todos desean la muerte del padre. Un insecto se come a otro insecto... De no haber parricidio, todos ellos se pondrían furiosos y se irían de aquí con mal humor... ¡Espectáculo! ¡Pan de fiestas! Por lo demás, también yo soy bueno.

IV

CORTINA DE HUMO

En 1983 todo el mundo escuchaba ruido de sables. El golpismo galopaba, como el caballo de Pavía, por las mentes asustadas de los ciudadanos de a pie. Tras ocho años sin Franco las cosas no estaban demasiado claras. El espanto del golpe del 23-F se había transformado en respiración contenida. A duras penas, el triunfo electoral del PSOE en octubre de 1982, con mayoría absoluta, daba nuevos bríos a la sosegada ilusión de los españoles: el cambio, la modernización del país, los ochocientos mil puestos de trabajo prometidos, salir de la OTAN... y calmar al Ejército heredado de Franco. A pesar de que el 23-F el secuestro del Congreso de los Diputados había fracasado, el fantasma golpista seguía campando por sus fueros y amordazando las aspiraciones populares que habían puesto a los socialistas en el Gobierno. Al desencanto político, tan de moda a principios de los años ochenta, se sumaba ahora el miedo a perder las pocas conquistas democráticas. La gente, a diferencia del 18 de julio de 1936, no se echó a la calle espontáneamente para defender la democracia. Y este es un hecho que no debemos olvidar. Volver a un nuevo franquismo significaba para muchos renunciar a las piscinas, a los suculentos cargos en la Administración y, posiblemente, a la vida. Los trabajadores, condenados al paro y desorientados por sus dirigentes socialistas y comunistas, se mostraban cautelosos, como si aquel «¡Todos al suelo!» fuera una pesadilla. Y no lo hacían por miedo, sino por escepticismo y sumisión a unos dirigentes que lo habían puesto todo, absolutamente todo, en manos del rey.

¿Para qué realizo estas disquisiciones? La respuesta es sencilla: son el contexto para narrar un supuesto crimen ocurrido el 26 de julio de 1983 en el domicilio de un anciano; un triste suceso que ciertos militares golpistas consiguieron hábilmente convertir en asesinato, e incluso elevar a la categoría de atentado encubierto. Cuando la política y las víctimas del terrorismo ya no conmovían ni a las porteras, agitar la bandera de un crimen común, cercano, producto de la inseguridad ciudadana, podía tener consecuencias magníficas para caldear aún más el ambiente, porque, si bien el morbo podía más que la Goma-2, también es cierto que en los cuarteles el testamento de Franco era invocado por muchos uniformes insatisfechos.

El 29 de abril de 1983, el Tribunal Supremo elevó definitivamente las penas impuestas a los golpistas del 23-F por un tribunal militar. Alfonso Armada Comyn, Jaime Milans del Bosch y Antonio Tejero Molina recibieron la máxima pena: treinta años de encierro en castillos militares, eso sí, de cinco estrellas. Los restantes golpistas fueron separados del servicio, encarcelados o absueltos, pero conservaron su graduación y eran reintegrados al servicio activo o pasados a la reserva, tranquilamente, con cuentagotas. Para colmo, seis meses antes otra conspiración había sido desmantelada: el golpe de los coroneles del 27 de octubre de 1982, durante la jornada de reflexión de las elecciones generales que dieron la victoria al PSOE. Era el golpe del 27-O también llamado «Operación Marte». Después de la «Operación Galaxia» y del «Tejerazo» tal denominación resultaba de lo más adecuado. Cuatro coroneles y tenientes coroneles estaban procesados por esta sedición. Eran tan solo la punta del iceberg. Al respecto, en julio de 1983 fueron conocidos algunos documentos en los que se aseguraba que estaban en marcha tres golpes: «el de los tenientes generales, el de los coroneles y el de los espontáneos». La acción de estos últimos sería «irreparable».

En tal atmósfera, el 26 de julio de 1983 perdió la vida en su domicilio de la calle Beatriz número 3, piso tercero, letra C, el comisario de policía jubilado Antonio Cortina Menéndez de la Cuesta, de setenta y seis años, y así lo relata esta historia.

La comisaría de Ventas realizó las primeras instrucciones del caso y las remitió al juzgado de guardia. Casi un mes más tarde, el 17 de agosto, inspectores de la comisaría de Buenavista escribieron la diligencia número 12.644 que informaba al juez:

> El día de autos [el cadáver de Antonio Cortina] se encontraba sentado en una butaca, ligeramente inclinado hacia el lado izquierdo, del que colgaba el brazo del mismo lado y desprovisto casi en su totalidad de ropa, quedando únicamente restos de la camiseta interior en el cuello, del que pendía una medalla de oro, y con un anillo de tipo sello en el dedo anular de la mano izquierda, presumiéndose que se hallaba dormido en el momento del incendio. Los bomberos tuvieron que entrar por la terraza que comunica con el salón de estar, ya que la vivienda estaba con la puerta cerrada y resultó blindada, comprobándose que la llave de paso del gas estaba cerrada. Según todos los indicios se presumía que el incendio había sido fortuito y que posiblemente le había pillado al finado cuando estaba descansando, acostado sobre el susodicho sillón. Tras salir en la prensa y teniendo

conocimiento de lo acontecido, por inspectores adscritos al Grupo de Policía Judicial de esta Comisaría se iniciaron activas gestiones.

A renglón seguido, los policías dieron un giro de ciento ochenta grados a la investigación cuando escribieron:

> A la hora de detectarse el incendio, sobre las dieciséis horas y quince minutos, no había nadie en el habitáculo destinado a la portería. El vecindario estaba en su mayoría ausente del inmueble y disfrutando del descanso veraniego. Un detalle importante llamó la atención a los investigadores en el acceso por la escalera; en los diferentes descansillos, entre piso y piso, obraban unas ventanas de hierro, acristaladas y de fácil apertura, al tener únicamente una manivela con giro lateral derecho, que dejan al descubierto el patio interior. La ventana del descansillo está a menos de un metro de la ventana de la casa que da a la cocina, la que, al parecer, el día de autos estaba entornada, con dos hojas y de muy fácil acceso y penetración. [...] El brazo del finado denotaba algo anormal con el detalle de ser hallado, prácticamente sin explicación técnico-policial alguna, un RELOJ DE PULSERA, de la marca «Mafer Super», por dentro del sillón, pegado al apoyabrazos y no en la muñeca de la víctima, como por lógica tendría que haber aparecido. El cadáver, según las fotografías obtenidas el día de autos, daban la sensación de estar «asado» [subrayado en el original], llamando igualmente la atención las cenizas que aparecían cercanas al sofá y la falta de ampollas o desprendimientos en el cuerpo sin vida, en una postura un tanto forzada. Curiosamente, en su mayor parte el sofá no aparecía quemado y sí únicamente desprendido o deshojado parte de su recubrimiento, dando la sensación ocular que papeles o efectos parecidos habían podido ser

quemados en el mismo, provocando, una vez sin vida, la «asadura» de la víctima. Igualmente, en la terraza, sobre una mesa metálica, aparecían dos cajones con papeles, lo que llamaba la atención por la situación ilógica de dichos elementos en la zona.

Estos «detalles» y la costumbre del comisario Cortina de cerrar su casa con llave cuando estaba en su interior, condujo a los inspectores de la comisaría de Buenavista a cambiar la versión de la muerte del padre de uno de los principales y más enigmáticos implicados en el golpe del 23-F, el entonces comandante José Luis Cortina Prieto, cerebro del CESID (Centro de Seguridad e Información de la Defensa), órgano máximo del espionaje español.

> Las pistas e investigaciones obtenidas [prosigue la diligencia policial] confirmaban las sospechas de que personas extrañas hubiesen accedido a la vivienda a través de la ventana de la cocina, pensando no hallar a nadie y sorprendiéndoles la víctima, a la que hubieron de sujetar y presumiblemente «asfixiar» [subrayado en el original] dada la postura, y una vez muerto, prender fuego con papeles e incluso algún disolvente de la vivienda.

De este modo, con su nueva versión, los encargados del caso convirtieron un incendio fortuito en un delito de sangre y dirigieron sus sospechas hacia los «apartamenteros», ladrones de viviendas que borran sus huellas prendiendo fuego a los enseres.

Cuesta mucho comprender cómo y porqué los audaces funcionarios llegaron tan lejos en sus pesquisas. Sus ideas galopantes y su conclusión resultaban vertiginosas, casi *holmesianas*:

> Todas las pistas obtenidas, y dada la idoneidad del inmueble, conducían [?] a sospechar de la autoría de la acción punible, por parte de tres individuos de nacionalidad sudamericana, concretamente colombianos, que el día uno de julio del año en curso habían sido sorprendidos intentando introducirse en una vivienda de la calle de la Princesa.

Así, los colombianos Luis Carlos Pulido, José Isaías Vásquez Ovalle y Guillermo Isaza González, tres rateros de poca monta, se toparon con el dudoso honor de ser los supuestos homicidas de Antonio Cortina. De los tres, Pulido, considerado como un «confite» (chivato) de la Policía, fue quien denunció a los otros dos implicados. El historial delictivo de Luis Carlos Pulido estaba manchado de sangre. El 10 de mayo de 1978 había matado en la prisión de Carabanchel a Nicolás Antonio Capelo durante una reyerta a puñaladas entre presos latinoamericanos y españoles. Meses antes del «caso Cortina», en febrero de 1983, había sido condenado por robo junto al también colombiano Guillermo Gutiérrez Becerra, asesinado a su vez en una discoteca de Barcelona en diciembre del mismo año. La sentencia no era firme, estaba recurrida y Pulido seguía en libertad.

En comisaría, Guillermo Isaza y José Isaías Vásquez confesaron su participación, aunque después denunciaron ante el juez instructor que la confesión les había sido sacada mediante malos tratos durante los interrogatorios policiales.

Por si faltaba poco, el general golpista Jaime Milans del Bosch escribía en el prólogo del libro *Jaque al rey*, sobre las incógnitas del 23 de febrero de 1981:

> Muchos enigmas envuelven la conducta del comandante Cortina [...]. Y es que hay cosas que no encajan, que son

incomprensibles. Una de ellas, la principal creo yo tratándose de un servicio de información, es que no estuvieran vigilados —¿o sí lo estaban?— los pasos del teniente coronel Tejero después de la llamada «Operación Galaxia». [...] Pero no terminan aquí los enigmas de Cortina. Hay otro y bien doloroso por cierto: la muerte en circunstancias trágicas de su padre. Hoy se sabe que fue un asesinato [?], posibilidad que él negó rotundamente al muy poco tiempo de producirse el hecho. ¿Cómo pudo afirmar que la causa del siniestro no podía ser otra cosa que un cortocircuito y que había que desechar toda posibilidad de atentado? Lo dijo con la misma firmeza y el mismo aplomo con el que el señor Laína [director general de Seguridad, entonces gobernador civil de Zaragoza] afirmó que el incendio del [hotel] Corona de Aragón había sido provocado, fortuitamente, por una freidora de churros.

Además, durante el juicio del 23-F, el teniente coronel Tejero aseguró que antes del asalto al Congreso se había reunido en aquella casa con el coronel José Luis Cortina. Inesperadamente, el incendio y muerte de Antonio Cortina Menéndez del Campo se convertía en un episodio póstumo del 23-F y en otro de sus misterios. ¿Un accidente?, ¿un atentado?, ¿un homicidio? Todos parecían dispuestos a dejar que el escándalo creciera como una bola de nieve. Se trataba de actualizar el entramado enigmático que rodeó al golpe del 23-F, plagado de puntos oscuros y silencios clamorosos como razones de Estado. Todos estaban en «el complot», menos los tres latinoamericanos a los que habían hecho comerse el marrón. Las diligencias previas número 2740/83 se hicieron lentas, enrevesadas, complejas, y entraron en el laberinto de los papeles, los jueces provisionales y la verdad perdida en documentos amontonados entre legajos.

El auténtico mecanismo de la muerte

Uno de los detenidos, Guillermo Isaza, tras cuarenta y cinco días en la prisión de Carabanchel, escribió al juez de instrucción número 4 una carta en la que afirmaba:

> Se habló en su día por los diferentes medios de comunicación que el señor Cortina había muerto por unos desaprensivos ladrones de apartamentos y los hijos de la Víctima corroboraron gratuitamente la versión inicial de la Policía. Me pregunto: ¿Cómo puede un super-espía (según los periodistas, a raíz de su infiltración dentro de los conjurados del 23-F) confirmar con tanta rapidez y con tan pocos elementos de juicio la versión policial de los hechos? [...] Los ladrones supuestamente entraron por la ventana, ¿cómo podría hacerlo yo, cuando desde hace años atrás soy inválido del brazo derecho?

A renglón seguido, Isaza preguntaba con desesperación:

> ¿No fue acaso en ese apartamento del señor Cortina donde se planeó el regreso a las Catacumbas del Fascismo, como aseguró en su día el exteniente coronel Tejero Molina? No, señores, en realidad no quiero, ni puedo, ni debo enredar más esta maraña que envuelve mi prisión y cobija este turbio asunto. Pero la verdad es que, a pesar de tantas versiones increíbles y fantásticas, no hay nada que ate a mi humilde persona y me convierta en chivo expiatorio ideal, que no sea mi nacionalidad y la mala imagen que de nosotros se tiene en estas latitudes.

El 21 de marzo de 1984, ocho meses después del incendio, fue dictado el auto de procesamiento contra los tres latinoamericanos y la muerte de Antonio Cortina quedó tipificada como «robo con homicidio e incendio», tal como consta en el sumerio 71/83.

Los abogados defensores apelaron argumentando:

> Solamente existen declaraciones en la comisaría de dos de los procesados, entre los cuales no se halla Guillermo Isaza, con la existencia de un magnetófono por medio (según los detenidos, fueron obligados a aprenderse de memoria la confesión) de unos supuestos hechos que no fueron ratificados en el juzgado. El móvil del robo tampoco se sostiene, no tiene consistencia alguna, dicho esto en términos de respetuosa defensa.

El procurador de la familia Cortina siempre opuso textos beligerantes contra la puesta en libertad de los procesados, solicitada por el fiscal el 14 de diciembre de 1983 y el 13 de noviembre de 1984 aduciendo falta de pruebas. Los representantes de Cortina eran tajantes:

> Aunque el incendio, como insinúa Milans del Bosch, hubiera sido motivado por una venganza política, ello no excluiría la autoría directa de los inculpados, sin perjuicio de que hubieran podido ser «contratados» para el hecho por otras personas.

Y advertían que si se dejaba salir en libertad a los «homicidas» quizás se diluiría el homicidio predominando la tesis del incendio accidental.

Según el forense Francisco Serrano Cepedano:

> ... el auténtico mecanismo de la muerte de Antonio Cortina fue producido por intoxicación de monóxido de carbono, ya que aparecía en el resultado toxicológico de sangre

intracardiaca un 45% de carboxihemoglobina. Por tal indicativo, Antonio Cortina Menéndez respiró un ambiente donde existía monóxido de carbono en concentración elevada y al respirar demuestra que debía de estar vivo cuando esa concentración de monóxido se produjo.

Por el contrario, la versión policial, que recoge el auto de procesamiento, hablaba de un manco (Isaza) que se descolgó por una ventana y que luego abrió la puerta a sus compinches, Pulido y Vásquez. Ya dentro fueron sorprendidos por Antonio Cortina:

> ... quien se dirigió a los dichos individuos inquiriéndoles por su presencia, siendo sujetado por estos y empujado hacia un sillón donde Luis Carlos Pulido con un cojín, poniéndoselo en la cara, trataba de impedir su respiración, logrando vencer su resistencia, apoderándose de una cantidad de dinero que podría oscilar entre treinta mil y cuarenta mil pesetas, que llevaba el asaltado en uno de sus bolsillos, provocando a continuación un incendio en diversos puntos de la vivienda y en el propio sillón donde se encontraba inconsciente el señor Cortina, prendiendo al mismo, produciéndose como consecuencia su fallecimiento.

La esposa del difunto, Matilde Prieto, declaró al principio que tras el robo no había notado «la falta de objeto alguno en su domicilio». Después dijo ante el juez «que faltaban treinta o cuarenta mil pesetas que su marido había sacado del banco por la mañana para las vacaciones». Sin embargo, los «ladrones» no se llevaron una medalla y una sortija, ambas de oro, que Antonio Cortina llevaba encima; tampoco tocaron las maletas que contenían objetos de valor y que aguardaban, junto a la puerta, el viaje que emprenderían el día posterior al incendio.

El 17 de octubre de 1982, el defensor de los colombianos, Juan Ramón Ayala, recurrió al Consejo General del Poder Judicial, visiblemente contrariado:

> Desde finales del mes de agosto, al no contar con magistrado-juez, el juzgado número 4 viene siendo atendido por un turno rotario de jueces, titulares a su vez de otros juzgados de Instrucción de Madrid. Dicho turno rotatorio y el volumen de trabajo propio del juzgado, impide que un juez, titular además de otro juzgado, tome el conocimiento necesario de la causa que en él se encuentran.

En febrero de 1985, el fiscal de la Audiencia Provincial de Madrid pidió por tercera vez la libertad de los procesados porque «existen dudas sobre la naturaleza e interpretación de la prueba que obra en el sumario». El proceso siguió adelante con Isaza y Vásquez en libertad provisional, circunstancia que Isaza aprovechó para desaparecer sin dejar rastro.

El representante de la familia Cortina reclamó para cada latinoamericano una pena de cincuenta años de cárcel por «asesinato e incendio provocado», mientras el teniente coronel José Luis Cortina se mantenía en silencio. En mi memoria sigue resonando un comentario suyo cargado de ironía y rima de pareado: «Más bien poco pueden haber robado en la vivienda de un jubilado».

V

LOS VICTIMARIOS DE LA CALLE TRIBULETE

A Ángel Manzano, *in memoriam.*

VICTIMARIO: m. Sirviente de los antiguos sacerdotes gentiles, que mantenían encendido el fuego y preparaba las víctimas para el sacrificio.

DICCIONARIO DE LA REAL ACADEMIA DE LA LENGUA

El atraco

Lunes, 31 de octubre de 1983. Plaza de Lavapiés: humedad de barrio antiguo y baldosas grises; rótulos de neón encendidos prematuramente en los primeros momentos del atardecer. Joyería Payber, calle Tribulete número 3. El joyero Pablo Perea Ballesteros, de cuarenta y nueve años, y su empleado Juan Sánchez Gómez, esperan la llegada de algún cliente. Están solos en el establecimiento cuando una muchacha joven y de buena presencia llama al timbre. Pablo Perea la observa durante unos instantes y abre la puerta confiado. Nada sospechoso. Pero tras la mujer, un torbellino interrumpe la parsimonia de la joyería. Dos hombres armados. Una pistola y una *chata*.

—¡Al suelo! ¡Al suelo!

Juan Sánchez obedece de inmediato. La mujer, vestida con pantalones ajustados, se abalanza sobre las joyas y el oro del escaparate. Pablo Perea no se lo piensa dos veces. En otras ocasiones había frustrado robos similares enfrentándose a los atracadores. Aunque una pistola le encañona, da un paso hacia la chica. Un disparo certero atraviesa su corazón por el lado dorsal. Los criminales no abandonan su botín y desaparecen como alma que se lleva el Diablo. Silencio y sangre.

Los comerciantes

El miércoles 2 de noviembre miles de personas se concentran en el cementerio de la Almudena para despedir a Pablo Perea. Todas las joyerías madrileñas cierran al mediodía. Consternación y rabia. La capilla ardiente instalada en el Instituto Anatómico Forense es, durante dos días, un constante desfile. Por allí pasan el presidente de la Confederación Empresarial Independiente de Madrid, José Antonio Segurado; el presidente del Gremio de Joyeros, Manuel Cruz, y el fantasma de la inseguridad ciudadana. «¡El Gobierno debe cortar de raíz el incremento de la delincuencia!», «Perea no habría muerto si no hubieran dejado salir a los delincuentes de la cárcel»... Una inmensa caravana fúnebre recorre las calles de la ciudad en silencio. La Policía Nacional controla y los municipales regulan el tráfico para evitar colapsos circulatorios. Los joyeros indignados anuncian actos de protesta. Primero solicitaron cierres intermitentes de comercios para el lunes 14, que el gobernador José María Rodríguez Colorado prohibió, aunque permitió una concentración antigubernamental en la plaza Mayor para el mismo día. Todos los tenderos y pequeños empresarios mercantiles de Madrid, puestos en pie de guerra.

El testigo

El jueves 10 de noviembre de 1983, la Policía convoca al empleado de Payber. En un despacho de la Brigada Regional de Policía Judicial, en las dependencias de la Puerta del Sol, el testigo Juan Sánchez escucha las indicaciones de un jefe de grupo al que llaman *el Guti*.

—Entre estos cinco está el asesino —afirma el inspector—. Dinos quién es.

Le son mostradas cinco fotos. El testigo, después de dudarlo mucho, señala una de ellas: la de Santiago Corella, *el Nani*. A Juan Sánchez no le muestran álbumes de sospechosos, tan solo esas cinco fotografías, y así consta en el sumario. ¿Cómo sabe la Policía que Santiago Corella es el criminal?

Kung-Fu

Sesenta y cuatro puñaladas acaban con la vida de Antonia Clavero, una anciana de setenta y tres años que vive con su marido y sus dos nietos, de seis y nueve años. Pero en la mañana del viernes 11 de noviembre está sola. Antes del mediodía, es asesinada en su domicilio de la calle San Mariano, en el barrio madrileño de San Blas. Al día siguiente, sábado 12 de noviembre, los comerciantes de Madrid están en ebullición.

—¡Resultados! ¡Resultados rápidos, como sea! —vociferan altos cargos del Ministerio del Interior para detener lo que consideran «una maniobra de la derecha». El atraco de la calle Tribulete, la muerte de la mujer de San Blas y el homicidio en Torrejón de la joven María Paz Molina ponen la campaña pública contra la inseguridad ciudadana en uno de sus momentos más críticos. Los policías de Madrid, y en especial el Grupo de Atracos, son azuzados por sus superiores:

—Resultados, ya.

A las doce de la mañana de aquel mismo sábado, inspectores de la comisaría de San Blas detienen a dos jóvenes: Pedro Alcántara Ruiz, de dieciocho años, conocido como *Kung-Fu*, y Guillermo G. R., de la misma edad, llamado *Guille*. Aunque los propios policías reconocen no tener «pruebas concluyentes», lanzan a bombo y platillo la detención de Kung-Fu, famoso en los barrios del noroeste madrileño más por su aspecto físico —tiene desde los catorce años medio rostro destrozado por una ráfaga de metralleta de la Guardia Civil— que por la importancia de sus delitos.

Así me relata el «caso Kung-Fu» el sacerdote Enrique de Castro, dedicado al trabajo con jóvenes marginados en Entrevías:

> En San Blas había aparecido muerta una mujer mayor. Sesenta y cuatro puñaladas, una aberración. Detienen al Kung-Fu. El juez lo pone en libertad. No hay pruebas. La Policía lo espera a la salida del juzgado. Tres días de nuevo detenido (el plazo máximo son setenta y dos horas) con la misma acusación. El juez vuelve a ponerlo en libertad. Más adelante detendrán a otro, luego a un tercero. No hay pruebas. Meses después vienen a mi casa, temprano, varios gitanos. Han detenido a dos hermanos de la familia por el caso de la abuela. No tienen antecedentes, trabajan desde hace años en la venta de fruta y verdura. El juez me dice que, al parecer, hay una testigo que los reconoce en la comisaría. ¿Esa testigo apareció cuando detuvieron a Kung-Fu? No. ¿Cuando cogieron a los otros? Tampoco. ¿Y aparece ahora, después de varios meses, acusando a dos gitanos, a los que conocía desde hace tiempo y que, dice ella, le debían dinero?

Kung-Fu tiene una coartada: en el momento del crimen se encontraba en el hospital haciendo compañía a su madre enferma.

—Debo de ser Dios —declara con sarcasmo—, porque puedo estar en dos sitios al mismo tiempo.

La Policía reconstruye la muerte de Antonia Clavero del siguiente modo:

> Parece que Kung-Fu y el Guille consiguieron que la víctima les abriera la puerta alrededor de las 10:30 horas. Una vez dentro, mientras uno sujetaba a la mujer, el otro revolvía la casa en busca de dinero. La víctima debió de ponerse nerviosa o reconocer a uno de los asaltantes, y el joven [?] que la sujetaba le infirió una puñalada en el vientre. Una vez en el suelo, le propinó otras 63 cuchilladas. Se ha comprobado que el cuerpo de Antonia Clavero recibió cuarenta puñaladas cuando la anciana ya había fallecido. Dos horas después, la Policía recibía una llamada telefónica indicando que dos personas de raza gitana estaban robando en el número 94 de la calle San Mariano. En las horas siguientes, gracias a llamadas telefónicas de vecinos que creían haber reconocido a los ladrones, fueron detenidos los dos jóvenes citados, a quienes se incautó un anorak manchado con sangre de la víctima.

Las detenciones

Aquel sábado, en la Brigada Regional de Policía Judicial se emplean los métodos más duros. «No sé lo que pasa, pero la gente baja reventada», afirma el agente uniformado que aquel día se encargaba de los calabozos. A las siete y cuarto de la tarde la brigada envía al ministro del Interior, José Barrionuevo, el télex número 18.247, en el que se dice: «Han sido detenidos Santiago

Corella Ruiz, de veintinueve años, también llamado *el Nani*; Ángel Manzano Rubio, de treinta; y Soledad Montero, de veintisiete, componentes de una banda organizada que ha cometido delitos que inciden en la seguridad ciudadana, realizados con armas de fuego, siendo los supuestos autores del robo a la joyería Payber de la calle Tribulete, número 3, en el que murió su propie tario Pablo Perea Ballesteros.» Y el télex urge al ministro: «Se estima necesario incomunicación al amparo de la ley orgánica 11/80 del 1 de diciembre».

La solicitud policial suponía la aplicación de la legislación antiterrorista a unos supuestos delincuentes comunes, detenidos horas antes y que estaban siendo interrogados en las dependencias policiales de la Puerta del Sol. «Los filiados —concluye el télex— han sido detenidos a la salida de sus domicilios, a las 18:30 horas; no realizándose ningún registro, en amparo de la ley orgánica citada».

Veinte minutos más tarde, pasadas las siete y media, el Ministerio del Interior responde: «El señor ministro acuerda la incomunicación de Santiago Corella, Ángel Manzano y Soledad Montero». Interior autorizaba a los grupos I y III de Atracos, de la Brigada Regional, para que tratara a los detenidos como si fuesen terroristas.

Aquella noche iba a ser el principio del fin para Santiago Corella, desaparecido tras un intenso interrogatorio policial. «Mientras no se encuentre el cuerpo no puede hablarse de asesinato», según me aseguró más tarde el abogado de la familia, José Antonio Sanz Grasa.

Este es el testimonio que Consuelo Corella, hermana del Nani, me relató en su casa un año después:

—Se presentaron aproximadamente a la una menos cuarto de la tarde. Entraron a patadas con la puerta. Eran nueve «secretas». Traían un papel, que se trataba, según decían, de una orden de detención contra Santiago y una orden de registro. Pero ninguna de nosotras la pudimos leer. A la una y cuarto sacaron a Santiago esposado por la espalda, con dos inspectores a los lados. Santi no se resistió a la detención; hay testigos; está la vecina y todo el barrio, con el bar de enfrente lleno, y pueden atestiguar que mi hermano salió intacto de casa y rodeado por cinco policías, con el tal Gutiérrez al frente. A mí también me llevaron. A las cuatro de la tarde nos metieron a mí y a Concepción, la mujer de Ángel Manzano, en un despacho de Sol, y vimos cómo traían a Ángel, a empujones, pegándole y sangrando por la nariz. Me salpicó un poco de sangre porque Ángel tenía la cara ensangrentada.

—¿Y Santiago?

—No. A mi hermano no lo vimos. A las seis y media empezaron a subir la música en un despacho contiguo al que nosotras estábamos. Oíamos a mi hermano gritar, quejándose. Eran gritos de dolor. Los policías decían: «¡Canta, Nani, canta! ¿Dónde está el oro? ¿En qué joyería?». Cuando Santiago gritaba, ellos subían el volumen de la música. Nosotros, la familia, no acusamos a la Policía directamente, pero ¿qué se puede pensar después de haber oído cómo gritaba durante los interrogatorios?

A las 18:55 de la tarde, el médico de la Dirección de Seguridad emite un parte en el que afirma que el Nani sufre «erosiones en ambas axilas. Contusión pectoral izquierda. Contusión región lumbar. Erosión pierna derecha. Contusión epigástrica. Herida segundo dedo de la mano derecha. Equimosis brazo mismo lado, cara dorsal. Erosiones en ambas muñecas». Según la Policía, estas heridas se las había hecho al resistirse a ser detenido media hora antes.

Manzano

Testigos presenciales afirman que Manzano fue detenido a las cuatro de la tarde. Sin embargo, a las siete y veinte, tres horas después, el médico de la Policía dictamina: «Equimosis región preauricular. Equimosis pavimento auricular izquierdo. Herida contusa ambos hombros, herida contusa labio inferior, contusión espalda, erosión redondeada de tres centímetros en antebrazo derecho, contusión región lumbar, contusión ambas muñecas». La Policía dijo que se había resistido a la detención.

Las tres hermanas de Corella, Soledad Montero y la mujer de Manzano también son detenidas e incomunicadas durante tres días. Concepción, entonces embarazada de seis meses, ve a su marido «de rodillas esposado por detrás, y con una garrota puesta entre los pies y las manos para que no pudiera moverse. Le estaban escupiendo cuando le dijeron: "¡Manzano, mira a tu mujer!". Yo me puse a llorar».

Así recuerda Ángel Manzano su interrogatorio por el Grupo III:

—Al entrar, me pusieron un mono, sin ropa debajo para que la sangre no la manchara, y un casco de motorista con esparadrapo en la visera. Un policía, al que conozco de vista, lo ordenó todo y dijo que me hicieran la mesa. Me engancharon los pies bajo una silla, en la que un policía sentado hacía el contrapeso. El cuerpo lo tenía tenso sobre la mesa y de la cintura para arriba estaba colgando. Me golpearon en el estómago, diciendo que Santiago ya había confesado el robo de la calle Tribulete. Ponían la música bastante alta y todos juntos, a coro, en vez de hablar y preguntarme, cantaban con un cierto tono musical: «¿Dónde está el oro, dónde está el oro?». La mesa estaba toda llena de cubatas.

El interrogatorio, con numerosas subidas y bajadas desde los calabozos del sótano, durará hasta medianoche. Manzano, de constitución robusta, quiere hablar con un responsable, pero la única respuesta que le dan es: «Aquí te vas a quedar once días, y lo vas a pasar muy mal porque te hemos aplicado la antiterrorista».

—A las diez de la noche ya había recibido zapatillazos en los testículos, descargas eléctricas, me habían puesto una bolsa de plástico en la cabeza para que no pudiera respirar... Entonces, yo deseaba la muerte. Desmayado, a la una y pico me dejaron solo. El mono estaba empapado. «Manzano, Manzano, tranquilo», me dijeron. Y no sé a qué hora sería, vino el jefe y me quitó el casco, me dio unas palmaditas en la cara para reanimarme y me dijo: «Manzano, venga, venga, que no pasa nada», y me echó un resto de cerveza en la cara. No me pudieron bajar a los calabozos porque no podía ni andar. Me tuvieron allí toda la noche, en un cuartito. El médico me puso una inyección. Al día siguiente me subieron a declarar, y me dieron un cigarro Winston. En la puerta ponía «Grupo III». Hicieron chistes diciendo que tenía la nariz como un semáforo. El domingo, un policía me dijo: «Te voy a contar algo que no debería contarte. El Nani se ha escapado». Yo, sorprendido, le contesté: «¿Que se ha escapado? ¡Si es imposible!». Y me dijo: «Sí, nosotros estábamos fatigados por el interrogatorio y lo llevamos a Vicálvaro a desenterrar unas armas...». «Pero... ¿qué armas?», pregunté. «Sí, mira», y me mostró una recortada. Me quedé boquiabierto. Sabía que era imposible que se hubiera escapado.

Tras ver a su marido durante el interrogatorio, Concepción no puede soportarlo:

—Me puse a llorar y un secreta, muy alto y muy gordo, me dio un tortazo y me llevó a otra habitación, donde me dijo que yo me había puesto unos pantalones estrechos, había ido a la calle Tribulete y había matado al joyero a sangre fría. A ellos les valía cualquiera, incluso una embarazada de seis meses como yo.

Dos días más tarde, Manzano es ingresado en el Hospital Clínico de Madrid por «contusiones múltiples, especialmente abdominales, fractura de la octava costilla izquierda, hemoperitoneo con desgarro mesentérico». Son precisos dieciocho puntos de sutura.

La esposa de Corella, Soledad Montero, también es sometida a la mesa, con el casco y el mono.

—Las piernas las tenía amoratadas y el cuello hinchado; había sido golpeada y amenazada de violación. Me decían: «Somos policías pero te vamos a violar», y mientras me pegaban, gritaban: «Aguantas más que los tíos».

Había tenido muy mala suerte. En el reconocimiento la colocaron entre dos rubias, y Juan Sánchez manifestó que la mujer «más parecida» a la atracadora era ella, por ser morena y delgada.

Soledad estuvo internada en la cárcel de Yeserías hasta dos meses después, cuando otras personas fueron detenidas en la comisaría de La Estrella, acusadas del crimen de la calle Tribulete. Los grupos de Atracos habían cometido «un pequeño error» y Soledad Montero fue puesta en libertad sin que nadie le ofreciera la más mínima explicación.

La versión oficial asegura que Santiago Corella escapó. Los jefes de los grupos de Atracos, Francisco Javier Fernández Álvarez, Victoriano Gutiérrez Lobo y Francisco Aguilar González, habían conseguido que el Nani les confesara dónde había escondido las armas del atraco. Con las esposas puestas, fue supuestamente conducido hasta un descampado del barrio de Vicálvaro, al final de la calle Butrón, «entre dos bloques, cerca de una pequeña iglesia». Según la versión policial, Corella logró soltarse las esposas y huir corriendo. Los tres inspectores estaban tan «fatigados por los interrogatorios» que no pudieron impedirlo.

El sacrificio

Quinientas personas, en su mayoría comerciantes, se manifiestan el lunes 14 de noviembre de 1985 en la plaza Mayor de Madrid para protestar por «el aumento de la delincuencia y la falta de seguridad ciudadana». A las ocho de la tarde, y bajo una lluvia incesante, el secretario general de una autodenominada Asociación Ciudadana Independiente, José Serrano, habla a los congregados desde un coche provisto de megafonía:

—¡Que cesen los atracos y asaltos que se están produciendo! ¡Son terrorismo urbano! Las autoridades son las responsables de la falta de seguridad que se vive en las calles.

Y señalando a los tres hijos del joyero Perea, arenga:

—¡Madrid está de luto! ¡Ahora sí que no hay libertad! La escalada de crímenes se debe a la reforma de la Ley de Enjuiciamiento Criminal y a la reforma penitenciaria. ¡Han soltado a seis mil setecientos delincuentes! ¡Y estas modificaciones no las han realizado los taxistas, ni los comerciantes, ni las amas de casa, sino el Gobierno! ¡Y es el Gobierno a quien corresponde solucionar los problemas de seguridad que padecemos los ciudadanos!

En marzo de 1984, tras seis meses de reforma, el ministro de Justicia, Fernando Ledesma, claudica ante las presiones de la derecha. El Gobierno pierde la calle y así surge la contrarreforma, endureciendo de nuevo los artículos 503 y 504 de la Ley de Enjuiciamiento Criminal, donde se marca el tiempo máximo de prisión preventiva antes del juicio. Ahora, la libertad provisional solo podría ser concedida tras estudiar los antecedentes del preso. La estancia en la cárcel antes de ser juzgado se amplía de seis meses a un año y se elevan las penas para aquellos delitos cometidos con armas de fuego. Hasta entonces, alrededor de cuatro mil reclusos se habían beneficiado de la reforma puesta en marcha el 26 de junio de 1983.

En abril de 1985, las cárceles vuelven a llenarse. Así lo resume el diario *El País*:

> La insuficiencia del aparato judicial español, anquilosado y arcaico, incapaz de celebrar un juicio hasta dos años después de cometidos los delitos, y el fracaso de la racionalización y modernización de la Policía, han hecho naufragar una de las reformas progresistas del Gobierno, la garantía de que ningún ciudadano esté en la cárcel a la espera de juicio más de la mitad del tiempo que le corresponde a la pena que se le imputa, y la regulación de la libertad provisional. [...] Los socialistas se han plegado a las exigencias de la gran derecha, ante la psicosis generalizada de la inseguridad ciudadana.

Desde aquel sábado 12 de noviembre de 1983, Santiago Corella es un desaparecido. Nadie lo ha vuelto a ver. No hay más testigos que los policías que lo «acompañaron». Los padres y hermanas de Corella nunca dieron crédito a la versión oficial, les parecía imposible la huida, por ello interpusieron querellas judiciales y se abrió una investigación sobre el caso. Aquí empezó la fase más virulenta de la campaña contra la inseguridad ciudadana. Un asalto en vísperas de Navidad que conocería un invierno de sangre y fuego. En 1983-84 se cometía en España un delito por minuto. Joyeros muertos, atracadores tiroteados, intentos de linchamiento a inocentes, huelgas de comerciantes, teléfonos de la «esperanza» contra la «inseguridad ciudadana» montados por Alianza Popular (AP). «Este no es el consultorio de la señorita Francis», tuvo que asegurar Jorge Vestrynge, entonces secretario general de AP. Toda una coreografía que arrinconó contra las cuerdas al Gobierno e impuso el ojo por ojo en droguerías, farmacias, joyerías y mercados. En los meses posteriores a la contrarreforma ingresó en las prisiones un promedio de quinientos nuevos reclusos al mes.

En su informe de 1984, la Asociación Pro-Derechos Humanos de España denunció las «irregulares prácticas policiales» y destacó el «caso Nani» con estas duras palabras:

> De forma especial nos han preocupado las circunstancias que rodearon la detención de Santiago Corella y su familia, y particularmente la desaparición posterior de aquél. [...] Desde aquella fecha del 15 de noviembre ninguna noticia de Santiago Corella se ha tenido, por lo que la misteriosa desaparición, rodeada de todo tipo de incógnitas y contradicciones, inquieta a todos aquellos que mantienen la necesidad de la exigencia permanente del derecho a la seguridad, aun en los supuestos de privación de libertad.

Los victimarios ante la justicia

Con el paso del tiempo el abismo se ha tragado a Santiago Corella. Un sumario de seis tomos y más de cinco mil folios puso de manifiesto uno de los crímenes policiales más oscuros de la democracia. Siete miembros de la Brigada Regional de la Policía Judicial de Madrid, tras un largo proceso, fueron sentados en el banquillo durante el mes de abril de 1988. La instrucción del sumario había pasado por avatares casi rocambolescos.

El 17 de noviembre de 1984, el juez Andrés Martínez Arrieta, titular del juzgado de instrucción número 11 de Madrid, envió un escrito al ministro del Interior, José Barrionuevo, en el que le preguntaba si había sido informado de la incomunicación de los detenidos, de la supuesta fuga de Corella y del ingreso en el hospital de Ángel Manzano. Tras un mes de silencio, en una carta firmada por Rafael del Río, director general de la Policía, se respondió escuetamente al juez que la fuga de Santiago Corella «fue comunicada por el instructor de las diligencias policiales a sus superiores jerárquicos».

Dos años más tarde, el 4 de julio de 1986, cuando el juzgado consiguió procesar a los policías implicados, el director de la Policía remitió otro escrito al juez en el que aseguraba que, de continuar en activo los funcionarios procesados, «corría riesgo la buena marcha de las investigaciones», por lo que les abrió expediente disciplinario y fueron suspendidos de empleo «para evitar, en definitiva, que pudieran prevalecerse de su cargo para entorpecer la labor investigadora. En el momento presente —añade el documento— no existe dato objetivo alguno que permita determinar, sin lugar a error, lo realmente acaecido en lo que respecta a don Santiago Corella Ruiz».

Desde 1984, en que comenzó a instruirse el sumario, hasta mediados de 1986, la investigación judicial fue obstruida por la Policía. Eran, según fuentes del juzgado, los propios funcionarios encausados quienes respondían a los escritos que Martínez Arrieta enviaba a la Dirección General de Policía. Con cierta jocosidad, los supuestos torturadores se disputaban, en los despachos de la Brigada Regional, quién de ellos respondería a los requerimientos judiciales.

Con la investigación estancada, en diciembre de 1985 la Audiencia Provincial de Madrid decretó el archivo del sumario. A falta de pruebas se dio por válida la versión según la cual Corella, con las esposas puestas y después de una soberana paliza, se había fugado. Sin embargo, un nuevo hecho varió la situación. Una intuición de Martínez Arrieta, una casualidad casi novelesca, rompió el dique.

Una mañana, el ya ascendido a comisario Francisco Javier Fernández Álvarez, instructor policial del interrogatorio de Corella y máximo responsable de su desaparición, se personó en el juzgado para interceder por un experto falsificador apodado *el Pluma*, que había sido detenido. El comisario, con gran aplomo, intentó convencer al juez de que aquel «rey de la falsificación» había prestado «grandes servicios a la brigada y era un valiosísimo confidente». Martínez Arrieta, quizá sorprendido por tan insólita visita, puso la investigación grafológica en manos de la Guardia Civil. A mediados de 1986 se descubrieron las primeras evidencias de lo que había ocurrido realmente con el Nani.

Los peritos de la Guardia Civil dictaminaron que la firma de Santiago Corella había sido falsificada en la declaración policial. El montaje casi perfecto del comisario Fernández Álvarez y los inspectores Gutiérrez Lobo y Aguilar González se derrumbó, y nuevos datos saltaron a la luz. Se desveló entonces que los inspectores registraron los domicilios de Corella y de Manzano con unas órdenes de registro caducadas; que la hora de detención había sido modificada, así como el momento en que el Nani fue identificado por el empleado de la joyería Payber.

La fotocopia del libro de registro de detenidos, remitida al juzgado en 1984, estaba manipulada para borrar la inscripción «RIP» y una cruz que alguien, no identificado, había escrito junto al nombre de Corella. La Guardia Civil detectó que en la fotocopia habían realizado una raspadura para no dejar rastro de tan macabra anotación. Después de reiteradas e infructuosas peticiones del juez, la Policía puso a su disposición el libro original que también había sido manipulado para borrar el «RIP». «Se ha podido comprobar que los restos de "tonner"—afirma el peritaje— corresponden a unas imágenes que guardan relación con las letras «RIP» y el grafismo en cruz que oculta en la hoja del libro una aplicación de pasta correctora blanca».

En la Brigada Regional de Policía Judicial de Madrid, alguien se estaba poniendo nervioso, porque el juez instructor se sintió espiado, vigilado permanentemente, y así lo denunció ante el Consejo General del Poder Judicial. «Arrieta percibió que era seguido por funcionarios policiales de la Brigada Regional. Los procesados, y muy especialmente el comisario Fernández, eran venerados por sus compañeros.» El juez llegó a tener verdadero miedo físico como consecuencia de las llamadas anónimas que lo amenazaban de muerte, recibidas incluso en el juzgado.

Las irregularidades que constan en el sumario del «caso Nani» no fueron recogidas en la investigación interna de la Policía. La Brigada Anticorrupción, que dirigía el comisario José García, se contentó con tomar declaración a los funcionarios implicados y dejar las cosas como estaban. Solo la tenacidad del juez consiguió esclarecer responsabilidades en personajes acostumbrados a vivir por encima de toda sospecha, y siempre con el respaldo de sus superiores.

El 13 de abril de 1988 comenzó la vista oral contra el comisario Fernández Álvarez y los inspectores Gutiérrez Lobo, alias *el Guti*, y Aguilar González, que fueron condenados cada uno de ellos —en sentencia del 3 de septiembre de 1988— a veinte años y un día de prisión por un delito de detención ilegal con desaparición forzada en la figura del Nani y nueve años más por un delito continuado de falsedad. Fueron absueltos los otros cuatro policías procesados: José María Pérez-Reverte Gutiérrez, Felipe Pindado Berruezo, Gonzalo Álvarez Fernández y Miguel Ángel Lebrón Díaz-Flor.

Al menos por esta vez, los hechos probados de la sentencia número 190, dejan claro el dolor de las víctimas:

> Dado que El Nani negaba repetidamente en participación en el robo, le hicieron objeto de una serie de quebrantos físicos y psíquicos que, inevitablemente, se tradujeron en lamentos que trascendían al pasillo inmediato y al «hall de detenidos», donde fueron quedando, a medida que llegaban, sus tres hermanas, su esposa Soledad y la compañera de Manzano (...). Es despojado de sus ropas, que son sustituidas por un «mono» o vestimenta de seguridad. [...] Viendo que el detenido se mostraba cada vez más agotado y maltrecho por las prolongadas presiones de todo tipo del que venía siendo objeto (...) deciden [Fernández Álvarez, Gutiérrez Lobo y Aguilar González], para evitar las responsabilidades contraídas, llevarse a El Nani, sin contar con su voluntad y sin previo conocimiento sanitario, de las dependencias policiales para, de este modo, poder aparentar que se les había fugado, trasladándole a un lugar no determinado que hasta la fecha no han querido revelar, sin que conste en su defecto que hubiere sido puesto en libertad, careciéndose desde entonces de toda noticia cierta y comprobada a propósito de su situación o paradero.

A Soledad Montero la interrogaron «bajo la dirección del instructor Fernández Álvarez, al que asistía como secretario Gutiérrez Lobo, por varios funcionarios policiales cuya identidad no ha quedado claramente determinada, colocándola sobre una mesa con un casco puesto, que le impedía ver, y sometiéndola a presiones físicas y psíquicas para que reconociera su participación en el referido robo».

Ángel Manzano fue «sometido durante aproximadamente una hora a un intenso interrogatorio con creciente actividad agresiva [...], fue exhibido de rodillas durante unos momentos ante su compañera Concepción Martín López, embarazada de más de seis meses, con el apremio de que esta sería objeto de malos tratos [...]. Luego se le colocó sobre una mesa, atado de pies y manos, con un casco en la cabeza cuya visera bajada y tapada le impedía la visión, y con mantas encima del cuerpo, en cuya posición le proyectan corriente eléctrica sobre un brazo y le propinan repetidos golpes sobre el cuerpo».

En un segundo interrogatorio «prosiguen los intentos dirigidos a obtener de él la confesión pretendida, propinándole muchos golpes que van poco a poco quebrantando su fuerte naturaleza, al tiempo que se suceden las preguntas sobre el oro y el arma en el seno de las agresiones que recibe, con total desorientación temporal al haber sido privado de su reloj y estando vestido en estas ocasiones con el "mono" o prenda de seguridad que se le había puesto en su inicial ingreso en el calabozo».

Estos son los «hechos probados» con palabras prudentes y tenacidad judicial. El cuerpo de Santiago Corella Ruiz jamás fue encontrado. Algunos policías siempre han sabido muy bien cómo hacer desaparecer un cadáver para siempre.

VI

EL CADÁVER DE MARÍA TERESA MESTRE

Primer viaje

Ni el gobernador civil de Tarragona, Vicente Valero Costa, ni la Guardia Civil, esperaban un desenlace semejante. El cadáver de María Teresa Mestre Guitó, cuarenta y cuatro años, secuestrada trece días atrás, aparecía muerta y descuartizada en tres partes en un vertedero de Cambrils (Tarragona), a solo cuatro kilómetros de la residencia familiar y a tres del lugar donde presuntamente había sido secuestrada el 9 de enero de 1984, en Salou. Contra todo pronóstico, María Teresa Mestre no había salido de la zona.

Catorce días más tarde, el lunes 23 de enero, mientras los forenses examinaban el cadáver de la víctima en la clínica municipal de San Juan, las autoridades de Tarragona guardaban silencio. Solo el jefe de prensa del Gobierno Civil afirmaba: «Hay muchos puntos oscuros y el gobernador no descarta ninguna de las hipótesis; ni siquiera las relacionadas con ceremonias secretas de vudú».

Eran ya las nueve de la noche y el cadáver había sido encontrado a las dos de la madrugada. A las once, el gobernador Valero descartaría el móvil económico y cargaría las tintas sobre «un psicópata sádico». María Teresa murió por fractura de cráneo durante una lucha y fue descuartizada con una sierra para facilitar su transporte. Esta era la hipótesis oficial, aunque no habían podido determinar el número de asesinos.

Enrique Salomó, marido de la víctima, era uno de los principales procesados por el envenenamiento masivo del aceite de colza adulterado, bautizado como «Síndrome Tóxico», una gran estafa que se cobró desde 1980 más de quinientas víctimas mortales y veintiún mil enfermos. El 27 de julio de 1981 había sido detenido y permanecía encerrado en la cárcel de Tarragona, donde compartía la gestión del economato de los presos con otro empresario de la colza llamado Ramón Alabart.

Tras el inicial secuestro de su mujer, la Audiencia Nacional le concedió un permiso especial de tres horas diarias «en tanto que persistan las circunstancias que rodean la desaparición de su esposa». Para el gobernador, la salida de Salomó permitiría que dirigiera los trámites «para conseguir el feliz desenlace del secuestro». Por la liberación de María Teresa Mestre, unos secuestradores autodenominados GADAC (Grupo de Afectados del Aceite de Colza) pedían como rescate veinticinco millones de pesetas. Según la Guardia Civil, aquellas siglas eran sin duda una tapadera de delincuentes comunes y la carta también podría ser falsa.

Salomó tenía que negociar la liberación de su mujer y esperaba la segunda comunicación de los secuestradores. En su primera carta, el GADAC advertía del «riesgo para la vida de María Teresa si se da cuenta a la Policía». El abogado de Salomó, Jordi Claret Andreu, me contó: «No creo que los autores pertenezcan a la mafia de la colza, porque Salomó no estaba metido en eso. Me extraña que sea un secuestro por dinero, porque la familia no lo tiene. En los meses que trato a los Salomó he observado que tienen gastos, pero no entra dinero en sus cuentas y están pasando estrecheces económicas».

Una verdad a medias, porque en febrero de 1981, tres meses antes de que estallara el escándalo del Síndrome Tóxico, la fábrica de aceite que Salomó poseía en Reus sufrió un incendio y la familia cobró una indemnización superior a los veinte millones de pesetas.

Los puntos oscuros del crimen hablaban de curiosas simbologías. El cadáver descuartizado de María Teresa Mestre tenía puestos los guantes y, entre la tela y la mano, se encontraron siete monedas de peseta, duro y cinco duros. Para los investigadores podía ser «un mensaje dirigido a Salomó por parte del criminal. Se trata, sin duda, de un signo usual en la mafia siciliana; cuando se mata a alguien porque no ha pagado una deuda contraída los mafiosos colocan varias monedas en la mano del cadáver».

Cuando el cuerpo fue encontrado en un vertedero, los forenses, en su primer informe, consideraron que María Teresa llevaba cuarenta y ocho horas sin vida. Días antes, mientras Salomó abandonaba temporalmente la cárcel para mediar por su esposa, el otro procesado de la colza, Ramón Alabart, no podía ocultar su nerviosismo. Tanto, que Salomó solicitó regresar a la prisión a las ocho de la tarde del lunes 23 «para hablar durante diez minutos con sus compañeros del economato», y muy especialmente con Alabart.

En las primeras horas, la Guardia Civil desplegó a sus especialistas y perros amaestrados para rastrear toda la zona. Buscó también en el mar y en la montaña. A los ocho días de la desaparición abandonaron el empeño. Los perros habían perdido la pista en la carretera de Tarragona, a cincuenta metros del lugar donde fue encontrado el coche abandonado de María Teresa. Para las autoridades, la secuestrada se hallaba lejos. Lo que jamás hubieran imaginado es que su cadáver, desangrado y descuartizado, estuvo ante sus propias narices durante varios días, en el piso inferior al que posee la familia Salomó en el bloque de ocho plantas de la urbanización Reus Mediterrani, de Cambrils. Se acabaron los controles y crecía la vana sospecha de que todo pudiera ser un montaje del infortunado Salomó para conseguir la libertad provisional después de treinta meses de prisión preventiva.

En Tarragona existía desde hacía tiempo una gran tensión entre el gobernador y los cuerpos de seguridad. Problemas de competencia y algunos roces. Durante el mes de diciembre de 1983, Vicente Valero planteó una estrategia de «peinados periódicos» para acabar con la delincuencia. Cercó Reus y detuvo a setenta personas, de las cuales solo tres pasaron a disposición judicial como presuntos violadores. Otro «peinado» semejante y con los mismos resultados fue ejecutado en el mercado de Tarragona. Durante el secuestro de María Teresa Mestre, el gobernador manifestó su creencia de que la mujer se encontraba secuestrada en el casco antiguo de Reus, pero esta vez no ordenó «peinar la zona». Muchos miembros de las fuerzas de seguridad se preguntaron entonces por qué no lo hizo.

A mi regreso del viaje, en el Gobierno Civil me entregaron una copia de la autopsia. Todo un detalle:

> La muerte debió producirse sobre el día 20 de los corrientes [despareció el día 9] y sobrevino por fractura de la base del cráneo, causada por un golpe brutal con un objeto contundente que presenta alguna arista, ya que se aprecian tres hendiduras. Presenta corte abdominal perfecto realizado desde la parte posterior, en posición decúbito prono.

Duodeno seccionado y corte en riñón derecho. En el estómago existe una especie de papilla, al parecer por haber ingerido verdura, no apreciándose degeneración mucosa del mismo. El cadáver presenta pérdida total de sangre, lo que retrasa la degeneración de los tejidos. No se observan lesiones ginecológicas. Ha sido retirada la vértebra inferior lumbar para determinar el corte, que parece ser efectuado con una hoja fina y muy revolucionada. Igualmente ha sido retirado el fémur derecho para la práctica de pruebas de laboratorio en Barcelona. Al cadáver le falta parte del intestino grueso y casi todo el intestino delgado, y presenta lesión tumoral en pulmón como consecuencia de metástasis en ambas bilaterales. Presenta igualmente golpe en región temporal derecha. La fractura de la base del cráneo afecta a toda la base occipital con lesión cerebral superficial. Se aprecia quemazón a nivel del corte de sierra, que corresponde al número de revoluciones de la hoja. El seccionamiento de ambas piernas se ha producido al mismo nivel y también en posición decúbito prono.

Todos los cortes en la cabeza fueron limpios en la parte posterior y con desgarros en la parte anterior. Los forenses apreciaron una herida, contusiones en ambas manos sin fracturas, surcos de cuerdas a la altura del muslo en ambas piernas, y establecieron que le cortó primero la pierna izquierda y después la derecha. En la cabeza observaron «dos orificios en la parte posterior de la oreja derecha. Tres pequeñas heridas en la parte lateral izquierda a la altura del ojo, hematomas en ambos párpados, pérdida de la ceja izquierda y hematoma en pómulo izquierdo. El cadáver no ha permanecido en congelador o nevera. El fémur presenta corte oblicuo posiblemente producido por sierra eléctrica, de disco, usada con la mano. El cráneo aparece astillado y abierto».

Además, comprobaron un hecho nuevo y escribieron: «El cáncer de mama que padecía la esposa de Enrique Salomó, del que fue operada hace algún tiempo, se había reproducido en los pulmones». Estaba condenada.

La curandera Pilar Prades de Alimbau, parapsicóloga de Vilanova i la Geltrú, trataba profesionalmente a María Teresa Mestre desde hacía seis años. La conocía muy bien, y aseguró: «Yo sé quién secuestró y asesinó a María Teresa, pero solo puedo decir que fueron dos hombres y una mujer. No puedo decir más. Temo que vengan a por mí y me rajen como a ella. A los cinco días de estar secuestrada debía de haber venido a mi consulta con su hija Mayte, porque a la chica no le venía la regla y su madre estaba muy preocupada. Desde que Enrique Salomó ingresó en prisión yo no he cobrado ninguna peseta a María Teresa Mestre. De eso hay testigos, ahí está su gran amiga Pilar Mayayo para decirlo; venían juntas a mi consulta y a todas partes».

En sus frecuentes viajes a Madrid, María Teresa trabó contacto con el vidente Diego Araciel, un hombre que vinculó la muerte de esta mujer a los entresijos de la mafia aceitera. «Su empeño era sacar a su marido de la cárcel y salvarle como fuera —reveló Araciel—. Esto la obsesionó de tal forma que empezó a meterse en un terreno peligroso. Había encontrado papeles comprometedores y esa fue su fatalidad.»

Más allá de criminología y las ciencias indagatorias, también se recurrió a los «poderes ocultos» para aportar su granito de arena esotérica. Lo peor fue que la Guardia Civil hizo caso a los charlatanes y pretendió conocer a través de ellos el estado anímico de la víctima. Los videntes empezaron a indagar en «el Más Allá» y creyeron descubrir las causas de la muerte y las características físicas del asesino. Después de aquello, sus opiniones apenas fueron tenidas en cuenta por los investigadores.

La gran incógnita estaba en las siete monedas halladas en el guante de María Teresa. Nadie podía creer que fuera simplemente —como demostró la realidad— el cambio de una compra efectuada minutos antes de su muerte, porque ni siquiera se sospechaba que la infortunada mujer había fallecido el mismo día de su desaparición. María Teresa guardaba a menudo el cambio, la calderilla, en un guante, pero todos, y en especial la Policía, creyeron ver en aquel número siete una clave del asesinato.

Segundo viaje

La cárcel de Tarragona era casi una oficina para Enrique Salomó. Durante la charla que mantuvo conmigo, tras una maratón de ruedas de prensa concedidas el día anterior, usó el teléfono continuamente para hablar con su secretaria, su hija y su abogado. Los funcionarios de la prisión le pedían permiso para nuevas visitas y él repetía una vez más las mismas argumentaciones, como si se tratase de una lección aprendida. Desarrollaba una gran actividad para conseguir su libertad provisional. El abogado Claret ya la había solicitado a la Audiencia Nacional veinticuatro horas después de la desaparición de María Teresa Mestre. Ahora, dos semanas más tarde, el industrial daba el último empujón.

—Mayte —dijo Salomó a su hija, que estaba al otro lado del auricular—, mientras yo no salga de la cárcel no vengáis a vivir a Tarragona.

Y al abogado:

—¡Al gobernador no me lo toques, que se está portando muy bien!

Ya, de nuevo en el sofá, me aseguró:

—No se debe interpretar que quiero aprovechar la ocasión para salir de la cárcel.

Mientras tanto, un telegrama de su abogado volvía a pedir la libertad a los jueces de Madrid con este argumento: «Circunstancias desenlace, no descartar móvil venganza, hipótesis que inquieta al señor Salomó, quien teme por la seguridad de sus hijos». Ese mismo día, la Audiencia Nacional concedió «la prisión atenuada en su domicilio, con la vigilancia necesaria para evitar que se sustraiga a la acción de la Justicia».

Ante mis preguntas sobre la relación del crimen con la mafia de la colza, Salomó respondió con evasivas:

—No quiero que se mezcle la colza con esto. En treinta meses no ha venido ningún químico a visitarme. Es un asunto del que todos han sacado provecho. Al doctor Pestaña le dan muchos millones para laboratorios y no investiga nada sobre el Síndrome Tóxico. De subsecretario de Sanidad ponen a cualquiera cargado de medallas... De la colza... ¡ya hablaremos cuando pase todo!

Y tras hacer un gesto fatalista, musitó:

—Alabart está muy asustado por su familia y teme que les pueda pasar algo.

El puerto de Tarragona estaba considerado un importante foco del contrabando aceitero. Barcos con bandera francesa y árabe atracaban durante la noche y en fines de semana para descargar aceites de soja, semillas y colza. La Organización de Trabajadores Portuarios (OTP), los estibadores, estaba al margen. La descarga, realizada en conducciones que también sirven para otros productos químicos, era efectuada por empresas subsidiarias. Las compañías receptoras de aceite contrataban a los trabajadores cada momento. La cobertura legal era absoluta.

El aceite clandestino provenía de Rotterdam, Amberes o Marsella. Una de estas importadoras, con un capital social de más de cien millones de pesetas, vendía a Enrique Salomó oleínas de soja, según consta en la declaración judicial del industrial aceitero contenida en el sumario de la colza.

Las posibles vinculaciones del crimen con la llamada «Mafia del aceite» y el entorno familiar de la víctima eran las puntas de lanza de una investigación que estaba resultando desconcertante. Por un lado, la Brigada de la Policía Judicial de Barcelona había enviado a Tarragona un equipo de especialistas que mantenían sus indagaciones en el más absoluto secreto. Por otro, la Guardia Civil, tras tomar declaración a curanderos y videntes, intentaba poner cerco a las amistades más íntimas de María Teresa. En el centro del escenario, una lluvia de comunicados y contracomunicados, de falsas detenciones y una desesperada carrera por ver quién descubría primero a los asesinos.

El principal problema era la descoordinación. La Comisión de Seguimiento integrada por los máximos responsables de las fuerzas de seguridad no servía para nada. A la deriva, durante el secuestro, la Guardia Civil interrogó al portavoz de la familia, Josep Maria Virgili, y a dos agricultores que cuidaban una masía propiedad de este en la que se había encontrado una sierra y manchas de sangre. También interrogaron a un joven apodado *el Madriles*, que había sido compañero de Salomó en la cárcel de Tarragona. Para hablar con él me desplacé a un barrio tarraconense conocido como «el Liamshampó», por ser un suburbio lejano. El Madriles estaba siendo vigilado en todos sus movimientos y había sido interrogado por la Policía y la Guardia Civil, unos detrás de otros y sin ponerse de acuerdo. Era un hombre joven y rubio que había cumplido condena por el atraco de una caja de ahorros.

—Personalmente —me confesó—, no creo en un posible ajuste de cuentas entre ex-presos. Por experiencia, sé que entre los presos se respeta a la familia del otro. Todas las personas que hemos estado en la cárcel tenemos claro que si engañamos a cualquier compañero te puede costar la vida cuando salgas. Salomó sabe que todo es obra de un grupo de personas con poder suficiente, político y económico, involucradas en el aceite de colza. A finales de noviembre, el señor Salomó me dijo que iba a tirar de la manta y lo soltaría todo cayera quien cayera.

La Policía y la Guardia Civil andaban como locos por implicar a alguien. Ninguna hipótesis era abandonada y, al mismo tiempo, se saltaba de una a otra sin orden ni concierto. En todo este maremágnum nadie se molestó en interrogar al «vecino de abajo», amigo personal de los hijos de Salomó, el joven Ángel Emilio Mayayo Pérez, una persona retraída que, desde el primer instante, cedió su casa para que los familiares de María Teresa realizaran sus ruedas de prensa, como así se hizo.

Tercer viaje

El 5 de marzo de 1984, la Policía y la Guardia Civil tenían agotadas todas las vías de investigación y habían perdido la esperanza de llegar a un rápido esclarecimiento del caso. «Solo alguna revelación de un confidente o una nueva actuación del asesino, en caso de que se trate de un psicópata, podrían desbloquear el caso, que por todos los datos que poseemos fue perfectamente realizado y sin apenas dejar pistas», explicó un portavoz policial, apostillando con pesadumbre: «No se esperan novedades en los próximos días».

El inspector Víctor Cuñado, jefe del Grupo de Homicidios de Barcelona, estaba desde las últimas semanas obsesionado por una idea: «La clave está en la carta de los supuestos secuestradores, GADAC».

A finales de febrero, el inspector Cuñado se hallaba inmerso en la resolución del secuestro del industrial catalán Raimundo Gutiérrez. Tuvo que viajar a Toulouse (Francia), donde su grupo logró rescatar a Gutiérrez. Cuñado leía y releía la carta y, como un novelesco investigador anglosajón, comenzó a hilvanar sus hipótesis. La carta era auténtica. Por el trato que se daba a la víctima llamándola «Sra.», el jefe del Grupo de Homicidios llegó más lejos en sus planteamientos: «Ha sido escrita por un hombre joven que la conocía personalmente. Ese es el asesino y pertenece al círculo de amistades de los hijos de María Teresa Mestre».

Descartadas otras posibilidades, Víctor Cuñado elaboró una lista de jóvenes cercanos a los Salomó. Estaba casi convencido de que su línea de investigación conduciría al culpable. El jefe de Policía de Barcelona, el comisario Agustín Linares, le dio carta blanca. Ante la pasión que Cuñado ponía en sus argumentos, valía la pena intentarlo.

—Jefe, creo que del contexto de la carta se desprende que quien la ha escrito tiene un nivel cultural de preuniversitario y pretende desviar las investigaciones. Esta carta no intenta pedir un rescate.

Después de las diez de la noche del lunes 26 de marzo, el comisario Linares seguía trabajando en su despacho barcelonés de la Vía Layetana. Sonó el teléfono.

—¡Soy Cuñado! ¡Mayayo ha confesado, reconoce que mató a la mujer de Salomó!

Horas antes, el inspector llegó a la cafetería del hotel Gaudí, en Reus. Pidió un Ballantine's y se sentó en una mesa del fondo, cerca del televisor. Eran las ocho de la tarde y Ángel Emilio Mayayo, de veintidós años, llegó a los pocos minutos. Se dirigió a la barra, pidió un gin-lemon y se acercó a la mesa del policía. Nadie se percató de que ocurriera algo extraño; charlaron durante media hora y en ningún momento la tensión fue visible.

«Ángel Emilio respondía perfectamente al símil que me había imaginado —declaró más tarde el inspector Cuñado—. Era un estudiante que había dejado sus estudios dos años antes, tenía un carácter difícil y era amigo y vecino de la familia. Cuando llegué a Reus no estaba en casa. Cuando apareció, le dije que quería hablar con él y me lo llevé a una cafetería. Decidí jugar fuerte e intenté acorralarle, y se contradijo. Le había descubierto.»

Ángel Emilio Mayayo Pérez, hijo huérfano de un juez muy conocido en Tarragona, lo acompañó a la comisaría sin resistirse. Allí confesó de plano. En la máquina Olivetti Lettera 35, propiedad de su padre, volvió a escribir el mismo texto del comunicado de los supuestos secuestradores. Además, el papel de la carta, de fabricación francesa, era el mismo utilizado por los GADAC. Para colmo, en su casa fue encontrado el bolso de María Teresa Mestre con toda su documentación, incluido el DNI de Enrique Salomó.

¿Por qué mató a la madre de sus dos mejores amigos? Mayayo no lo sabía, no había móvil; se puso tenso y clavó la mirada en el suelo. Su crimen es inconfesable. Como un castillo de naipes, toda «la trama» que rodeó al asesinato se vino abajo. Los investigadores experimentados siempre afirman que las claves de los enigmas son las hipótesis más sencillas y próximas a la víctima. No se puede fantasear. Mayayo mató a María Teresa Mestre. Ni mafias de la colza ni vudú. Y por aquí debía de haber empezado todo. Sin embargo, la Guardia Civil, que rastreó con perros toda la zona de Salou y Cambrils, inexplicablemente no registró el bloque de viviendas donde residían la víctima y su asesino. «No registramos allí —se justificaría un oficial de la Benemérita— por vergüenza a que los vecinos pensasen que sospechábamos de ellos. Ya hemos aprendido, y otra vez no pasará.» De hacerlo, el crimen se hubiera resuelto dos meses antes.

El día 9 de enero, Mayayo estaba solo y triste en su casa. María Teresa pasó un momento a verlo, hablaron, quizá discutieron, y cuando pensaba marcharse, la mujer recibió un golpe mortal en la cabeza propinado por el homicida con una barra de hierro. Nadie sabe la razón, ni siquiera él mismo. Según los psiquiatras, Mayayo sufría «trastornos mentales en su personalidad sin llegar a la enajenación completa». Luego, descuartizó el cadáver tras desangrarlo totalmente en la bañera y lo metió en bolsas. Para atarlo necesitaba una cuerda y para ello tuvo una idea siniestra: subió al piso de los Salomó y se la pidió a la angustiada madre de María Teresa Mestre. Al joven no le faltó sangre fría. Al día siguiente, aprovechando que su madre estaba en Pina de Ebro (Zaragoza), trasladó los restos hasta su casa de Reus. Allí los mantuvo al aire libre durante catorce días.

El 28 de marzo, Mayayo reconstruyó el crimen en presencia del juez instructor Mariano Muñoz. Su tranquilidad era completa. Mientras mantenía que había consumado el crimen el 9 de enero, los forenses que realizaron la autopsia no variaron su informe y repitieron: «Si la señora Salomó hubiera estado quince días muerta habríamos encontrado sus vísceras en estado de putrefacción».

Tan solo las bajas temperaturas de aquellas fechas explican parcialmente que el cuerpo se mantuviera en tan buen estado de conservación.

La parsimonia de Mayayo para realizar su crimen tiene todavía un detalle más sorprendente: no se deshizo de la documentación de María Teresa que hubiera sido encontrada en cualquier registro policial, y sin embargo recorrió con su coche doscientos kilómetros para arrojar en el Ebro la sierra con la que descuartizó a su víctima.

Angelito Mayayo fue procesado el 5 de julio de 1984 por un presunto delito de homicidio y robo. El juez desestimó la calificación fiscal de asesinato. Un año después, en 1985, la Audiencia de Tarragona sentó en el banquillo al misterioso e inesperado homicida. El tribunal estaba compuesto por antiguos compañeros de su padre en la carrera judicial. Tras quince horas de juicio, quedaron sin desvelar todas las incógnitas que rodean la muerte de la esposa del industrial Salomó. El propio fiscal del caso, Antonio Carvajo, mantuvo la tesis de que el crimen podía estar relacionado con circunstancias que no habían sido aclaradas en un año y medio. El negocio del aceite adulterado, que generó beneficios de cientos de millones de pesetas, fue un punto de referencia constante a lo largo de la vista oral.

Ángel Mayayo Pérez mantuvo en todo momento una actitud displicente hacia cuanto ocurría en la sala, pero se puso visiblemente nervioso cuando la secretaria de Salomó, Rosa María Batista, declaró que, antes del asesinato, Mayayo se había interesado en varias ocasiones por la fortuna de la familia Salomó. Las frases cortas de Rosa María parecieron llegar como descargas eléctricas hasta la frágil memoria del homicida, que, por sus contestaciones, parecía no recordar lo sucedido aquella fría tarde del 9 de enero.

El introvertido y solitario Ángel Mayayo fue condenado a veintiún años de cárcel. Preso en la cárcel Lérida 2, en agosto y septiembre de 1989 disfrutó de doce días de permiso al ser clasificado en régimen de segundo grado. Aun así, la libertad condicional le sirvió de poco. El 29 de agosto de 1991, a las 13:53 horas, fue detenido mientras atracaba, junto a dos delincuentes habituales, una sucursal de "la Caixa" en el centro de Lleida. Armados con revólveres, irrumpieron en la entidad, cerraron las persianas y tomaron nueve rehenes; un policía que entró en el vestíbulo fue encañonado y obligado a tirarse al suelo. Sin embargo, una llamada anónima advirtió del atraco, y Mayayo y otro de los ladrones fueron detenidos, mientras el tercero escapaba a tiro limpio. Una de sus balas alcanzó en el brazo al agente que lo perseguía. El inesperado asesino de María Teresa Mestre volvió a la cárcel, donde cumpliría una nueva condena. Tenía veintisiete años. Hoy trabaja como taxista.

VII

EL ASESINATO IMPUNE DE PAQUITO REYES

En casos como este, el tiempo es fundamental, porque actúa como un pincel borrando las pruebas.

LUIS FRONTELA, forense

Cuando el jueves 22 de noviembre de 1984 fueron detenidos tres jesuitas de la parroquia de Torreblanca la Nueva, en la ciudad de Sevilla, los acontecimientos sufrieron un giro vertiginoso. Uno de los sacerdotes, Cristian Briales Shaw, de cincuenta y ocho años, pasó a disposición judicial porque la Policía había encontrado «indicios mínimos» de su implicación en el asesinato de un niño de cuatro años. Toda la maquinaria de un enfrentamiento secular se puso en marcha.

Tres días más tarde, el domingo 25 de noviembre, llegué a Torreblanca. Mi director, Julián Lago, había decidido de repente que aquel era un buen tema, y en la tarde del sábado me ordenó que viajara a Sevilla.

—Será la portada el lunes —me dijo.

No sabíamos entonces que el jesuita Briales iba a ser puesto en libertad aquella madrugada mientras yo me trasladaba en el expreso de Andalucía, solo, con una cámara de fotos y el billete de vuelta para la noche del domingo. Ni siquiera me había dado tiempo para recoger las noticias de agencia y hacerme una idea aproximada del caso.

Torreblanca la Nueva era uno de los muchos guetos construidos por el franquismo para la gente «indeseable». En febrero de 1961, el cardenal de Sevilla, Manuel Bueno Monreal, había inaugurado aquel barrio después de que el gobernador civil se dirigiera a su eminencia con palabras pomposas: «No os ofrecemos, señor, unas simples barriadas más. Merced a una Junta Social, sus ocupantes serán readaptados a esta sociedad a cuyo margen vivían». Allí reunieron a los habitantes de los suburbios sevillanos y los alejaron siete kilómetros del centro de la ciudad.

Durante las setenta y dos horas reglamentarias, los jesuitas Luis Álvarez, de cuarenta años, Juan Eduardo Robles, de cuarenta y cinco, y Cristian Briales, coadjutor de la parroquia, habían permanecido en las dependencias de la Brigada de Homicidios de Sevilla. El propio jefe superior, el comisario José Manuel Blanco Benítez, un profesional de ideas conservadoras y moral religiosa cercana al Opus Dei, dirigió personalmente las investigaciones. Para la Policía estaba muy claro que los tres religiosos sabían, como mínimo, quién era el criminal. De otro modo, jamás se explicaría su atrevimiento al detener a tres miembros de la Compañía de Jesús.

Mientras yo viajaba hacia Sevilla, aquel 24 de noviembre, la Jefatura de Policía de aquella ciudad publicaba la única nota oficial sobre el caso:

> En la tarde de ayer fueron puestos en libertad dos de los tres detenidos en la madrugada del pasado día 20 en relación con la muerte del niño Francisco Reyes; el tercer detenido, C.B.S. [Cristian Briales Shaw] pasó a disposición

judicial como presuntamente implicado en dicho suceso. En la actualidad, continúa la labor de investigación que está siendo desarrollada por la Brigada Regional de Policía Judicial en íntima colaboración con la cátedra de Medicina Legal de la Universidad Hispalense, a fin de poder aportar nuevas pruebas a la autoridad judicial que permitan el total esclarecimiento del hecho.

Las dimensiones del escándalo resultaban ya incalculables. Era preciso cerrar filas. El arzobispo Carlos Amigo Vallejo envió una carta al provincial jesuita Matías García por la que se comunicaba a los sacerdotes Briales, Robles y Álvarez «la gratitud y admiración de la Archidiócesis de Sevilla por el ejemplar testimonio cristiano y sacerdotal que dichos padres nos han dado con su sacrificada entrega al servicio de los más humildes, y de toda la comunidad cristiana de las parroquias de Torreblanca. Testimonio manifestado de una manera altamente ejemplar, en la fe y la fortaleza que han demostrado con motivo de la incomprensible acusación de que fueron objeto».

El supuesto martirologio de los tres detenidos se redujo a un simple interrogatorio policial realizado dentro de las más exquisitas normas de urbanidad y respeto a las sotanas. Si lo comparamos con el trato que reciben otros sospechosos, los tres jesuitas no precisaron «fortaleza» alguna. Estuvieron en comisaría, respondieron a las preguntas que se les formuló con total corrección y, en el caso de Cristian Briales, el jesuita se impuso a sus interrogadores y estos decidieron aguardar a la llegada del juez. No era para tanto. A las tres de la madrugada del sábado, el padre Briales abandonó el juzgado de guardia. La niebla era intensa. El juez Javier González, titular del juzgado de instrucción número 13, afirmaba:

De las diligencias practicadas y obrantes en autos no se desprenden indicios que permitan sustentar la intervención del detenido Cristian Briales Shaw en los hechos objeto del procedimiento. En vista de ello, se procede a decretar su puesta en libertad, sin perjuicio de proseguir la investigación.

La última vez que Paquito Reyes fue visto con vida jugaba semidesnudo en la puerta de la parroquia. Aquella tarde dominical ningún ruido delató su desaparición, no hubo grito alguno porque la pequeña víctima conocía sin duda al criminal. Eran las cinco de la tarde, aproximadamente la misma hora en que el padre Briales se trasladó en el Renault 4-L a la parroquia de la demarcación Juan XXIII y estuvo allí hasta las 19:45 horas. A las ocho comenzó la búsqueda del niño. Cuando media hora después Briales apareció en Torreblanca, se puso inmediatamente al frente de los grupos que recorrían el barrio y avisó a la Policía. A las tres y media de la madrugada se retiró a dormir y el rastreo se interrumpió. Algunos vecinos se quedaron despiertos alrededor de hogueras.

Torreblanca está cercada por edificios ruinosos y fábricas derruidas. Paquito, estrangulado y quemado, fue hallado dentro de un saco a las doce del mediodía del lunes 30 de octubre de 1984. La principal contradicción entre el padre Briales y un numeroso grupo de vecinos radicó, según las diligencias policiales, en que a las siete de la mañana del lunes, cinco horas antes de que fuera encontrado el pequeño cadáver, el jesuita llegó en una moto ante estos vecinos y preguntó a una hermana de Paquito Reyes si el niño había aparecido. Ante la Policía, Briales negó tal conversación y aseguró que a esas horas estaba durmiendo.

Tras la detención de los religiosos creció la crispación en Torreblanca. Antes, sus cincuenta mil habitantes habían vivido momentos desesperados. Algunos vecinos protagonizaron varios intentos de linchamiento a «presuntos sospechosos» detenidos por la Policía. Una concentración fue disuelta en la puerta de la comisaría con la ayuda del padre Briales.

Aquella mañana de domingo, cuando descendí del taxi, la calma en Torreblanca era tensa, como la que antecede a la tormenta. La quietud era total bajo un sol cercano al mediodía. Decenas de niños vestidos de domingo jugaban en la misma plaza donde Paquito Reyes fue visto por última vez. En la puerta de la parroquia de San Antonio de Padua, centro neurálgico de Torreblanca, dos furgonetas Avia de la Policía Nacional hacían guardia. Estaban allí las veinticuatro horas desde que los tres curas fueron detenidos. La Compañía de Jesús había conseguido la protección policial.

—Me preocupaba la seguridad de Torreblanca —aseguraría posteriormente Matías García, provincial jesuita de Andalucía y Canarias, con palabras que me parecieron nerviosas—. Han sucedido ciertos brotes de grupúsculos violentos, creo que manipulados. Este puede ser un barrio muy peligroso.

A la misa dominical, bajo la mirada de los policías nacionales, asistieron muchas mujeres y niños. Ese fue el primer domingo tras la implicación de Briales en el crimen, y la misa fue oficiada por Matías García. Los fieles rompieron en aplausos cuando García les anunció, con tono pastoral, que el jesuita sospechoso regresaría a la parroquia. «Y ahora, podéis ir en paz.»

En la calle eran visibles las lágrimas y el resentimiento. Una madre de familia, con el delantal puesto, exclamó al pasar junto a la puerta de la parroquia:

¡La iglesia abierta y el asesino dentro!

Era el otro sentir de Torreblanca.

—La Eucaristía de hoy ha sido muy positiva —me diría Matías García, pocos minutos más tarde—; pero este barrio es muy conflictivo y manipulable. La situación de esta parroquia es muy difícil. Ahora estoy preocupado por si es oportuno que el padre Briales regrese ya, como es su deseo.

Al otro extremo de la calle, en la puerta de unas casas bajas, blancas y diminutas —el eslabón superior a la chabola—, Felipe Reyes, el padre del niño asesinado, contenía su amargura a duras penas:

—Ya estoy harto de tanto hablar. Y me voy a buscar la ruina, porque nada más que le vea no sé lo que voy a hacer.

La madre de Paquito, Emilia Romero, también se quejaba:

—Al padre Cristian lo sueltan porque lleva sotana y nosotros somos pobres.

—Pero ¿cómo es que han soltado a ese hombre? —exclamó María del Campo, una anciana vestida de negro, abuela del niño asesinado—. Las pruebas están en el coche, pero ha pasado lo de siempre: con la sotana no hay quien pueda. Como tienen el dinero, han caído sobre los pobres.

El drama dividía a los vecinos casa por casa. Por un lado, el dolor impotente cargado ya de odio. Por el otro, la fe ciega en la bondad del sacerdote.

Aquel domingo, a primeras horas de la tarde, fotografié a Cristian Briales rodeado por una veintena de mujeres de Torreblanca llegadas en procesión hasta la sede de los jesuitas, en la calle sevillana de Jesús del Gran Poder. Apareció ante mí un hombre discreto, de pelo blanco, bajo de estatura y con un gesto ensayado de paz suave demasiado a flor de piel. No quiso hablar conmigo.

—Mis superiores me han prohibido hacer declaraciones —me dijo— porque esto se está convirtiendo en un juicio público.

La Policía soportó un aguacero de críticas desde sectores eclesiásticos. A la defensiva, midiendo sus palabras al milímetro, el comisario Blanco Benítez se justificó:

—Teníamos indicios mínimos razonables para proceder a su detención. Las contradicciones entre los testimonios ofrecidos por el padre Cristian y el de varios testigos de la barriada eran grandes. Estas fueron, junto con las pruebas de las muestras de tejido hallados en el coche, las dos bases fundamentales para la puesta a disposición judicial del padre Briales.

En la caseta donde fue encontrado Paquito Reyes, junto a las cenizas y los restos del saco en que fue quemado, todavía quedaban trozos de revistas pornográficas cuando entré en ella. Senos y penes de papel que resistían cualquier comentario. En aquel escondido lugar se quemaban demasiadas cosas.

La Policía Judicial había seguido las huellas de unos neumáticos que correspondían a un Renault. Los análisis periciales descartaron todos los coches de Torreblanca excepto aquel Renault 4-L blanco, propiedad de la parroquia, que utilizaban Álvarez y Robles durante la semana y el padre Cristian en las tardes de domingo. Los análisis del vehículo dieron como resultado el hallazgo de una tela de saco —un yute muy extraño en Sevilla— similar a la que envolvió al niño cuando fue quemado. Desde ese instante, para los investigadores se trataba de saber quién había utilizado el coche el domingo del crimen. Además, el catedrático de Medicina Legal Luis Frontela, famoso por su intervención en los casos del «crimen de Los Galindos» y del envenenamiento masivo por aceite de colza adulterado, dictaminó que en el vehículo de los curas se habían encontrado cabellos que podían pertenecer a Paquito. La Policía sevillana llegó a la conclusión de que el cadáver, posiblemente violado, había sido trasladado en el Renault de la parroquia.

El provincial jesuita dejó caer de manera sinuosa una motivación política:

—La noche en que los sacerdotes fueron puestos en libertad se dieron por ciertas cosas que jamás habían ocurrido. Tras la manipulación, hay cierto revanchismo que aparece en muchísimos sitios. Yo no creo en una maniobra tenebrosa pensada desde el principio en relación con la manifestación que hemos convocado contra la Ley Orgánica de Derecho a la Educación. Me parece demasiado rocambolesco. Pero una vez ocurrido el hecho, sí han querido aprovecharlo para echar todo el barro que puedan sobre la Compañía de Jesús.

Maniobra, revanchismo, mentiras... Hoy, como ayer, la inocencia y la bondad de los sacerdotes, como vicarios de Cristo en la Tierra, les mantiene por encima de toda sospecha. Pasado el tiempo, del crimen de Paquito Reyes nunca más se supo. Es el «caso Torreblanca», archivado, sin culpables. El mutismo oficial, la desgana en buscar nuevas pistas, o la inexistencia de otras líneas de investigación, han dejado las cosas como estaban: un niño de cuatro años muerto por alguien que quiso violarlo y que lo asfixió.

—Debe de ser la fortaleza de Dios —exclamó monseñor Amigo, al comprobar el buen aspecto de los tres jesuitas recién liberados, cuando los recibió aquel mismo domingo. Y dirigiéndose al padre Briales, el arzobispo, añadió—: El Espíritu Santo está contigo.

—Como es de poder infinito no se agota —respondió Briales—. En el tiempo que permanecimos juntos entre los barrotes hicimos nuestra oración invocando al Espíritu Santo y quedamos muy confortados.

Algunos detalles

Durante el tren de regreso, en el departamento del coche-cama, organicé mis notas sin demasiado entusiasmo. Ni siquiera estaba seguro de que mis fotos hubieran salido bien. Una tras otra, leí las fotocopias del dosier que el delegado del Grupo Zeta en Sevilla me había entregado en el bar de la estación minutos antes de subir al tren. En cuanto el expreso arrancó, tomé un bolígrafo y subrayé algunos datos que podían complementar el contenido de mi reportaje. Era consciente de que el tema se había disuelto como un azucarillo en una taza de café sin espuma, pero tenía que hacer mi trabajo en un tiempo récord, antes de que el director desistiera de verlo publicado:

> El pequeño, que desapareció de su domicilio sobre las cinco de la tarde del domingo, iba vestido con botines blancos y calzoncillos. La familia le echó en falta a la hora de la merienda.
>
> Por la proximidad de un canal en la zona, los bomberos lo rastrearon con un perro, al que le habían mostrado una camiseta para que la husmeara. Esfuerzos baldíos hasta pasada la una de la tarde del lunes cuando un vecino encontró el cadáver del niño en la caseta de la luz de un descampado que los del lugar llaman «El Quemadero». En ese lugar ya habían estado antes los vecinos y la Policía. Parece ser que ya estaba muerto cuando el asesino o los asesinos lo incendiaron en la misma casetilla.
>
> El cuerpo sin vida del pequeño presentaba numerosas señales de violencia por los golpes que podría haber sufrido antes de su muerte.
>
> El martes, 20 de noviembre, las pruebas de laboratorio establecieron que las huellas de neumáticos que se distin-

guían en la entrada de la casera pertenecía a un vehículo Renault. La conexión se establece en el propio barrio. En un Renault 4-L de color blanco se localizan algunos fragmentos del saco en el que fue encontrada la víctima. La parroquia aparece como titular del vehículo. En la madrugada del miércoles el cerco policial se cierra en torno a las dependencias parroquiales. La Policía irrumpe en el recinto y se encuentra con cinco sacerdotes que conversan animadamente. La Policía busca a los usuarios del vehículo. Cristian Briales es detenido.

Según algunos testigos, el jesuita estuvo jugando con Paquito frente a la iglesia. Eso fue poco antes de que iniciara su habitual recorrido dominical.

Cristian Briales presenta una personalidad controvertida, inmersa dentro de una forma de vida compleja, inquieta, contestataria y poco reflexiva, según confirma el párroco Luis Marqués. Nacido en Málaga hace cincuenta y ocho años, el padre Cristian es un hombre extraordinariamente fuerte, tiene el pelo canoso y no le asustan las dificultades. Ejerció como profesor en Canarias y Tenerife, para pasar más tarde a la acción pastoral. Le gustaba correr en alguna de sus dos motocicletas Ducati y lo hacía a menudo. Esta afición le costó un gran accidente, del que le quedaría una cicatriz en el labio que oculta bajo el bigote. Llegó a Torreblanca hace unos dos años. El nuevo cura se dio a conocer entre los vecinos, demostrando una especial preocupación por los jóvenes. El párroco Luis Marqués asegura que su único desvelo es servir a los demás, aunque tiene madera de líder. Es de ese tipo de personas que actúa sin calcular las consecuencias.

Según un testimonio, el sacerdote toqueteaba a los niños, a los que incluso hacía daño con su juego favorito: tomarlos en brazos, empujarlos hacia arriba con fuerza y recogerlos aún en el aire.

La mayoría de los que le conocían en la parroquia aseguran, por su cuenta, que el coadjutor era una bella persona y manifiestan su sorpresa y pesar ante los acontecimientos. Otros aseguran haberlo visto al menos dos veces con síntomas de intoxicación etílica en el interior de la iglesia.

En la homilía del funeral por Paquito, Briales pidió el perdón para el asesino, «porque Paquito tuvo una muerte tranquila y no sufrió». A los familiares se les encienden los ojos al hablar del funeral: «¿Cómo pudo decirnos que el niño no sufrió y pedir además perdón para el asesino sin perder la serenidad?».

Se especula con la posibilidad de que el Renault 4 hubiera sido robado por otra persona, autora del crimen. Parece probable que los religiosos hubieran prestado esa noche el vehículo, como al parecer era habitual con algunos vecinos del barrio. La pregunta clave sigue sin respuesta oficial: ¿Están detenidos los sacerdotes para obtener declaraciones que conduzcan a un cuarto hombre, autor material del asesinato, o lo están porque alguno de ellos es sospechoso de haber cometido el crimen?

Otra hipótesis es que el pequeño Paquito sufriera una caída jugando con el padre Cristian, quien ante la muerte del pequeño habría reaccionado con miedo y sintiéndose responsable. De cualquier manera son solo hipótesis, con grandes reservas.

Es el momento de reflexionar serenamente sobre lo que ha ocurrido en Sevilla. Ningún ciudadano, por incómodo que sea, debería rechazar que la justicia investigue un caso como este. Otra cosa muy distinta es que, al hilo de esta detención, se ha puesto en duda la honorabilidad, la moralidad de un hombre como el padre Briales. Ahora más que nunca necesitamos saber quién fue el asesino del niño Paquito Reyes y por qué lo hizo.

Caso cerrado por falta de pruebas

El caso quedó archivado. Durante años, el silencio ante el crimen solo quedó roto por los artículos del detective privado sevillano Juan Carlos Arias Ranedo, que había indagado por su cuenta. El domingo, 8 de julio de 1990, Arias escribió en *El Correo de Andalucía* su «Crónica de un crimen archivado»:

> Aunque de forma oficial el «caso Torreblanca» no haya generado desde 1989 diligencias judiciales, sí es oportuno considerar aquí unos factores que, como menos, hay que calificar de extraños, y que hacen de este asunto algo apasionante para ser analizado en su justa medida, sin exceso ni prejuicios. Primeramente, el lugar donde apareció el cadáver de Paquito (una caseta de luz en desuso) presentaba numerosos grafitos que dibujaban símbolos fálicos pertenecientes a la mitología griega que, seguramente, pocos conocían en Torreblanca, una de las zonas sevillanas donde más analfabetismo se padece. Ello causó interés en la Policía Científica, que hiló también la pista en los restos de yute que se encontraron en el «4 Latas» que compartían los religiosos y otros vecinos de Torreblanca. Este yute era el que tejía el saco donde apareció el cadáver de Paquito, y solo pudo ser adquirido en una fábrica situada en Canarias, lugar donde, parece ser, el padre Briales había dado clases anteriormente por espacio de varios años.
>
> Fueron rigurosamente analizadas las prendas personales de los religiosos, lo que parece que no iluminó a los investigadores, pero el colmo de todo vino tras la liberación del padre Briales, cuando se recibieron en la Jefatura de Policía sevillana unos curiosos anónimos que enfatizaban sobre la imposibilidad de «coger al asesino, pues eso solo Dios lo sabe...». Los anónimos provocaron que se desplazara a Sevilla el considerado «Supergrupo», integrado por miembros

de la Policía Científica a escala de élite. En un período de varios meses durante 1985 y 1986, todo el «caso Torreblanca» fue retomado secretamente por la Policía, que elaboró voluminosos informes sobre la posible autoría del crimen. Para que digan que no se lo tomaron a pecho.

Se sabe que el «caso Torreblanca» ha dado para ríos de tinta, pero también para dictámenes periciales dentro y fuera de nuestro país, ya que el asunto llegó a conocimiento del mismo Papa en el Vaticano, se han analizado pruebas en el FBI y Scotland Yard. Todo parece que se ha resumido en sesudos informes técnicos que han sido trasladados al juez encargado de la instrucción sumarial.

Lo curioso es que el «caso Torreblanca» no ha dado nunca procesamientos significativos, ni práctica de pruebas solicitadas por la defensa de Paquito que, por cierto, se llevó laxamente por el letrado José Antonio Santamaría Laín. Por supuesto, nunca se ha llevado al banquillo a nadie por este asunto y muchos investigadores hablan de que todo está claro, que el asesino tiene nombre y apellidos, pero «oficialmente» todo está archivado. Quizás haya sido algún espíritu desligado de la corte celestial. Esta es, pues, la crónica de un crimen «archivado». El caso parece haber «terminado oficialmente» con el archivo de las actuaciones judiciales que se produjo en el mes de octubre de 1989, pero queda aún en el ambiente una pregunta que a muchos nos gustaría ver contestada: ¿Quién mató a Paquito?

Un año más tarde, el domingo 31 de marzo de 1991, Juan Carlos Arias volvió al caso y escribió en *El Correo de Andalucía* una columna titulada «La primera en la frente», en la que relataba:

Desde Canarias vino este sacerdote jesuita [Briales] para saber quién está detrás del polémico recuadro «Crónica de un crimen archivado», por el que he recibido innumerables felicitaciones, muchas de ellas apostillando que «se ha quedado corto». Tachó el padre Briales a este periódico y a este firmante de «ridículo» por lo que se publicó el pasado verano, pero minutos después salieron de su boca aseveraciones que dan fe precisamente de lo que trataba de desbaratar. Uno, al escribir, se informa, investiga y trata de contrastarlo todo con fuentes fidedignas. El padre Briales se pudo querellar, pero no lo hizo porque reconoció que todo era verídico y había sido obtenido sobre bases de fiabilidad.

Nadie, absolutamente nadie, se ha sentado en el banquillo por este controvertido crimen, que llevó a los calabozos policiales a tres sacerdotes y dejó al padre Briales el máximo plazo permitido para las detenciones. La libertad de los religiosos no ha esclarecido ante la Justicia quién está detrás de la execrable muerte de Paquito Reyes, pero el recuerdo de tan criminal acción remorderá la conciencia de quien se sabe autor pero no lo quiere decir, máxime cuando están demostrados los móviles sexuales de este óbito.

El «caso Torreblanca» se merece, como mínimo, que haya un proceso judicial para determinar quién o quiénes están detrás de tantas incógnitas planteadas. Han pasado los años y hoy más que nunca está palpitando la sospecha. El «caso Torreblanca» es simplemente el crimen impune que tenemos más cerca los sevillanos. No hay extrañas campañas anti educación religiosa, LODE o contra estamentos eclesiales. Solo vemos unos hechos que ya acusan. Ver otra cosa sí que es «una ridiculez».

Ya no soy periodista en activo, pero la investigación de aquel crimen, la escritura de su verdad, sigue siendo uno de mis mayores fracasos como reportero. «Con la Iglesia hemos dado, amigo Sancho.»

VIII

LA EJECUCIÓN DEL GÁNSTER VACCARIZI

En 1984, con dinero fresco, la mafia internacional siguió los pasos de los refugiados nazis y los exmiembros de la Organización del Ejército Secreto argelino (OAS). Franceses e italianos pasaban por ciudadanos respetables fuera de toda sospecha, empresarios emprendedores o ricos propietarios de chalés y apartamentos. Tras el Mundial de Fútbol de 1982 todos habían descubierto España: tierra virgen para blanquear el dinero sucio, los beneficios del tráfico de drogas y del gansterismo internacional.

Junto a los grandes capos como el siciliano-norteamericano Gaetano Badalamenti o el napolitano Antonio Bardellino, una legión de simples atracadores disfrazados de tenderos, falsificadores sudamericanos de travellers-cheques, contrabandistas de papel-moneda y ejecutivos de inexistentes bancos-fantasma, se pasearon por las costas mediterráneas ultimando negocios, planeando asesinatos y gozando de una existencia dorada. La ingenuidad policial y la ineficacia de la Interpol (apenas una oficina con cinco inspectores en Madrid) hicieron posible el asentamiento, desarrollo y lucro de una legión de hampones que llegó a organizar, planificar y explotar desde España sus delitos.

La Policía española parecía estar en la inopia. En marzo de 1984, un inspector de la Brigada Central de Policía

Judicial dedicado a la delincuencia extranjera contestaba a mis preguntas con aire triunfalista:

—En España —decía— hemos parado los pies a la delincuencia internacional.

Hermosas palabras desautorizadas por los hechos de aquel verano del 84, cuando surgieron mafiosos hasta de debajo de las piedras y de las dunas mediterráneas. Tras la máscara de los negocios más blancos, cientos de millones de dinero manchado de sangre eran invertidos por hombres de paja, padres de familia con vida aparentemente tradicional que, a tenor de las fortunas manejadas, consiguieron pronto «una gran consideración en medios financieros». Solo cuando surgía el escándalo y la olla de la mafia era destapada a presión, los industriales asociados a los gánsteres se rasgaban las vestiduras. ¡Quién lo iba a creer! Para los policías acostumbrados a las sorpresas, la filosofía de los mafiosos era muy sencilla: «Viven como personas honorables y decentísimas; procuran siempre no meter la pata. Ellos lo explican con una frase: "Donde se come no se caga", y la llevan hasta sus últimas consecuencias. Por eso es tan difícil controlar sus actividades y el turismo lo dificulta todo».

Con el *boom* turístico y el desarrollo económico, los primeros gánsteres internacionales hincaron el diente a nuestras costas en 1976. Desde entonces, la lenta invasión alcanzó su cima en 1984: la Camorra napolitana de Antonio Bardellino, fundador de la Nuova Famiglia; los clanes sicilianos de Badalamenti o de Michele Greco, conectados a la mafia norteamericana y al narcotráfico de la «pizza connection»; el proxenetismo alemán importado desde Hamburgo hasta Canarias; la cocaína-exprés de la familia Ochoa, los atracadores británicos de élite en Marbella... Todos estaban ya instalados y cómodamente regentando sus rutilantes negocios, invirtiendo el producto de sus fechorías en el sector inmobiliario y, sobre todo, pegándose una vida de potentados. De norte a sur, cuatro puntos eran los preferidos por los hampones internacionales: la Costa Brava, Alicante, Málaga y Canarias. Desde Portbou hasta Gibraltar, la mafia conoció un nuevo paraíso. Pero en el verano de 1984, cuando la sospecha se convirtió en evidencia, el gánster lionés Raymond Vaccarizi fue asesinado en la Cárcel Modelo de Barcelona por un tirador de élite, un chacal que parecía sacado de una novela de Frederick Forsyth. Esta es su historia.

Lyon

Desde el pueblo gerundense de L'Escala, el 4 de octubre de 1982 Raymond Vaccarizi dio instrucciones a su socio Jean Pierre Antonick. La Policía lionesa había intervenido el teléfono número 250.82.92.82 de Venisieux (Ródano) a nombre de la prostituta Mireille Laugery.

VACCARIZI: ¿Es verdad que Petit Louis hizo un atraco a mano armada en un bar? Alardea por todas partes de que lo hizo.

ANTONICK: Jamás en la vida.

VACCARIZI: Bueno, ¿es verdad que fijó la contribución de «emplazamientos»?

ANTONICK: Sí, yo me llevé a dos «hermanitas».

VACCARIZI: Pero escucha, ¡hay que tenerme informado de todo eso, porque va diciendo por todas partes: «Yo hago lo que quiero!».

ANTONICK: ¡Jamás en la vida!

VACCARIZI: Bueno, no hay que enfadarse. ¿No podrías darle los «buenos días»?

El encontronazo entre Petit Louis Korrichi y Antonick por una disputa de «emplazamientos» (lugares donde trabajan las prostitutas) ocurrió en septiembre de 1982.

Raymond Vaccarizi mantenía desde L'Escala el control de los bajos fondos lioneses, a pesar de la distancia y del cerco trazado en su torno por el Grupo de Represión del Bandidaje de la Policía Judicial francesa. Vaccarizi se había refugiado en España mientras en Lyon se le acusaba de asociación para delinquir, tenencia ilícita de armas, dos atracos y de ser el rey de la prostitución lionesa. Después vendrían las imputaciones de asesinato.

ANTONICK: Petit Louis me dijo: «No sabía que eras tú, justamente he visto a Raymond hace diez minutos, antes». Me esperaba, es verdad, y tenía un «chisme» [arma] encima.

VACCARIZI: El otro, el que dio el golpe...

ANTONICK: Sí, ¿voy a darle los «buenos días»?

VACCARIZI: ¡Eso es!

El proxeneta Petit Louis Korrichi se había marchado de Lyon por disparar «sobre unos borrachos» en el bar Le Tunnel. Pero tanto Petit Louis como su colega Noel Remli, «el otro» citado por Vaccarizi, recibieron «los buenos días» el 10 de noviembre de 1982, cuando fueron acribillados a balazos. En esta guerra por el control de la prostitución de Lyon, la Policía culpó también al clan Vaccarizi de ser el autor de la muerte de Hacène Boubekeur, proxeneta de Niza, asesinado a tiros el 14 de octubre de ese mismo año. La banda estaba bien organizada, armada hasta los dientes y provista de chalecos antibalas, instrumentos electrónicos para interceptar las emisoras policiales y medios sofisticados para ejecutar sus fechorías.

Así quedó grabado en la conversación de Vaccarizi con su socio Antonick. El gánster Raymond decía: «Lo que a mí me haría falta es que le dieras a mi mujer el material para detectar micrófonos. Bueno, también haría falta la peluca, ¿verdad?... Las dos pelucas y el maletín de grabación, si podéis usáis los cuatro chalecos».

La banda Vaccarizi desataba la guerra en los bajos fondos lioneses para adueñarse de las «hermanitas» y los «emplazamientos» de sus rivales.

VACCARIZI: ¿No podrías encontrar a alguien que cuente el número de «hermanitas» que tiene [indescifrable]?

ANTONICK: Puede haber más de cincuenta o sesenta como mínimo... Esto se pone cada vez más caliente.

Mientras tanto, la Policía de Lyon recopilaba las pruebas precisas para poner entre rejas al «equipo estructurado de malhechores constituido, entre otros, por Raymond Vaccarizi, Daniel Vaccarizi, Jean Pierre Antonick y Kaddour Negri». Desmantelar a los gánsteres no era tan sencillo. El capo, escurridizo y prudente, vivía plácido y seguro en España, desarrollando sus actividades en la franja mediterránea, desde Almería hasta Girona, como un extranjero honrado, de «excelente conducta y reputación», como escribieron de su puño y letra algunos vecinos de L'Escala, donde desde 1980 vivía con su mujer, Antoinette Ferré Mastracci. Incluso el párroco del pueblo avaló al mafioso «como persona católica y de toda solvencia moral». No en vano, Raymond se declaraba, pregonándolo a los cuatro vientos, «ferviente defensor del orden social». El asunto tenía su gracia.

La residencia «fija» del gánster francés estaba en un chalé de la urbanización La Vizcaína. No es casual que el área Portbou-L'Escala fuera la zona de la Costa Brava con mayor cantidad de residentes extranjeros sospechosos de actividades delictivas. Raymond Vaccarizi, que castellanizando su nombre se hacía llamar Ramón, encontró el terreno abonado para planear desde allí sus actividades francesas.

Mientras su banda realizaba atracos al Crédit Lyonnais de Condrieu el 28 de junio de 1982 y al Banco de Crédito Agrícola de Heyreuix el 8 de julio, Vaccarizi, su lugarteniente Jean Paul Abbato y el argelino Kader Lakehal «se encontraban en L'Escala y Alicante, respectivamente», según escribió Julio Balader García, un extremeño de treinta años, en una carta presentada ante la Audiencia Nacional el 3 de octubre de 1983, en la que el miembro español del clan avalaba la inocencia de su jefe.

La detención

El Grupo de Delincuencia Internacional detuvo el 18 de marzo de 1983 al peligroso Vaccarizi y a sus hombres: Abbato, de treinta y cinco años; Jean Pierre Expósito, de treinta y seis, Lakehal y Julio Balader, puesto en libertad en febrero de 1984. Desde aquel preciso momento todo fueron loas para el «bondadoso» Vacca. Sus amigos e ingenuos vecinos estaban dispuestos a dar la cara por él. Bienvenido Moreno Barón, industrial de profesión, se atrevía incluso a certificar: «Desde hace siete u ocho años aproximadamente conozco y vengo tratando de una forma periódica a don Ramón Vaccarizi, mayor de edad, casado con doña Antonia Ferre Torre [sic], y manifiesto que ambos, en el tiempo que han permanecido en España, concretamente entre Almería y L'Escala (Girona), han tenido excelente conducta y comportamiento durante todo este período, como así mismo buenas relaciones con todo el personal tratado en este país».

El abogado del gánster lionés solicitaba la libertad provisional para su cliente aduciendo «su fuerte arraigo en España, tanto en los aspectos de domicilio, como familiar y económico (bienes raíces)». Era ya el 25 de noviembre de 1983 y Vaccarizi, en sus nueve meses de cárcel, se había hecho notar como traficante de whisky.

«Ramón Vaccarizi y Juan Pablo Abbato llevan tres y dos años, respectivamente, con domicilio permanente en España —proseguía el letrado en su escrito—, donde explotan una pizzería y un bar, y un restaurante de su propiedad, que atienden con su trabajo personalmente y en cuyos negocios han invertido la totalidad de sus bienes (valorados el primero en más de diez millones de pesetas, y el segundo en doce millones) que si huyeran de España perderían. [...] Doña Antonieta Ferrer García [sic], esposa del señor Vaccarizi y madre de sus dos hijos, es a su vez hija de padres españoles y abuelos paternos y maternos españoles, teniendo toda su familia en España, a la que ha venido con gran ansia de quedarse y está tramitando la nacionalidad española.»

Trabajo, familia y supuesto españolismo, tres pilares fundamentales para impedir una extradición.

Pleno de ironía resulta el fervor de Julio Balader por su jefe, al deshacerse en elogios mediante cartas, escritos, súplicas, instancias a los jueces españoles, al fiscal general de la República en Lyon, al abogado francés La Phuong... mientras ejercía como «contable» de la banda.

Tras apuñalar a un preso en Carabanchel, Vaccarizi fue trasladado a Barcelona. En la Cárcel Modelo compartió celda con otros destacados personajes: su fiel Abbato, Expósito, Robert Beraza y Raffaele Scarnatto, lugarteniente del napolitano Bardellino. Dios los crea y el director de la cárcel los junta.

Según Balader, «Vaccarizi estaba en España y había decidido no moverse» cuando el 10 de enero de 1982 dos policías de Lyon fueron emboscados y tiroteados frente a la casa de Paul Vaccarizi, hermano del gánster. «He sido testigo presencial —prosigue—, con gran riesgo para mi vida, de los hechos ocurridos... Contra la Policía no se hizo ni un solo disparo, y el único disparo que dicen que recibió su coche lo hicieron ellos con sus armas para intentar justificar la agresión injusta y bárbara que habían cometido [...]. Yo conocía de nombre a Vaccarizi por tener yo un negocio de máquinas de juego en Lyon, si bien de otros fabricantes; y en el año 1978 la "Mafia" de Marsella intentó extender su control sobre pequeños negocios de máquinas para juego en Lyon, moviendo sus influencias. Y para ello procedieron a hacer acusaciones contra los propietarios de esos negocios por el "supuesto delito de proxenetismo", ya que en Francia basta la declaración ante la Policía de una prostituta para la inculpación, detención e incluso condena de una persona sin más pruebas.»

El Bello

Julio Balader, llamado *el Bello*, tenía historias para todos. El 31 de julio de 1983, relataba por carta al fiscal de Lyon: «Me declaro responsable y propietario de las armas halladas en el domicilio de Paul Vaccarizi. Yo transportaba esas armas con el objeto de presentárselas a Raymond Vaccarizi con el propósito de venderlas. Esta es la razón de mi presencia en casa de Paul Vaccarizi. Yo era solo el intermediario y debía cobrar una comisión por la venta». Sonreía cuando recordaba esa carta:

«Fue un favor que le hice a Raymond. A mí ni me iba ni me venía, pero si yo me adjudicaba la propiedad de las armas, Vaccarizi quedaba sin cargos y yo tampoco tenía nada que perder porque soy español y el fiscal francés no iba a pedir mi extradición». Tal afirmación fue realizada en comisaría, cuando la Policía barcelonesa ya lo había detenido como presunto asesino de su jefe.

Vaccarizi y Balader eran socios en el bar-pub Le Cristel, de L'Escala; también compartían la propiedad de la pizzería La Traviata, junto al italiano Giovanni Ruperti. Aquel verano, la Policía investigó en la Costa Brava a doscientos extranjeros vinculados con el crimen organizado, pero en julio de 1984 solo cuatro delincuentes de poca monta fueron conducidos hasta la frontera: los franceses Patrick Octave Cerezo, que trabajó en la empresa Pacer S. A.; Jean Claude Amiel, por tenencia ilícita de armas; la prostituta Theresse Labrunie y el sueco Hans Christian Larsen; también fue expulsado Ruperti, el socio de Vaccarizi. En Roses, la Policía detectó gran número de locales, pubs, pizzerías y restaurantes regentados por extranjeros sin licencia municipal, que usaban a ciudadanos españoles como tapadera mientras los auténticos dueños eran franceses, *pied-noirs* e italianos. La detención en Benidorm de Rodolfo Azzoli Valente, testaferro del capo Badalamenti dedicado a blanquear dinero de la Cosa Nostra, demostró a los inspectores de Delincuencia Internacional que algunas compañías inmobiliarias en las que figuraba un español como propietario, en realidad eran dirigidas por extranjeros.

Tras el «peinado» de la Costa Brava, los peces gordos seguían libres, como la banda del marsellés Francis Marchetti, o en la cárcel preparando su fuga, como el argentino Jorge Eduardo Villarino, secuestrador afanado y sangriento atracador que había sido detenido meses atrás en el camping gerundense Escorpio, en Castelló d'Empúries, cuando regresaba de ultimar unos negocios en Marbella. El pibe Villarino, con mediación de Robert Beraza, se alió en la cárcel con Vaccarizi y planearon juntos una fuga que se llevó a cabo varios días después de que Vaccarizi fuera ejecutado en su propia celda de la prisión.

Modelo 1984

La última vez que Vaccarizi se entrevistó con Julio Balader fue para entregarle setecientos mil francos. Estaba en la Cárcel Modelo de Barcelona y el gánster se sabía bien cuidado. Dos veces a la semana Balader compraba puros Davidoff y whisky Chivas para que su jefe se sintiera como en su casa. Los setecientos mil francos servirían para cubrir los honorarios de los abogados de la banda. Sin embargo, el Bello Julio tenía dos caras. Mientras interpretaba su pantomima ante Raymond, se estaba pasando al enemigo. Desde la cárcel más violenta y conflictiva de España, el gánster Vaccarizi perdía las riendas de sus negocios. Atrapado en su jaula, no podía liquidar a la competencia.

Cada ver que su mujer, Antoinette, bajaba desde Lyon a visitarlo las noticias eran más sombrías. Vaccarizi entró en el plan de fuga urdido por el pibe Villarino. Pronto estaría en la calle y la prostitución volvería directamente a sus manos. La banda de René Nivois lo pagaría con su sangre. Una furia incontenible se adueñaba del gánster cada vez que pensaba en el judas Balader. Desde mayo, el extremeño había dejado de pagarle los beneficios de la pizzería La Traviata; los dividendos de la prostitución lionesa tampoco entraban en sus bolsillos.

El otrora ferviente defensor de su jefe se quería quedar con todo. Para ello se enfrentó a Georges Manoukian, un gánster de segunda fila que controlaba quince prostitutas en Brigais bajo las órdenes de Vaccarizi. Balader pidió el control de estas mujeres y Manoukian se negó a darle el dinero recaudado. Por este motivo, René Nivois, el nuevo jefe de Balader, pensó por primera vez en liquidar al molesto Vacca. Mientras, este último, furioso, condenaba a Balader a la pena de muerte, pero no podía imaginar que él, y no otro, sería la víctima del asesinato.

En mayo, el ambicioso Julio viajó a la urbanización Miami Playa, de Tarragona. Allí charló con la banda de Nivois. Estaban todos: Georges Collin, también llamado Pascal, Gerard Montueuil, René Francis Spenatto y su mujer, Lilianne Ienne. Nivois tenía motivos para odiar a Vaccarizi. En diciembre de 1982, este lo invitó a comer en el restaurante de Rubén García, alias *Kiki*, en L'Escala; discutieron, Raymond sacó su pistola y disparó contra Nivois. El providencial Kiki desvió la mano de su jefe en el último momento y el proyectil cambió su trayectoria mortal.

En la reunión de Tarragona fue Julio Balader quien propuso la eliminación del impetuoso Vaccarizi. Como una ironía más, el Bello Julio relató a todos que había sido el propio Raymond quien le había dado sin querer la idea:

—Vacca me dijo: «¡Qué fácil es matar a alguien aquí dentro. Basta con esperar a que asome la cabeza por la ventana y un francotirador desde la azotea de enfrente...!».

No pudieron evitar la sonrisa. Balader sabía que Vaccarizi y Abbato hablaban con sus mujeres por la ventana. Así que cualquier tirador podría dar en el blanco.

—¿Por qué no tú?

—Sí, claro, ¿por qué no?

Gerard Montreuil viajó a Francia y compró un rifle de caza mayor a nombre de Gerard Lebron. Roxan Andrivon camufló el arma en el salpicadero del Volkswagen Polo y el «correo» Paul Pre lo condujo hasta Barcelona.

El sábado 14 de julio, aquel Volkswagen aparcó en las inmediaciones de la Cárcel Modelo. El conductor era Georges Collin. Paseó durante algunos minutos y después se quedó en la terraza de un bar vigilando la operación. A la altura del número 30 de la calle Provenza estaba estacionada una moto Yamaha. Mientras tanto, en la azotea de aquel edificio, dos hombres, Balader y Montreuil, preparaban la ejecución de Vaccarizi con un rifle especial de mirada telescópica. El tirador ya estaba preparado para disparar en cuanto Raymond asomara la cabeza.

En la calle, Antoinette Ferré llamó a su marido. Vaccarizi contestó y se sentó junto a la ventana en una silla con respaldo. Su silueta quedaba perfectamente recortada por la luz interior de la celda.

Desde la azotea, Julio Balader tuvo miedo y fue incapaz de apretar el gatillo, pero entonces, el otro individuo le arrebató el rifle, apuntó y disparó dos balas certeras. «La primera le destrozó la mano que, mientras hablaba con su mujer, tenía apoyada sobre el pecho. Tras penetrar en el cuerpo, le destrozó el corazón. El impacto no le había hecho retroceder ni diez centímetros cuando el segundo disparo le abrió literalmente un boquete en el lado derecho de la cara», según la reconstrucción policial. Aquellas balas explosivas desfiguraron al gánster al momento. Como una exhalación, Jean Paul Abbato se lanzó encima de las luces hasta dejar la celda a oscuras. Así salvó su vida.

—¿Qué ocurre? —preguntó Antoinette, totalmente ajena a cuanto estaba pasando.

—¡Han matado a Raymond! ¡Han matado a Raymond! —gritó Abbato.

Así lo recordaría posteriormente la viuda de Vaccarizi:

—A los cinco minutos de estar en la ventana, su compañero Jean-Paul Abbato se asomó también para conversar con mi amiga Irene, que me había acompañado a la Modelo. Unos instantes después se oyeron los disparos, giré la cabeza y vi a dos hombres en la terraza de una casa próxima. Pienso que querían matar a los dos. Mi marido murió, pero Jean-Paul logró esconderse.

Acabada la faena, Collin se marchó en el Volkswagen Polo llevándose el rifle. Los dos tiradores montaron en la Yamaha y emprendieron la fuga en dirección contraria. Se dispersaron.

La Cárcel Modelo fue la tumba del gánster Vaccarizi. La ejecución tuvo la pulcritud de los profesionales.

Tres días más tarde, el 17 de julio, seis presos peligrosos lograron escapar de la prisión. Se abrieron paso disparando, a sangre y fuego, sin importarles matar. El organizador de la fuga, el argentino Jorge Eduardo Villarino, fue detenido en la calle empuñando dos revólveres. Resultaba sorprendente que un criminal de su calaña —con cuatro asesinatos y tres secuestros en su haber— gozara de un destino de confianza, propio de los reclusos ejemplares. El francés de Hendaya, Robert Beraza, consiguió la libertad. A pesar de los motines y las celdas de aislamiento a que fueron sometidos muchos reclusos tras el asesinato de Vaccarizi, «no hubo un registro a fondo», según reconoció Xavier Hernández, director general de Servicios Penitenciarios de la Generalitat catalana.

Lyon, septiembre

En agosto, después de matar al capo, el clan Nivois y los seguidores de Vaccarizi quisieron resolver el asunto pacíficamente. Según la Policía, en el garaje Andrivon, del pueblecito de Saint-Fons cercano a Lyon, se realizaron numerosas reuniones. Georges Manoukian se había convertido en el jefe tras la desaparición de Raymond. Nivois perdió la paciencia y rompió a gritos las negociaciones. El 18 de septiembre, cuatro pistoleros desconocidos acribillaron a Georges Manoukian en Villeurbanne, localidad del distrito de Ródano. Era el punto final de una guerra cruenta comenzada por el difunto Vaccarizi once años antes, en 1973. Cuando la Policía detuvo al francotirador Montreuil, la confesión de los dos crímenes resultó demasiado fácil:

—La eliminación de Vaccarizi y Manoukian —declaró Montreuil— se llevó a cabo por órdenes de René Nivois.

La Policía estaba convencida de que Nivois, jefe de la banda conocida como Los Chauffers de L'Isère, había encargado a Balader la ejecución de Manoukian, del mismo modo que antes había hecho con Vaccarizi. El 12 de febrero de 1986, el extremeño Balader compareció ante la sala tercera de la Audiencia Nacional, acusado del homicidio de Manoukian, pero aunque el fiscal solicitó veinte años de cárcel, la sala dictó su libre absolución por falta de pruebas.

Condenados a la francesa

La confesión del francotirador Gerard Montreuil sentó en el banquillo a René Nivois, Georges Collin y Julio

Balader. El 10 de setiembre de 1988, la Audiencia Provincial de Barcelona condenaba a treinta y seis años de prisión a cada uno por el asesinato de Vaccarizi. Solo Roxan Andrivon quedaba absuelto, pero sería extraditado inmediatamente a Francia, donde lo juzgaron por asesinato, prostitución, tráfico de drogas, estafa y asociación para delinquir. Toda una enciclopedia. El tribunal barcelonés otorgaba en su sentencia toda la credibilidad a la confesión de Montreuil, quien además se declaró autor material de la muerte de Vaccarizi ante un juez francés. El gánster explicó con detalle la operación del crimen y las implicaciones de los tres acusados.

Al final, el Bello Julio tuvo mala suerte como aprendiz de gánster internacional. Nacido en el pueblecito pacense de Azuaga, el destino lo condujo a Lyon, donde desarrolló actividades comerciales «poco ortodoxas». A sus treinta y tres años podía jactarse de haber burlado a la Justicia, pero en 1978 fue acusado y condenado a dieciocho meses de cárcel por un asunto de drogas y proxenetismo, y en cuanto fue puesto en libertad regresó a España. Como en un juego irónico, la desorientada Guardia Civil de Tarragona se topó con él en enero de 1984, mientras buscaba afanosamente a María Teresa Mestre, la esposa de Enrique Salomó, de la que ya hemos tratado en este libro. Los rastreadores no dieron crédito a sus ojos cuando, en la casa de Julio Balader en Mont-roig del Camp, encontraron armas y utensilios para falsificar documentos. Trece días después, Balader fue puesto en libertad y se marchó a vivir al pueblo gerundense de L'Escala, en la Costa Brava. Lo que ocurrió después ya ha sido relatado en este caso de mafias y capirotes.

IX

EN EL SILENCIO DE LAS CARNICERÍAS Y LOS CEMENTERIOS

> Había pistolas, puñales, navajas, punzones, cuchillos y leznas. Estas son las armas que les quitamos a los presos, pues al dormirse tienen miedo los unos a los otros y las esconden bajo el jergón.
>
> JOSÉ GUTIÉRREZ SOLANA, *La España negra*

En cuanto a violencia carcelaria, pocas cosas han cambiado intramuros desde los tiempos del pintor Solana. La estructura material es más moderna; acero y hormigón para mantener aparcados a todos aquellos hombres que cumplen condena o esperan juicio. «Zona parking.» Esa es la realidad permanente a pesar de las buenas intenciones. Como me relató en una ocasión un amigo funcionario de Prisiones, conocido por sus convicciones progresistas: «Evitar que los reclusos escapen es el único objetivo de los altos muros, de las garitas ocupadas por la Guardia Civil, de las pesadas puertas metálicas, de las rejas... Desde el primer instante, la prisión se muestra descarnadamente como un almacén de hombres».

Julio de 1985. Cárcel de máxima seguridad de Nanclares de la Oca, Vitoria. El módulo de primer grado, el de los «peligrosos», se ha convertido en un campo de batalla. Veintitrés autolesionados, huelgas de hambre, aislamientos masivos, sangre... Violencia en espiral, y el domingo, 1 de septiembre, un asesinato. La víctima se llamaba José Ramón López Moscoso, de cuarenta y cinco años, dirigente carcelario y miembro fundacional de la Coordinadora de Presos en Lucha (la histórica COPEL), de la que habían ido muriendo todos sus dirigentes en los últimos años (desde el anarquista Agustín Rueda, el 15 de marzo de 1978, hasta Julián Ugal Cuenca, el 13 de enero de 1986).

El oscuro asesinato de José Ramón López Moscoso, *Pucho* para sus amigos, jamás levantó el interés morboso de la sociedad, a fin de cuentas... Ilustrativas son las palabras de un jefe de servicios de la Prisión de Burgos. «Esos que están en el patio —dijo a un equipo de sociólogos, mientras señalaba a unos reclusos— son la basura de la prisión, porque no trabajan en los talleres; y los que están aislados en las celdas son el detrito de la basura.» La sociedad prefiere arrinconar su basura en el «almacén de hombres», no importa cómo hayan llegado hasta allí y qué tengan que hacer dentro para seguir con vida.

El 6 de diciembre de 1977 fue atracada la sucursal del Banco de Bilbao en Sada, una localidad de A Coruña famosa por albergar en su municipio el Pazo de Meirás. López Moscoso fue acusado de llevarse las 365.000 pesetas del botín. Como reincidente, fue procesado junto con Manuel Pérez Mahía y Fernando Míguez Mariña. Desde 1977 a 1979, mientras los tres acusados estaban internados en las prisiones de Herrera de la Mancha y El Puerto de Santa María, la vista oral por el atraco tuvo que ser suspendida en cuatro ocasiones porque los acusados se habían autolesionado cortándose en los brazos e ingiriendo metales. Moscoso llegó más lejos y se amputó un dedo de la mano derecha, que su madre conservó en formol y me mostró como si fuera una reliquia. La imputación de Pucho en este atraco fue recurrida ante el Tribunal Supremo y su caso, por indefensión, estaba presentado en la Comisión de Derechos Humanos del Tribunal de Estrasburgo. Desde ese momento, posiblemente, José Ramón López Moscoso hubiera recuperado la libertad provisional esperando la sentencia y engrosando quizá las filas del paro, pero era un indomable, un rebelde, y los rebeldes tienen muy poco futuro en las cárceles.

El 15 de junio de 1978, mientras esperaba juicio en prisión preventiva, López Moscoso recibió una condena de cuatro años por un delito de atentado a la autoridad y una falta por lesiones leves (Sumario 93/78 del juzgado número 1 de A Coruña). Los hechos por los que cambió su suerte ocurrieron a las diez y media de la noche del 30 de enero de 1978. Pucho estaba con otros reclusos en la celda número 27 de la tercera galería, bebiendo vino que habían sustraído del comedor a la hora de la cena. Los televisores de la prisión estaban estropeados y el director, Gonzalo López González, había concedido unos minutos de esparcimiento. Bebían y cantaban cuando el jefe de servicios de la prisión, Pedro Díaz Sánchez, «les conminó a que se retiraran a descansar a sus respectivas celdas». Moscoso se negó y dijo:

—De aquí no sale nadie.

Ante su negativa, el jefe de servicios se marchó en busca del director, quien, rodeado por varios funcionarios, apareció en la celda 27 y ordenó a los juerguistas que se retiraran a sus celdas. Moscoso, en estado de embriaguez, se encaró con él diciendo:

—Eres un chulo y te voy a matar. ¡Aquí no manda nadie más que yo!

Para su desgracia, el ebrio Moscoso propinó un puñetazo al director «y, cuando trató de propinarle otro, este pudo esquivarlo, alcanzando con el puño en la cara, sin proponérselo, al funcionario de prisiones Jesús Antonio Emilio Iglesias, quien había acudido en auxilio de su superior».

Después de aquello, el historial carcelario de José Ramón López Moscoso, retocador fotográfico de profesión, se vio jalonado por veintidós faltas disciplinarias muy graves, entre las que destacaban literalmente: dirigirse en términos insolentes a funcionarios, desobediencia en rebeldía, pertenencia a la Coordinadora de Presos en Lucha, coacción grave a compañeros, instigar y cometer desórdenes, signos elevados de violencia y agresividad, poseer objetos prohibidos, falta de respeto a funcionarios, rotura intencionada de cristales, voluntario incumplimiento de deberes, instigar y participar en plante, inutilización de dependencias, amenazas, insultos y agresión a funcionarios…

En su tránsito penitenciario, desde febrero de 1978 hasta septiembre de 1985, Pucho conoció las cárceles más duras de España: Cartagena, Herrera de la Mancha, Puerto de Santa María… y la que sería su tumba, Nanclares de la Oca.

En enero de 1981 se le practicó una «liquidación de condena», un remedo de balance. Por la sentencia del 15 de junio de 1978, en el atentado al director de la prisión coruñesa, sumaba cuatro años y treinta y cinco días. Estaba en prisión preventiva desde el 1 de febrero de 1978, y por ello se le abonaron un año y vintitrés días. «Iniciando el cumplimiento de la condena el 24 de febrero de 1979, deja extinguida la condena impuesta debiendo ser puesto en libertad definitiva por razón de esta causa el 6 de marzo de 1981. La Coruña, a 30 de enero…»

López Moscoso jamás quiso firmar su conformidad con esta «liquidación». Él se consideraba inocente y se sentía perseguido por el director Gonzalo López, quien, según Pucho, «había jurado vengarse».

De A Coruña fue trasladado al penal del Puerto de Santa María. Allí, el 30 de marzo de 1983, volvió a ser sancionado a catorce días de aislamiento en celda por «la comisión de una falta "Muy Grave": insultos y amenazas a funcionarios». Los motivos databan del 21 de marzo, cuando varios reclusos «se mofaron» de un funcionario vestido con un abrigo. El carcelero burlado se fijó en uno de ellos y lo sacó del grupo, «lo que originó que José Ramón López Moscoso y otro saliera en defensa del primero, llamando López Moscoso a los funcionarios "perseguidores" y amenazando que "en la calle ajustarían cuentas", todo ello gesticulando y señalando con el brazo extendido y apuntándole con el dedo» (Inspección de los Servicios de Personal elaborada por el inspector Gómez Martín, de Instituciones Penitenciarias, el 7 de abril de 1983).

Cuando se ordenó su aislamiento en celdas, López Moscoso respondió gritando:

—¡Eres un hijo de puta, déjame en paz y sal de aquí!

Ya en la celda de castigo, el mismo funcionario le llevó sus cosas y comenzó a cachearlas. Según su versión, Pucho le dijo:

—No voy a estar aquí siempre. Me da asco que toques mis cosas. Todos vosotros tenéis las manos manchadas de sangre. Si tienes familia, me las pagarás.

Moscoso relató a su abogado, Juan Barja de Quiroga, que todo se trataba de un montaje provocado por su negativa a firmar la «liquidación de condena».

El 14 de marzo, días antes de la nueva sanción, el prestigioso abogado Barja de Quiroga envió una carta personal a Juan José Martínez Zato, director general de Instituciones Penitenciarias bajo el Gobierno socialista, en la que manifestaba:

> Mi querido amigo: Nuevamente te adjunto una de las muchas cartas que estoy recibiendo respecto al recluso José Ramón López Moscoso. Ya he estado el día 7 del actual viendo al ministro para pedir el indulto y me temo que esta sea la única solución porque, según mis noticias, la situación de Moscoso en el Puerto dc Santa María empeora diariamente. Curiosamente, el trato que recibe su compañero condenado en igual juicio, en la Prisión Provincial de La Coruña, es esmeradamente correcto. El problema consiste, porque es mi criterio jurídico, en que no debe firmar la notificación que pretenden que firme, y no se me alcanza cómo por una actividad que solo tiende a defender sus derechos se le puede estar aplicando un trato que sale fuera de las normas de todos nuestros reglamentos penitenciarios. Esperando que al menos me contestes...

Diez días más tarde, Barja insistió en otra carta dirigida a Martínez Zato:

> Querido amigo: Siento comunicarte que, pese a tu interés, lo del recluso López Moscoso va de mal en peor. Te adjunto fotocopia de dos telegramas y perdona que insista en que todo esto me preocupa porque, si él se niega a firmar la liquidación de condena, es por asesoramiento mío. Creo que tiene derecho y no comprendo el castigo.

El asesinato de José Ramón López Moscoso ya había sido anunciado con la antelación suficiente como para evitar tan siniestro desenlace. La documentación, instancias oficiales y correspondencia que obra en mi poder muestran cronológicamente cómo se llegó hasta el crimen. Durante este viaje, las violentas protestas de los reclusos, los conatos de motín, los castigos y las huelgas de hambre hicieron exclamar, mediante un comunicado público, a la Asociación Salhaketa de ayuda a presos:

> Nadie sabe qué sucede en Nanclares. La dirección guarda silencio y se limita a decir que la situación es de total normalidad, la misma que existe en las carnicerías y los cementerios.

En el verano de 1985, la cárcel de Nanclares de la Oca era una caldera de agua hirviendo. Pero antes...

El 5 de diciembre de 1984, el preso Ricardo Moreno Roch escribió a la letrada Misericordia Trill:

> Estamos en este penal soportando abusos diariamente, se nos tiene privados de los derechos más fundamentales y estamos así dos meses ya. El compañero José Ramón está siendo sometido a arbitrariedades inconcebibles. Lleva en celdas desde el mes de mayo sin ninguna sanción y su estado está siendo dañado psíquicamente; está mal y se tiene que buscar una solución. Tendrías que llamar a su abogado y que tome cartas en el asunto, a ver por qué le tienen así.

La situación era relatada por Moreno Roch con estas palabras:

> Para dejar claro lo que aquí ocurre, puedes consultar con varios compañeros de este centro, que son Ismael Castaño Díaz, José López Olea, Santiago Gañarul Román y, por supuesto, José Ramón. Aquí nos lo están quitando todo, no

tenemos derecho a las comunicaciones vis a vis, nos las han quitado sin razón alguna; el juego que se traen es bastante sucio, pues antes de venir aquí estábamos en el mismo régimen y ahora a unos nos han dejado en 2ª fase y a otros en 1ª. Están tratando de buscar la desconfianza y crear enfrentamientos entre nosotros. Aunque estemos de paro, nos están quitando nuestros derechos con total impunidad. Acuérdate de avisar al abogado de José Ramón para que contacte con él, pues este compañero está soportando presiones bastante graves y no podemos dejar que la tensión que está acumulando después de tantos meses de provocación desemboque en algo grave.

Junio de 1985. Carta sin fecha ni firma dirigida a José Ramon López Moscoso por otro preso:

> José, esto es una trampa muy grande, nosotros nos hemos marcado un camino para evitar la trampa, estamos estudiando y haciendo deporte todos los días…

En los meses anteriores de abril y mayo, Pucho había remitido al juez de Vigilancia Penitenciaria de Bilbao y al teniente fiscal de la Audiencia Provincial de Vitoria, dos recursos contra la sanción que se le había impuesto el 15 de marzo de 1985, según la cual había participado «en desórdenes colectivos, desobedeciendo reiteradas veces las órdenes de los funcionarios, profiriendo insultos y amenazas en compañía de otros internos».

El 11 de junio, denunció a un funcionario por «la supuesta agresión contra el preso Joseba Mirey».

El 17 de junio, remitió una instancia al juez de Vigilancia de Bilbao en la que afirmaba:

El que suscribe viene haciendo toda clase de denuncias desde su ingreso en este centro (2 de octubre de 1984), sin que hasta el momento se haya tornado por parte del Poder Judicial ninguna medida. Por eso, solicito una investigación con el fin de que se procese a la Junta de Régimen de este Centro, que viene cometiendo todo tipo de abusos, negando el acceso a la cultura, al desarrollo de la personalidad...

El 26 de junio, escribió de nuevo al juez:

Me manifiesto en huelga de hambre indefinida, solicitando la presencia judicial para prestar declaración sobre los hechos ocurridos el día 24 de junio a las seis de la tarde, con el interno Ismael Castaño Díaz.

Este recluso fue trasladado a la Prisión de Alcalá-Meco y, con fecha del 14 de julio, escribió a José Ramón:

Moncho, mi traslado ha sido una manipulación del director de allí con ánimo de abortar esta huelga, el caso es que el cartel me lo han puesto a mí como DETONANTE DE LA HUELGA y heme aquí en este módulo de aislamiento de Alcalá-Meco. Oye, Moncho, no me cabe la menor duda de que Salhaketa nos está ayudando, pero lo que me jodió es que en la entrevista que le hicieron en la radio dijeran que lo que me hicieron el día 24 fue el detonante de esta huelga. Eso me jodió mucho; quizá lo hayan dicho inconscientemente, pero la respuesta no se ha hecho esperar. Mira dónde estoy.

El 4 de julio, López Moscoso fue sancionado por insultar a los funcionarios en voz alta con palabras como «bobo, imbécil, atontado, que no sabes dónde tienes la mano derecha». Dieciocho días más tarde envió una carta al Tribunal Constitucional en la que denunciaba a la Junta de Régimen y al juez de Vigilancia Penitenciaria por «supuesta prevaricación».

> Desde el 25 de junio de 1985, me encuentro en huelga de hambre, debido al grave estado de indefensión a que me veo sometido. Actualmente mi situación es grave, presentando síntomas de fuerte desnutrición después de 27 días de huelga de hambre, a la que el día de hoy añado huelga de sed.

El secretario general del Tribunal Constitucional respondería el 30 de julio:

> Si el propósito fuera interponer recurso de amparo y si careciese de medios para sufragar los gastos de defensa, podrá interesar de este Tribunal el nombramiento de Abogado y Procurador del turno de oficio y, a este fin, debe dirigir al mismo una exposición de hechos en que fundamente el amparo y enviar una copia de la resolución recurrida.

Por problemas en sus riñones, el indómito López Moscoso abandonó la huelga de hambre a los treinta días. Las posibilidades se agotaban.

El 29 de julio, los reclusos José López Olea, Ricardo Moreno Roch y José Ramón López Moscoso recurrieron al Defensor del Pueblo, Joaquín Ruiz-Giménez:

> Somos víctimas de un grupo de señores sin escrúpulos que actúan bajo un criterio propio, contrario a la legislación vigente.

Proclamaban su inocencia de los hechos por los que estaban siendo castigados:

> Pedimos a V.I. como Defensor del Pueblo y como ser humano que, si es necesario, se nos someta a un detector de mentiras.

Y añadían:

> El 12 de julio, Ricardo Moreno Roch y José López Olea escucharon, por pura casualidad, los comentarios de dos funcionarios del departamento, de quienes no conocemos sus nombres pues reiteradamente se han negado a dárnoslos, pero sabemos quiénes son. Textualmente dijeron: «Ese tío (refiriéndose a Moscoso) es el promotor de la huelga de hambre», y el otro funcionario comentó: «Moscoso no saldrá vivo de la cárcel». Tememos que en cualquier momento «suiciden oficialmente» a José Ramón López Moscoso.

Mediante telegrama, el Defensor del Pueblo respondió que tomaría inmediatamente cartas en el asunto. Por el contrario, las restantes denuncias judiciales y las dirigidas a la Dirección General de Instituciones Penitenciarias no encontraron eco alguno.

El 30 de julio, el recluso Moreno Roch escribió a una amiga de José Ramón diciéndole:

> Yo estaba en el hospital de huelga de hambre pero pedí el alta voluntaria debido a las amenazas y zarandeos de unos cuantos policías. He puesto la denuncia en el juzgado y no pienso volver al hospital hasta que no me garanticen que me van a tratar como persona. Acabo de recibir un telegrama del Defensor del Pueblo en el que me dice que está realizando gestiones cerca del ministro de Justicia para promover una solución equitativa.

La esperanza de Moreno Roch se desvaneció en quince días. El 16 de agosto, escribió con angustia:

> Tenéis que llevar a José Ramón a Galicia, cuanto antes mejor, porque si no le van a matar aquí dentro. El jueves pasado, un hijo de perra le buscó la vuelta y se fue a por él. El José y yo fuimos a separarles y faltó el canto de un duro para que nos mataran a los tres.

La situación, cuando faltaban catorce días para que se consumara el asesinato, era descrita por Moreno Roch con una precisión casi fotográfica:

> Aquí están trayendo gente con antecedentes de movidas muy graves con cuchillos, y nos meten a todos juntos. Solo que mientras nosotros no tenemos cuchillos, ellos los tienen todos. Aunque los funcionarios hacen cacheos, al día siguiente en el patio vuelve a haber cuchillos. Y esto es muy grave porque el director lo sabe, pero pasa de todo. Al final, pasará lo que quieren que pase, porque no les fue suficiente que el otro día sacaran a un compañero en estado muy grave con dos puñaladas.

Antonio Ecaíz Arroyo fue acuchillado el 12 de agosto mientras veía la televisión.

Y prosigue la carta:

> Quieren más muertos y los candidatos que han elegido son José Ramón López Moscoso y yo. No estaría de más que alguien pusiera en antecedentes al Ministerio de Justicia y al director general, ya que a mí no me hacen ni caso. Nos pueden quitar la vida cuando les apetezca, y nosotros sin un miserable cortaúñas para defendernos.

En la misma fecha, el recluso José López Olea describe el primer intento de agresión en otra misiva:

> Salieron cuchillos de todas partes, menos mal que actuamos con sangre fría. Yo sé que esto es una manipulación de la dirección para quitar de en medio a José Ramón, pues como por la ley no pueden, están utilizando a cuatro presos sucios para que hagan el trabajo por ellos.

El viernes 30 de agosto, Ricardo Moreno Roch remitió al ministro de Justicia, Fernando Ledesma, su tercera petición de ayuda. En ella hablaba de los nuevos internos recién llegados al departamento especial de primer grado:

> La mayoría son personas reincidentes en asesinatos dentro de la cárcel con secuestro de funcionarios. Hoy, José Ramón López Moscoso no sale de la celda porque corre peligro. Yo he tomado la misma decisión. Tanto Moscoso como yo ni tenemos ni queremos cuchillos. Por otro lado, ni en la celda se puede estar con tranquilidad. No se puede descartar un secuestro de funcionarios para quitarnos la vida; de hecho, es posible que hasta se esté preparando.

A las 17:40 horas del domingo 1 de septiembre de 1985, cinco reclusos armados con cuchillos redujeron al funcionario que vigilaba el módulo; lo despojaron de las llaves y, con absoluta frialdad, dos de ellos, llamados Andrés García Cantero y Ramón Molina López, entraron en la celda de José Ramon. Pucho no pudo defenderse y lo acuchillaron hasta matarlo. Nanclares de la Oca estaba tranquila, con el triste silencio de los domingos. Tras el asesinato, y sin perder la calma, los amotinados liberaron al funcionario y volvieron a sus celdas sin crear el más mínimo alboroto ni oponer resistencia.

El director de Nanclares, Manuel Revuelta Camuñas, no estaba en la prisión en aquel momento. A su regreso, la primera medida que adoptó fue el aislamiento preventivo de los veintinueve reclusos del módulo. El crimen desencadenó de nuevo la violencia. Mientras la Guardia Civil rodeaba el exterior de Nanclares, ocho presos se autolesionaron como protesta por el asesinato.

Durante el mes de agosto, la Comisión de Derechos Humanos del Parlamento Vasco había intentado visitar la prisión para remediar las huelgas de hambre y la violencia. Juan José Martínez Zato les prohibió la entrada en la cárcel alavesa porque, según sus palabras, aquel era «un conflicto interno en el que no tenía sentido la mediación de terceros». La primera versión de los hechos habló —versión oficial, se entiende— de una «reyerta carcelaria».

El recluso Manuel García Román, testigo presencial de los hechos, acusó a la Dirección de la Prisión de Nanclares de estar implicada en la muerte de José Ramón:

> Si se llevó a cabo la muerte de José Ramón fue por la total incompetencia de quienes estaban ese día de guardia. Está claro que el director del centro oculta la verdad de lo sucedido, pues sus esbirros no obraron ni ejercieron su trabajo como debieran. Estamos siendo objeto de una tortura psíquica rayana en la locura.

El 5 de septiembre, el preso José Espiñeira remitió una carta a la familia de López Moscoso en la que manifestaba:

Está demostrado, con notas dirigidas al Defensor del Pueblo, al grupo Salhaketa y a mí mismo, donde se decía que habían llegado a la prisión unos mercenarios-asesinos-chivatos que seguramente le quitarían la vida en estos días. Yo, en persona, fui a hablar con el director de la cárcel al día siguiente del hecho, le dije a la cara lo que pensaba de él. Cuál no sería mi sorpresa cuando vi que agachaba la cabeza en señal de…

Al cabo de dos años, la reforma penitenciaria se había reducido a inaugurar nuevas cárceles, mejorar las instalaciones y abrir las puertas a más carceleros. En su informe sobre la situación de las prisiones españolas en octubre de 1983, tras la reforma penitencia del 26 de junio del mismo año, la Asociación Pro Derechos Humanos de España concluía:

> La gran mayoría de las prisiones españolas y, en general, el sistema penitenciario, sigue siendo hoy una clara reminiscencia del Antiguo Régimen; de las ideas ya superadas que consideran al delincuente como sujeto pasivo de deberes, nunca de derechos, a quien la sociedad aparca en prisión, no para su posible rehabilitación, sino para que pague su delito.

Los asesinos Andrés García Cantero, de veintiocho años, y Ramón Molina López, de la misma edad, fueron juzgados y condenados a veintinueve y catorce años de cárcel respectivamente. La sentencia número 213, dictada el 26 de noviembre de 1987 por la Audiencia Provincial de Vitoria-Gasteiz, mantuvo la tesis de la reyerta entre reclusos. Para el tribunal, Andrés García Cantero, condenado por trece delitos de robo…

> … tenía firmemente decidido dar muerte a José Ramón López Moscoso, interno con quien venía sosteniendo cierto antagonismo personal, que había degenerado en un incidente anterior en el que este había sido agredido físicamente por el procesado, y con tal propósito había confeccionado con anterioridad, dos pinchos con fuertes alambres afilados en uno de los extremos, y formando una empuñadura protegida con tiras de piel en el otro, que había sido arrancada de su cazadora. Y al mismo tiempo, solicitó ayuda del coprocesado Ramón Molina López (condenado por siete delitos de robo), a quien entregó, con su aquiescencia y solidarizándose con el propósito homicida, uno de los pinchos.

José Ramón López Moscoso recibió…

> … entre ochenta y cien heridas en cuello, tórax, extremidades y prácticamente en todo el cuerpo hasta causarle la muerte, y arrastrando posteriormente el cuerpo sin vida hasta el pasillo de las celdas, para que fuese visto por los demás reclusos, se entregaron a los funcionarios, a quienes liberaron y les dieron los pinchos ensangrentados.

Según la sentencia, Andrés García Cantero presentaba un cuadro psiquiátrico con trastornos paranoides «que no afectan sino en grado mínimo sus facultades cognitivas y volitivas.

Durante la vista oral, el asesino García Cantero ofreció a la concurrencia el relato de su crimen:

—[Moscoso] intentó defenderse con el palo de una escoba. Le cogí, le saqué fuera y le di una ración. Allí se quedó. Lo arrastré fuera con la idea de que lo vieran los demás. Era un duelo a muerte entre los dos. Le pisoteé la cabeza después de muerto muy gustosamente y me quedé con ganas de tener algo para cortarle la cabeza. Los alambres los hice para «disecarlo», para liquidarlo.

Los años que un hombre pasa en la cárcel sirven para licenciarse en la universidad del crimen o para morir asesinado como José Ramón López Moscoso, *Pucho*, el indómito. Un recluso que atestiguó en el juicio terminó declarando:

—Su muerte podría haber sido evitada. La culpa la tiene el sistema que ustedes crean.

Después del crimen, tras publicar un reportaje sobre este caso en la revista *Tiempo*, el jefe de Prensa del Ministerio de Justicia, Francisco Gor, casi como una disculpa, me reconoció en llamada telefónica que la carta de Pucho al ministro había llegado dos días después de su asesinato. Las tardanzas de Correos, ya se sabe. Pero ¿acaso habrían hecho algo para evitarlo? La respuesta pertenece también a la «zona parking» de las carnicerías y los cementerios.

X

VIERNES 13 PARA LUCRECIA

Felipe se levantó a las ocho y media de la mañana. Dieciséis años, flaco, espigado, con el cabello cortado casi al rape en el más puro estilo *skinhead*. Se enfundó en los pantalones ajustados, abotonó su camisa militar y se calzó las botas Doctor Martens como quien ejecuta un ritual de orgullo. Aunque era viernes, no tenía que ir al instituto porque lo habían expulsado tras golpear a uno de sus profesores en una parada de autobús.

Entró en la habitación de Óscar, intacta desde el día de su muerte. Tensó los músculos, estiró los brazos, se pasó la mano por su cráneo rapado y se quedó con la mirada perdida en la foto de su hermano, vital y sonriente, con su uniforme verde oliva. Después miró el reloj, Luis llegaría de un momento a otro. El muchacho no aceptaba la ausencia definitiva de Óscar, perdido de una manera tan trágica cuando apenas había cumplido los veintitrés años.

> Muere un guardia civil de un disparo tras una discusión en una discoteca de Villamanrique de Tajo.

Un cáncer había matado a su padre en 1991, y vivir completamente solo con su madre le provocaba una orfandad desgarradora, una soledad capaz de multiplicar los mecanismos mentales de una violencia en la que depositaba los signos de su propia identidad.

> La Dirección General de la Guardia Civil afirma que se suicidó en el cuartel del pueblo. El agente era un «cabeza rapada» y, según varios testigos, amenazó a un empleado con un guante de pinchos.

Felipe conservaba el recorte de prensa que relataba el suicidio de su hermano. Desde agosto de aquel año de 1992, lo leía y releía detenidamente, masticando la palabra «venganza» como si pretendiera mantener viva su memoria contra el tiempo. Como de costumbre, Luis, que tenía que desplazarse en coche desde Móstoles, se retrasaba. Excepto esperarlo, Felipe no tenía nada mejor que hacer.

> Un guardia civil, al que los vecinos identificaron como un *skinhead* o «cabeza rapada», murió el pasado día 15 de un disparo en el cuartel de la localidad madrileña de Villamanrique de Tajo, cercana a Chinchón. Un portavoz de la Dirección General de la Guardia Civil señaló ayer a este periódico que el agente, identificado como Óscar M. B., de veintitrés años, se suicidó tras haber tenido un «cambio de palabras» con el empleado de una discoteca.

La tragedia se había desatado en una calurosa noche de sábado, durante la festividad del 15 de agosto, cuando un disparo a bocajarro resonó en el silencio de la casa-cuartel donde Óscar estaba destinado. El joven guardia civil se había descerrajado un tiro mortal en la sien con un subfusil del calibre nueve milímetros Parabellum. Era el imprevisible final de una noche de bronca en la que a Óscar no le había gustado la música de la única discoteca abierta en aquel pueblo de cuatrocientos habitantes.

Tanto la Guardia Civil como las autoridades municipales de Villamanrique guardan absoluta discreción sobre los hechos que provocaron el incidente; solo los vecinos de la localidad mantienen versiones «algo diferentes» de las oficiales.

A Felipe le quemaba por dentro aquella imagen final. Idolatraba a su único hermano hasta el punto de querer seguir sus pasos en la Guardia Civil cuando la edad se lo permitiera. Para él, la muerte de Óscar debía tener culpables exteriores, inevitablemente.

El agente, después de acabar su servicio el viernes 15 de agosto, se dirigió a Disco Playa con el atuendo típicamente *skin* y acompañado de otro agente que, sin intervenir en los incidentes, trató de tranquilizarle en todo momento. Sobre las tres de la madrugada el joven comenzó una disputa con el *disc-jockey* del local. Óscar M. B. se enfadó porque no le gustaba la música flamenca que estaba poniendo en la sala, rompió varios discos y en su arrebato golpeó a un camarero con un puño americano de hierro y lleno de pinchos, explicaron testigos presenciales. Ahí se acabó todo, según la Guardia Civil y los responsables de la discoteca. Óscar M. B. se marchó acompañado de su amigo gritando: «Voy al cuartel a buscar una pistola para cargarme a todo el mundo». En el aparcamiento, al coger su coche, golpeó a tres vehículos que estaban estacionados cerca. Sin embargo, algunos testigos localizados por este periódico aseguraron que hubo una pelea en la puerta de la discoteca en la que un grupo de personas dio una paliza al guardia civil «cabeza rapada».

Un Óscar lleno de vida devolvía la mirada a su hermano desde aquella imagen estática, perenne.

Más tarde, cuando llegó al acuartelamiento, trató de conseguir un arma con la intención de regresar a la discoteca y vengarse. La intervención de los agentes que hacían la guardia impidió que utilizase su Star reglamentaria. Aquello no bastó, porque Óscar M. B. entró en el pabellón de solteros de la casa-cuartel y cogió, al parecer, el subfusil de uno de los compañeros. El agente que custodiaba la puerta del acuartelamiento le impidió la salida del pabellón en el preciso instante en el que Óscar M. B. se puso el arma en la cabeza y se disparó un tiro que le provocó la muerte unas horas después, según la versión facilitada por el portavoz de la Dirección General de la Guardia Civil. Una ambulancia del Insalud lo trasladó rápidamente a Madrid, situada a setenta kilómetros, y a las siete de la mañana expiró en la Unidad de Vigilancia Intensiva del hospital Gregorio Marañón.

El joven Felipe todavía no había vengado su muerte, a pesar de que, una semana después, se desplazó hasta Villamanrique de Tajo para jurar a todos los vecinos que la sangre de Óscar sería pagada por todo el pueblo con violencia. Rodeado por el pesado silencio de la habitación, en sus tímpanos resonaba todavía su propia voz justiciera, que, tras exclamar «Heil, Hitler!» con el brazo en alto, prometió volver ante la estupefacción de todos. Allí también estuvo su madre, una mujer de carácter difícil, según vecinos de su urbanización, una de esas colonias de pisos de clase media y zona ajardinada que rodean el pueblo de Torrelodones, a veinte kilómetros de la capital. En ese pueblo, Felipe, con la cabeza rapada, había destacado por su violencia singular, destilada desde el instituto hasta el estadio de fútbol del Real Madrid, encuadrado en las gradas de los Ultrasur.

Pasadas las nueve de la mañana, el guardia civil Luis Merino Pérez dejó en su casa a su mujer y a su hija pequeña. Se había citado con Felipe para rendir un homenaje a su amigo Óscar en el tercer mes de su fallecimiento. Aunque libraba aquel día y vestía de paisano, jamás se separaba de su Star BMK reglamentaria, del calibre nueve milímetros Parabellum; no en vano entre sus amistades tenía fama de «usar mucho» la pistola. Estaba destinado a la vigilancia de la cárcel de Carabanchel como miembro de la VII Compañía de la Comandancia 111 de la Guardia Civil, donde algunos de sus compañeros comentaban de él «rarezas» tales como su apariencia *skinhead*, su automóvil lleno de emblemas nazis en el salpicadero y su ostentación ultraderechista manifestada siempre que podía levantando el brazo en los actos públicos. A sus veintitrés años, su carácter tempestuoso venía avalado por numerosos incidentes, uno de los cuales llegó hasta los juzgados en marzo de 1992, cuando fue denunciado por una pelea en un pub de Getafe.

Antes de abandonar Móstoles, tomó un café y una copa de coñac en el bar de siempre y, sin ninguna prisa, comenzó su largo peregrinaje hasta Torrelodones por la carretera de Extremadura. No le preocupaba lo más mínimo llegar tarde. Desde que ingresó en la Guardia Civil, el 1 de mayo de 1987, lo habían expedientado en nueve ocasiones, muchas de ellas por falta de puntualidad. Además, Felipe esperaría.

El guardia llegó hasta Torrelodones, pero antes de dirigirse al domicilio de Felipe se detuvo en otro bar, tomó varias cervezas y, de nuevo en la calle, se fumó un canuto de hachís, comprado en el barrio de San Fermín. Con una lata de cerveza en la mano, buscando quizás una soledad íntima, se desplazó al cementerio y, ante la tumba de Óscar, brindó alzando la lata.

—¡Por ti, Óscar!

A las once de la mañana, Luis Merino entró en casa de Felipe, compartieron una cerveza y, sin salir de la habitación del difunto, bebieron y hablaron de él con admirada devoción, rodeados por sus cosas, por objetos personales conservados como en un museo. Estaban rabiosos por la manera en que los periódicos describían a Óscar, pero ellos eran distintos al resto del mundo y no les sorprendía lo más mínimo.

> Óscar M. B. era un joven muy extraño y se notaba que tenía problemas. Llevaba la cabeza completamente rapada y vestía de una forma muy rara, siempre con botas militares, «como ésos que llaman *skinhead*», dijo a *El Mundo* uno de los vecinos. Según la opinión de quienes habían tratado con él, «es difícil creer que alguien con un carácter como el de Óscar se suicidara. Era del tipo de personas que prefiere pegarle un tiro a los demás». Al parecer, este agente padecía algunos problemas psicológicos que, cuatro meses atrás, habían aconsejado su traslado a Villamanrique de Tajo, un destino considerado «tranquilo» por los mandos de la Guardia Civil. «Era una persona muy rara que tenía unas ideas muy radicales. Odiaba a los negros, a los judíos y a todos los extranjeros, pero a pesar de ello nunca tuvo ningún problema con nadie», declaró un vecino.

Al mediodía, Luis y Felipe salieron a la búsqueda de José Luis M., *Pepe* para los amigos. Compraron cervezas mientras deambulaban por las calles poco transitadas de Torrelodones.

El reloj marcaba poco más de las doce y media cuando entraron en el instituto, donde Felipe lideraba a una veintena de adolescentes de ideología neonazi que desplegaban en las aulas el anticomunismo y el racismo como bandera.

—Felipe ha presentado una instancia para entrar en el Ejército como voluntario a primeros de año —explicó Luis al director del centro, haciendo valer su condición de guardia civil—, no es preciso que la expulsión se haga efectiva.

Pasearon por las calles sin encontrar a Pepe y se liaron varios canutos antes de dirigirse al cementerio.

Delante de la tumba de Óscar rindieron su homenaje. Firme y solemne, Merino sacó su pistola y disparó dos veces al aire.

—¡Por ti, Óscar! —exclamó de nuevo.

Después, tras la emoción y las lágrimas contenidas, dejó que Felipe también tirara de pistola en un descampado próximo. Estaban sin blanca, y por eso, casi a las dos de la tarde, se marcharon en el Talbot hasta la cercana población de Villalba con la intención de sacar dinero de una sucursal del Banco Bilbao Vizcaya, donde Luis tenía una cuenta corriente. No consiguieron su propósito porque cuando llegaron al establecimiento bancario lo encontraron con la puerta cerrada.

Compraron varias latas de cerveza en el apeadero de Villalba y se las bebieron durante el camino de regreso. En Torrelodones, por fin, encontraron a Pepe y los tres decidieron bajarse juntos a Madrid.

Cuando el Talbot rojo pasó a toda velocidad por el kilómetro 9 de la carretera de A Coruña, apenas tuvieron tiempo para mirar aquel edificio blanco al que regresarían horas más tarde y que, a causa de la construcción de un cuarto carril de autovía, tenía los días contados. Era la discoteca Four Roses, de Aravaca, en la confluencia con la carretera de Castilla.

Aquel 13 de noviembre, un diario de la capital destacaba que en las ruinas de la discoteca Four Roses de Aravaca se refugiaban más de treinta inmigrantes dominicanos de raza negra. Los ánimos estaban caldeados, y en los sectores ultraderechistas todos se disponían a utilizar la plataforma de un 20-N singular en el que se conmemoraba el centenario del nacimiento de Franco. El primero en hacerlo fue el Círculo Español de Amigos de Europa (CEDADE), organización nazi que había convocado al día siguiente una manifestación ultra en la Puerta del Sol de Madrid. También Juntas Españolas había desatado su campaña de propaganda contra los inmigrantes extranjeros.

Desde finales de marzo, la discoteca Four Roses había quedado convertida en un edificio fantasma que la piqueta borraría del mapa para sembrar asfalto donde antes estuvo la pista de baile. En sus momentos de esplendor, Four Roses (antigua Nueva Romana) había sido un espacioso antro de paredes blancas y columnas jónicas, convertido durante años en uno de los lugares veraniegos de moda junto a la discoteca Oh!, a pocos metros en la misma carretera. Mientras recibió a las oleadas de adolescentes del distrito de Moncloa, Four Roses funcionó como un establecimiento elitista, para adolescentes blancos, limpios y de clase media alta, cuyo acceso estaba vedado a *hippies*, gente mal vestida, con el pelo demasiado largo o con la piel oscura.

Ahora, aquel escenario lúdico se había convertido en el refugio de los inmigrantes dominicanos de la zona oeste al servicio doméstico de los dueños de los chalés, que no tenían otro techo en el que cobijarse. Sus compatriotas los llamaban «los sin casa», por ser recién llegados desde la misma procedencia: el pueblo rural de Vicente Noble.

Durante los últimos dos años, cientos de dominicanos residentes en Madrid se reunían los jueves y los domingos, sin el menor incidente, en la plaza de la Corona Boreal, un espacioso descampado sin terminar de ajardinar donde se ubica el centro social de los jubilados de la zona y en el que, desde el último verano, la única obra emprendida era la construcción residencial de lujo Plaza de Aravaca, edificada por la empresa Ferrovial. Hasta octubre jamás hubo incidentes, ni problemas de prostitución o tráfico de drogas; las únicas peleas se produjeron por cuestiones amorosas, ya que la mitad de los inmigrantes eran mujeres. Como colectivo, sus relaciones con la Guardia Civil, que tiene su puesto a pocos metros de la plaza, siempre fueron excelentes.

La situación cambió tras el verano. En el ambiente empezó a respirarse la sospecha de una posible agresión. Y a partir de octubre, la Policía Municipal comenzó a pedir la documentación a los inmigrantes. El diario *ABC*, principalmente, dedicaba crónicas enteras a relatar el malestar de los vecinos. A finales de aquel mes, el jueves 22, la Policía Municipal desplegó un descomunal operativo para controlar a los dominicanos; los agentes entraron en locales tan frecuentados como El Caribeño, que ponía música merengue, y como consecuencia se desató la indignación que hizo saltar, como un simple mecanismo de causa-efecto, una manifestación espontánea de inmigrantes al grito de «No pasarán». Era el principio de una escalada emprendida por una acción policial sistemática, provocativa, tan celosa en su cometido que se llegó incluso a pedir cuatro veces la documentación a la misma persona en el plazo de media hora.

Desde agosto, también la treintena de dominicanos refugiados en Four Roses fueron víctimas del acoso permanente de la Policía Municipal. El miedo llegaba cada noche, cuando una patrulla irrumpía en el fantasmal edificio y amenazaba a sus moradores con argumentos tan reveladores como los esgrimidos por el agente de la Policía Municipal que, en la madrugada, entraba mientras todos dormían, marcaba el paso ruidosamente sobre el suelo y gritaba:

—Os vamos a pisar como a cucarachas. —Seguía pisoteando el suelo y, mientras miraba con asco a los dominicanos hacinados, se le llenaba la boca al exclamar—: ¡Odiosa nación de negros!

Ya estaban acostumbrados a recibir aquellas visitas intimidatorias cuando, a principios de noviembre, se sucedieron al fin los primeros forcejeos con un coche patrulla, enfrentamientos físicos y peleas entre policías y dominicanos. El peligro latente hizo que el embajador de la República Dominicana, Rafael Gautreau, tratara de negociar con el concejal de Moncloa, Luis Molina, la designación de un local donde sus compatriotas pudieran reunirse sin problema. Para que la escalada de terror fuera total, el miércoles 11 de noviembre las paredes de Aravaca amanecieron plagadas de carteles firmados por el partido ultraderechista Juntas Españolas en los que se leía: «STOP INMIGRACIÓN. Los ESPAÑOLES, PRIMERO».

A las cuatro de la tarde, Luis, Pepe y Felipe llegaron hasta la sucursal del Banco Bilbao Vizcaya en la Gran Vía de Madrid. Estaba cerrado por ser viernes. Se marcharon hacia la zona del Templo de Debod, donde antaño estuvo el Cuartel de la Montaña.

Con el sol del atardecer en el rostro, Luis sacó del bolsillo un gastado recorte de prensa del que jamás se desprendía.

LA BANDA DEL GUARDIA CIVIL *SKINHEAD* AMENAZA CON VENGAR SU MUERTE

La tranquilidad de la localidad madrileña de Villamanrique de Tajo, de apenas cuatrocientos habitantes, puede verse alterada en breve. La banda de jóvenes *skinhead* a la que supuestamente pertenecía el guardia civil muerto ha amenazado a los propietarios de la discoteca Disco Playa. El dueño de ese establecimiento ha pedido protección ante el temor de que los compañeros de la víctima intenten vengar la muerte del agente, ya que atribuyen su suicidio a la discusión que mantuvo por el tipo de música que ponían en la discoteca, según informa la agencia Efe. Los responsables de la Dirección de la Guardia Civil estudian la adopción de medidas especiales para evitar posibles actuaciones violentas de los «cabezas rapadas». Los problemas podrían producirse el próximo viernes, ya que es el único día de la semana que abre la discoteca. Tras el incidente del día 15, la Guardia Civil movilizó a las dos parejas de agentes del acuartelamiento de la localidad para evitar «posibles altercados». El portavoz de la Guardia Civil negó a este periódico que se hubieran mandado refuerzos de otras localidades cercanas para «asegurar» la zona. Sin embargo, los vecinos de Villamanrique aseguran que al día siguiente el pueblo se llenó de guardias civiles. «Nunca habíamos visto tantas estrellas juntas», dijo uno de ellos.

Pepe, Luis y Felipe entraron en un bar cercano, se comieron unos bocadillos y compraron litronas. Volvieron a Debod y pasaron la tarde entre tragos, canutos y palabras hasta que, en la noche incipiente, a las 19:45 horas, se marcharon a la plaza de los Cubos, zona de pubs de Argüelles donde habitualmente se reunía una veintena de «cabezas rapadas». Allí, Merino conoció a dos *skins* conocidos de Felipe llamados Javier, que vivía en Puerta de Hierro, y Víctor, de Galapagar, a quien todos apodaban *Oxidado* por su cabello rojizo. Aunque Felipe no los había visto antes más que un par de veces, hizo las presentaciones pertinentes, acompañadas por un minibarril de cerveza comprado en el VIPS. Oxidado, Felipe y Javier, además de tener dieciséis años compartían su ideología ultraviolenta y nazi. Con su indumentaria «militante» compuesta por una cazadora *bomber* y botas militares, Javier solía llevar siempre una pegatina de la organización neonazi Bases Autónomas. Los tres guardaban en sus casas, como tesoros, los recortes de prensa que relataban hazañas de los *skinheads* en las que, probablemente, ellos mismos habían participado. Todos, incluido Merino, pensaban asistir al acto conmemorativo del 20-N en la plaza de Oriente.

Al menos durante los cuarenta y cinco minutos anteriores a que marcharan hacia Aravaca, ninguno consumió bebidas alcohólicas, según declararía el menor J. A. S., primo de Felipe y amigo de Javier, que se sumó al grupo. Los seis estaban tranquilos, sin alteración alguna. Luis se mantenía silencioso, mientras Pepe era el único que fumaba porros.

—Podríamos ir a dar un escarmiento a los negros —propuso uno de los reunidos.

Se animaron.

—¿Dónde será más fácil encontrarlos?

Discutieron el lugar en el que sería mejor hacerlo hasta que Felipe propuso:

—Algunos dominicanos pasan la noche en la discoteca Four Roses, lo he leído en el periódico. Son negros.

—¿En Aravaca?

—Un dominicano me llamó hijo de puta una vez porque no le di una limosna —añadió Felipe.

—Yo les daré el susto —intervino el guardia civil, con frialdad.

—¡Y nosotros! —respondieron Felipe, Víctor y Javier, casi a coro.

—Yo no voy —anunció Pepe, antes de disculparse—: He bebido un poco y no estoy en condiciones de correr si es necesario. Además, aquí me lo estoy pasando bien.

Subieron al coche sin un plan preestablecido; pensaban divertirse un poco. J. A. S. tuvo que quedarse en tierra porque una sillita de niño, empotrada en el asiento trasero, no le daba cabida. El automóvil arrancó y se dirigieron hacia la fantasmal discoteca.

Cuando se saltaron dos semáforos a la altura de la plaza Elíptica, una patrulla de la Policía Municipal les paró. A Merino le bastó con mostrar su credencial de Guardia Civil para que funcionara como un salvoconducto. Ni siquiera le hicieron la prueba de alcoholemia y el improvisado comando siguió su camino tras repostar gasolina cerca del estadio Vicente Calderón.

A las nueve de la noche de aquel viernes 13, el Talbot Horizon rojo, con una pegatina en el parabrisas trasero que decía «Suráfrica, tus hermanos blancos luchan por tu supervivencia», se detuvo en la isleta situada frente a la entrada principal de la discoteca, en el cruce con la carretera de Castilla, un lugar tan visible que Luis se lo pensó dos veces y aparcó a cincuenta metros, en un descampado cercano al local que garantizaba mayor discreción.

Sin salir del vehículo, Merino mostró su Star.

—¿Quién necesita armas?

Víctor respondió con un ademán y el guardia civil le entregó un cuchillo de diecisiete centímetros. Felipe tenía otro cuchillo de quince centímetros y un punzón-barrena.

—No necesito más —dijo mientras exhibía sus armas.

Descendieron del coche. Era una noche cerrada que los convertía en sombras. Solo Víctor utilizó su bufanda para cubrirse el rostro.

—Yo con unas piedras tendré bastante —se jactó Javier. Sin embargo, terminó blandiendo un tubo de goma de seis centímetros de diámetro capaz de descalabrar a una estatua.

Los cuatro intrusos se deslizaron en el interior de la discoteca a través de una puerta lateral, metálica y blanca, que antes había servido como salida de emergencia.

Javier iba delante, seguido por Felipe, Víctor y Luis. Buscaban en la oscuridad del recinto hasta que, por la rendija inferior de una puerta, vieron luz.

—Aquí hay gente —susurró Javier a sus compañeros.

De una patada, dejó la puerta entreabierta. Con el primer estruendo, Enrique, uno de los dominicanos, avanzó hacia la entrada, confiado, con la intención de facilitar el acceso a los intrusos que, para él, no podían ser otros que los policías municipales con sus finos modales. Para su desgracia, aquella noche la patrulla no hizo su habitual ronda de control.

Antes de que sus palabras fueran cortadas de cuajo por aquel golpe incierto, Lucrecia, despedida del último trabajo por su débil salud, tenía un plato de sopa entre los dedos y estaba diciendo a sus paisanos:

—Voy a quedarme en Madrid. He encontrado trabajo en una...

Violentamente, de una patada, Felipe abrió la puerta de par en par. Ante él apareció un pequeño cuarto alicatado de azulejos, con dos camas y una mesa iluminada por una vela. A su alrededor cenaban cuatro personas de raza negra.

Todo fue cuestión de segundos.

La corriente de aire apagó la vela y dejó la habitación en penumbra. Merino apartó a Felipe y desenfundó su Star reglamentaria. Aunque la primera bala salió sin rumbo fijo hasta quedar incrustada en la pared, las otras las escupió apuntando, con la Star sostenida por las dos manos y las piernas arqueadas, como un verdadero profesional.

Disparó tres veces.

Lucrecia, al recibir los impactos, lanzó el plato de sopa por los aires y se desplomó sobre una de las camas, encima de Kati, la otra mujer con quien compartía la «habitación». Dos proyectiles le atravesaron la axila derecha y el pecho. Su sangre quedaría empapada en aquel humilde colchón para siempre. El tercer tiro se hundió en el muslo de Augusto, mientras Enrique Céspedes, el cuarto dominicano, salvó la vida al ver a los asesinos de frente y refugiarse, en un acto reflejo, debajo de la otra cama.

Los fogonazos habían provocado la estampida de Felipe, Javier y Víctor. Mientras Luis Merino abandonaba la discoteca con paso firme y seguro, Javier dejó caer el tubo de goma mientras corría. Eran las 21:10, la hora del crimen racista. Atrás quedaba el cadáver de Lucrecia Pérez Matos, de treinta y tres años, asistenta dominicana, con una hija de seis años llamada Kenia. La mujer apenas llevaba un mes en España y, varios días antes, había enviado una carta a su marido, Víctor Trinidad, en la que le relataba lo mal que lo estaba pasando en Madrid. Con el proyectil en la pierna y la hemorragia cortada con un torniquete, allí quedó Augusto César Vargas, de treinta y siete años, y el terror.

De nuevo en el Talbot, los asesinos regresaron a Madrid por la carretera de Castilla.

—Vosotros tranquilos, que nadie abra la boca, que yo haré lo necesario para que no identifiquen la pistola —aseguró el guardia civil—. Les he dado tres plomos, que se los repartan como quieran.

Esta reconstrucción del crimen está contenida en el sumario 203/93 y es fiel a los hechos probados por la Sentencia del 4 de julio de 1994, dictada por la Sección sexta de la Audiencia Provincial de Madrid. Luis Merino Pérez fue condenado a cincuenta y cuatro años de reclusión mayor por asesinato y asesinato frustrado, con las agravantes de disfraz y morada. A cada uno de sus acompañantes, Felipe Martín Bravo, Víctor Flores Reviejo y Javier Quílez Martínez, se les impuso una pena de quince años de reclusión menor como coautores de asesinato y nueve años de prisión mayor por asesinato frustrado, con las agravantes de disfraz y morada. Ser menores de dieciocho años les sirvió como atenuante.

XI

LA SANGRE DEL BRÓKER

> El dinero que se da, que se presta, que se vende, que se gana o que se roba; el dinero que mata y vivifica como la Palabra, el dinero que se adora, el eucarístico dinero que se bebe y que se come. Viático de la curiosidad vagabunda y viático de la muerte.
>
> LEÓN BLOY

Como cualquier medianoche, la calma era total en La Moraleja. Nada rompía la fisonomía tranquila de aquel enjambre de urbanizaciones elitistas, con sus jardines cuidados y esa sensación de seguridad provista de artilugios antirrobo que puede comprarse con dinero. Aquel lunes de mayo, los vigilantes a sueldo realizaban su ronda cotidiana sin ninguna incidencia. La madrugada era fría, cerrada como siempre. Todo estaba bajo control y en orden.

Con lentitud rutinaria, el coche de aquellos merodeadores uniformados recorría las calles de El Soto de La Moraleja. Al pasar frente al edificio Nínive ni siquiera frenaron su marcha. Apenas una luz tenue perfilaba los contornos de aquella ventana del segundo piso. Los visillos mantenían la intimidad del interior, ocultaban los movimientos de un hombre solitario que arrastraba sus cuarenta y seis años con una tristeza fatal. En aquella habitación de muebles de diseño, Baltasar Egea García, vestido con un suave batín sobre el pijama de seda, tomó del suelo su maletín de ejecutivo, lo depositó sobre la cómoda de metacrilato y marcó los números de su carné de identidad. Los cierres saltaron al unísono. Acercó una silla y se derrumbó sobre ella sin fuerza. La dieta constante le producía depresiones de caballo, pero sin conseguir su objetivo. Seguía siendo, muy a su pesar, un hombre demasiado obeso para su baja estatura.

Sacó unos papeles timbrados y los apiló en el suelo junto a otros documentos seleccionados para la ocasión. La luz íntima de la lámpara halógena difuminaba sus facciones en el espejo. Se miró a los ojos; tomó un folio en blanco y comenzó a escribir con caligrafía clara y líneas ordenadas: «Madrid, 3 de mayo de 1993».

Tras largos días de incertidumbre, Baltasar Egea había decidido concluir el infierno. Definitivamente. Sobre una mesilla de noche, absurda, imaginada por Mariscal, dos viejas pistolas Star, pequeñas y discretas, con una bala en la recámara de cada una, esperaban el momento de su función mortal.

> Señor Juez: motivado por muchos impagos no puedo responder ante nadie. No sé si será la crisis o que hay mucho listo…

Entonces recordó que aquella misma mañana había concertado una cita con los abogados de Benedicto Alfaro. Se quedarían esperándolo para siempre.

> Que Dios me perdone por lo que hago a mi familia. No saben nada y por supuesto no tienen culpa de nada, pero pienso que para vivir en la situación en que les voy a dejar, mejor es no vivir…

Sobre el lecho conyugal, Adela dormía profundamente, con su cuerpo perfecto de cariátide esbelta, clásica y moldeada, con su larga cabellera rubia aplastada contra el almohadón, sin ese estilismo vulgar de peluquería para mujeres ricas y maduras. A su lado estaba Raúl, también dormido. ¿En qué sueña un muchacho de quince años que lo tiene todo? Durante la cena, Baltasar había mezclado en las bebidas de Adela y de su hijo varios somníferos de los que él utilizaba para vencer el insomnio. Minutos antes, en cuanto vio a su esposa profundamente dormida, se había dirigido a la habitación de su hijo y lo había tomado en brazos para depositarlo en el lecho matrimonial, donde ahora, mientras él escribía, esperaban los dos, inconscientes, ajenos a las maquinaciones de un hombre atormentado, vulnerables a su delirio liberador.

Egea los miró a través del espejo, reflejados indirectamente. Se aproximó a la cama y los tapó con la colcha para que no se enfriaran. Era un acto de amor que se adueñaba de su alma. Siguió escribiendo:

> Al menos si hay Cielo, yo soy creyente en Dios, mi hijo Raúl Egea y mi mujer podrán disfrutar de una vida mejor. A mí, que Dios me ampare, si puede. Lo hago a sabiendas, pero con el único fin de que tengan una vida mejor. Soy un cobarde, pero para mí hay que tener mucho valor. Si en la oficina hay algún culpable: yo soy el único.
>
> Que Dios me ampare.
>
> Baltasar Egea

El hombre empuñó las pistolas. Sus dedos gruesos y sudorosos tocaron los gatillos. Se acercó a la cama, apuntó, giró la cabeza hacia un lado y descerrajó el primer tiro a quemarropa. El casquillo voló por el aire mientras un sonido sordo, apenas un chirrido, llevaba la muerte instantánea hasta la frente de María Adela Llana Vidal. El proyectil se incrustó en su cerebro de cuarenta años y su cuerpo cuidado con esmero se agitó en una sacudida seca.

Sin detenerse, Egea se dirigió al otro lado de la cama, dejó la pistola caliente en su mesita de noche y colocó el cañón de la otra Star en la sien izquierda de su amado hijo. Cerró los ojos al apretar el gatillo y, con el disparo, la cabeza del muchacho hizo un leve movimiento hacia la derecha mientras el casquillo daba un brinco mecánico.

Baltasar Egea abandonó el arma encima de la cómoda, metió la carta en un sobre y la guardó dentro del maletín. «Liberados», pensó. Ahora le tocaba a él sin posibilidad de retorno. El tiempo discurría de un modo diferente, congelado, difuso, como en una ensoñación. Lo había hecho. ¿Qué pensarían de él las personas que realmente lo querían?

Horas antes, como cada noche, Adela había telefoneado a su madre: «Estoy algo resfriada —dijo pegada al auricular—, un poco, nada importante. ¿Baltasar? Está ahí en la butaca medio adormilado. Siempre le pasa igual». Qué equivocada estaba. Porque él ya había tomado su dura decisión y simplemente esperaba el efecto de los somníferos. Cuando se acercaba el acto final, Baltasar se había quedado solo y armado ante su conciencia. Con movimientos lentos, aturdidos, se dedicó a quemar documentos en el cuarto de baño. Papel tras papel, las hojas se reducían a ceniza sin que las llamas provocaran una pequeña hoguera. En el fondo del retrete quedaban unos restos quemados, negros e indescifrables que el agua insistía en mantener a flote. Ahora tenía que acabar y dar una lección a quienes lo habían hundido.

Miró su Rolex de oro. Las siete y media. Amanecía. Lo había planeado cuidando los detalles. La sirvienta no estaba, le había dado permiso.

Cogió la lata de gasolina que guardaba en un cuarto trastero, junto a los utensilios de limpieza, y volvió al dormitorio. Sin dudarlo, descolgó el teléfono y marcó el número de su cuñada Lourdes, la única persona que realmente le entendía, y con la que mantenía unas relaciones excelentes hasta el punto de dejarle en herencia ochenta millones de pesetas. Dominado por una repentina agitación, Egea sintió la necesidad de explicarle lo que había hecho, que lo comprendiera y lo perdonara. También deseaba decirle adiós. Le diría... Sin embargo, cuando Lourdes respondió, Baltasar solo pudo articular un murmullo indescifrable y optó por colgar el auricular precipitadamente. Las agujas del reloj marcaban las ocho en punto. El instante final.

Cerró la puerta, echó la llave y miró los rostros inertes de su mujer y su hijo, marcados ya por una telaraña de sangre seca. Antes de rociar sus cuerpos con la gasolina, los cubrió completamente con la colcha. Después empapó sus propias ropas y esparció por la cama la gasolina restante. Lo había calculado todo. En caso de que la habitación ardiera por completo, su última carta estaría a salvo dentro del maletín.

Encendió un cigarrillo. Sus pulmones recibieron las últimas bocanadas con la profundidad de un reo momentos antes de su ejecución. Se acostó junto al cadáver de su hijo, sin taparse. Su mano izquierda mantenía el cigarrillo encendido apresado entre los dedos, mientras su derecha dirigía la Star contra su sien. Solo tenía que apretar el gatillo para quedar fulminado, y al hacerlo, el cigarrillo caería sobre la cama y todos arderían por completo, en una pira funeraria, ritual, capaz de pasar la última factura a los culpables de su ruina.

Disparó, pero el espasmo de su muerte lanzó el cigarrillo lejos de la cama.

Las cartas

Cuando el juez Moreiras descendió de su coche oficial y entró en su despacho del juzgado central de instrucción número 3, no sabía que la jornada iba a estar cargada de sorpresas. La querella presentada por la Kuwait Investment Organization, KIO, contra su antiguo representante en España, el empresario Javier de la Rosa, había colocado al juez en el centro de un escenario político salpicado por los escándalos económicos, y le había conferido un protagonismo tan excesivo que lo mantenía en guardia contra la prensa. Especialmente desde que decidió no admitir a trámite la querella de los millonarios kuwaitíes. «En el Código Penal no existe la "administración fraudulenta" como figura jurídica», dictaminó.

Más preocupado por las páginas de economía que por las de sucesos, el juez apenas se detuvo ante aquel titular a cuatro columnas: «Un empresario se quita la vida de un tiro tras matar a su mujer y a su hijo en La Moraleja», y un antetítulo: «El parricida dejó una carta en la que explicaba sus problemas económicos». Otra víctima mortal de la crisis, debió de pensar el juez. «El asesor financiero Baltasar Egea García, de cuarenta y seis años, se suicidó ayer de un tiro en la cabeza...» Casi a pie de página, el periódico aseguraba: «Esto parece San Blas. La lujosa y tranquila urbanización de La Moraleja ha sido escenario, en menos de un mes, de dos sucesos que están originando cierta psicosis de miedo en la zona...».

Tras dieciséis años en la magistratura, la carrera judicial había conducido a Miguel Moreiras hasta el juzgado de delitos monetarios, donde estaba enfrascado en la instrucción de sumarios de «cuello blanco». Su despacho parecía sitiado por los casos más complejos de la nueva delincuencia: el fraude de las facturas falsas del IVA cometido por seiscientas empresas, las cuarenta y ocho mil operaciones de crédito del Banco Santander, la estafa del Banco Europeo de Finanzas, el caso Enatcar...

Con su juzgado sobrecargado de trabajo, el austero Moreiras abrió los ojos de par en par cuando su secretaria le mostró el correo. Entre la correspondencia del día destacaban dos cartas remitidas por el bróker Baltasar Egea García. En total, doce folios escritos con la misma letra, sobre papel amarillo. Su lectura sumió al juez en la perplejidad.

Estimado Sr. Juez:

Cuando usted reciba esta carta, para mí y mi familia será demasiado tarde. Nosotros, mejor dicho, yo, he estado trabajando toda mi vida para llegar a los cuarenta y seis años totalmente arruinado y desprestigiado por el Mercado Financiero. Hace aproximadamente veinte años comencé a dedicarme a la colocación de dinero «B»; creamos una empresa que se llama Asesores Agrupados S.A., su sede está actualmente muy cerquita de usted. Igualmente le comunico que yo soy el único responsable de todo lo que pasa y que nadie de esta empresa tiene culpa de nada. Asimismo se creó Técnicos de Inversiones y Valores, S.A. (TIVSA), e igualmente yo soy el único responsable de todo lo malo, o de todo el daño que se ha hecho a nuestros clientes. Espero que mis socios no tengan problema, pues yo soy quien he cogido dinero de la empresa TIVSA para tapar impagados de Asesores Agrupados; lo que se llama «malversación de fondos». Le repito que solamente yo soy el culpable, ningún otro apoderado.

Mi situación es extremadamente mala, pésima, diría yo. No me he quedado con dinero, pero personas como don Benedicto Alfaro Ruiz, don Francisco Ruiz del Portal, don Javier López de Landache, don José Ramón Sáenz Maturana y otros, son los que me han llevado a la ruina y a la desesperación.

Se ha producido una serie de vencimientos que no han podido y no han querido cumplir y, amparándose en que era dinero «B», no me los han pagado. Sobre todo Benedicto Alfaro y Francisco Ruiz del Portal. En folio aparte le comento cosas, pero me han hundido y he quedado ante muchos clientes como un perfecto sinvergüenza y como un estafador después de veinte años.

Si es cierto que existe la Justicia en este país, espero y deseo que estos señores paguen primero lo que deben y después arreglen sus temas. Por ejemplo, yo tengo a mi nombre dos pólizas de crédito, una de 50 millones en el Banco de Vitoria, sobrepasada y vencida, con garantía de pagarés del Grupo Alfaro; y otra de 120 millones en el Banco General, con vencimiento 19 de febrero pasado, garantizada por letras del Grupo Alfaro, sin poder pagar, pues el señor Alfaro no ha pagado. Asimismo, en la Caja de Ahorros del Mediterráneo, a nombre de Asesores Agrupados, tengo otra por 16.000.000 pesetas, con garantía de letras Alfaro también sin pagar.

Creo que no hay derecho a esto. Estas pólizas, aunque las solicité a mi nombre o a nombre de mi sociedad, no eran dinero para nosotros, sino para atender los vencimientos que el Grupo Alfaro no podía pagarme, y con ellas, por lo menos, poder pagar a mis clientes. Pero al final, el señor Alfaro, fíjese qué comportamiento ha tenido. Vergonzoso. El mejor empresario de Madrid, la persona que tiene más metros cuadrados de terreno, compra sin poner dinero, solo a base de créditos y estafas. Así compran los estafadores.

Me hubiera gustado contárselo personalmente, pero me da miedo. Primero, por el escándalo que se va a originar. Segundo, por ir a la cárcel. Y tercero, por el daño moral y de todo tipo que iban a sufrir mi mujer y mi hijo. Por eso voy a lo fácil, a lo cobarde. Pero créame, hay que ser muy valiente y estar en una situación límite para hacer lo que yo voy a hacer. Seguro que el señor Alfaro querrá negarlo todo, pero busquen y encontrarán cosas firmadas por él y por la hija. A mí me han destrozado.

Que tenga mucha sabiduría y sepa, una vez más, que todo lo he hecho yo, ninguna otra persona o apoderado o presidente; ni de Asesores Asociados ni de TIVSA. Creo que esto, escrito por una persona que se va a matar, le servirá de confesión. El único culpable soy yo. Nadie más. Con mucho respeto, le saludo.

Baltasar Egea García

DNI: 121.841-X

El juez releyó lentamente aquellas palabras nerviosas con las que Baltasar Egea acusaba al rey de los supermercados, al empresario Benedicto Alfaro, de no haberle devuelto préstamos por importe de cientos de millones de pesetas, y de haberle firmado letras falsas. En su desesperación, el bróker trataba al mismo tiempo de lavar su nombre y vengarse.

Moreiras tomó la otra carta y siguió la lectura:

Benedicto Alfaro me ha llevado a la ruina total, sigue sin pagarme muchos vencimientos y se dedica a renovarlos. Es un perfecto sinvergüenza junto a su hija María del Carmen. Incluso me dijeron, o dieron a entender, que podían negar hasta la autenticidad de las firmas, ya que no estaban intervenidas. Se han aprovechado de mí hasta el infinito. Sé que han hecho letras falsas y por ese motivo tuve que dar la cara por él. Pregunte a Tomás Parejo, presidente del Banco de Granada y a la Caja de Albacete. Ahora piensa intentar renovar 5.000 millones de pesetas que vencen en el Banco de Crédito y Ahorro el 17 de mayo. Además, no piensan pagar ninguno de los vencimientos que quedan, y me han dado una letra de 80.000.000 pesetas, que vence el 25 de abril del año próximo, para callarme la boca. Señoría, tanto éstos como otros que vencieron el pasado 19 de febrero y no me los han pagado, se los entregué a mi cuñada Lourdes Llana Vidal, que es abogada, para dejarle algo de dinero a mi familia, pues tendrán que pagar cosas, y no quiero quedar como un sinvergüenza.

Es incomprensible que personas como el señor Alfaro y su hija no estén en la cárcel. Seguro que ahora, una vez que yo y mi familia estemos muertos, intentará salirse por la tangente. Tenga cuidado, hable con el Banco General. Allí tengo una póliza de 120 millones de pesetas garantizada por letras del señor Alfaro, vencido entre el 19 y 21 de febrero.

Sin apartar la vista del papel, pasó la página y siguió leyendo:

Como el señor Alfaro es tan tranquilo, le da igual todo. En el Banco de Vitoria actúa del mismo modo. A mí me ha hecho quedar como un completo estafador. No hay derecho, no puedo seguir así más. Si de verdad se puede confiar en la Justicia (yo sigo creyendo), haga algo, por favor. Mi situación ya no tiene remedio, pero indirectamente puedo beneficiar a otras personas. Alfaro todavía tiene un tema con una letra de don Agapito Nevado, que es detective. A mí me ha hecho mucho daño.

El señor Alfaro también me presentó a don Francisco Ruiz del Portal y a su hermano Luis, los dueños de Keeper; hicimos varias letras y en el vencimiento no me han pagado. Iban a nombre de Encino. Estas letras se las vendí a don Francisco Peña, Paseo de la Castellana, 84, de Madrid. Con este señor también he quedado fatal, como si fuera yo quien le he robado el dinero. Cuando vencieron estas letras recurrí al señor Alfaro, porque en su día me dijo que si tenía algún problema me lo solucionaría. Él y Curro Ruiz del Portal hicieron nuevas letras. Le incluyo fotocopias del protesto anterior ejecutado por el Grupo Alfaro. Le dieron nuevas letras al señor Alfaro y hasta hoy.

Erne-River: don Javier López de Landache y don José Ramón Sáenz de Maturana son de Vitoria. River es una joyería, y Erne una asesoría. A pesar de todo, a Javier lo sigo considerando amigo y buena persona, aunque tiene un lío financiero bastante gordo. Yo le hice el favor de prestarle ciento y pico millones con distintos vencimientos. El primero lo tiene don Francisco Alum, que vive en Barcelona, y no se ha podido pagar. También estos señores creen que me he quedado con el dinero.

Como ve, mi situación es realmente desesperante, por eso me quito la vida. Puede parecer cobardía, pero ya no tengo ganas de luchar. He estado enfermo, muy deprimido. Y llevo dándole vueltas a la cabeza desde hace mucho tiempo, pero no veo ninguna salida. El señor Alfaro me ha hecho mucho daño. Ante la postura del señor Alfaro con los pagarés, mejor es matarse.

Esta segunda misiva terminaba con unas palabras escritas con una intensidad diferente al resto, en las que la «E» mayúscula inicial parecía escrita por otra persona:

El único culpable soy yo, señoría, ningún socio o apoderado mío. Firmado: Baltasar Egea.

Apenas leídos los doce folios, Moreiras ordenó a su secretaria:

—Notifíquelo al fiscal para que dictamine si la denuncia es competencia nuestra.

La respuesta tardaría un mes en ser tramitada.

El papel de víctima

Durante aquella mañana, mientras los cadáveres de Egea y su familia seguían aún en el Instituto Anatómico Forense, el empresario Benedicto Alfaro, acompañado por su hija Carmen y por su abogado, Jesús Fernández-Miranda, presentó ante la jueza de Alcobendas que instruía las diligencias por la muerte del asesor financiero, una denuncia contra el muerto por presunta estafa. En el extenso documento denunciaban «los hechos delictivos de los que han tenido conocimiento en relación con el fallecimiento en extrañas circunstancias de don Baltasar Egea García».

Apenas dos horas después de las muertes, el «Rey de los Supermercados» había decidido pasar a la ofensiva. Días atrás, había contratado a la agencia de detectives Oscor para que vigilara a Egea. Los «huelebraguetas» estaban apostados frente al domicilio del bróker cuando llegaron los coches policiales y el tumulto descubrió la tragedia. Inmediatamente, por una llamada telefónica, Alfaro conoció antes que los periódicos el sangriento final de su antiguo amigo y comprendió de repente que un hombre como aquel era capaz de todo.

A las cinco de aquella misma tarde, en el despacho del abogado Fernández-Miranda, fue elaborada la extensa denuncia, en la que el letrado relata una elocuente visión del asunto:

> El pasado miércoles, día 28 de abril, llegó a conocimiento de esta parte que terceras personas decían ser tenedoras de letras de cambio libradas por la mercantil Grupo Alfaro, S.A., bajo la firma de su administradora doña Carmen Alfaro Heras, y aceptadas por don Benedicto Alfaro Ruiz, documentando en su conjunto una deuda de aproximada-

mente 350 millones de pesetas, con vencimiento el próximo día 11 de mayo. En la tarde del viernes, 30 de abril, mis poderdantes y ahora denunciantes, mantuvieron una reunión con don Tomás Pelayo Ros y don Santiago Gastón de Iriarte, que actuaban en representación de clientes de su despacho; abogados a quienes se les hizo saber que las letras en cuestión eran falsas porque, chequeado el listado de efectos pendientes de vencimiento, se comprobó que no existían efectos de vencimientos pendientes a fecha 11 de mayo, y porque, ante la exhibición de una fotocopia de algunos de los referidos efectos, los denunciantes pudieron comprobar fácilmente que las firmas habían sido imitadas burdamente por una tercera persona.

Hombre acostumbrado a coger el toro por los cuernos, Benedicto Alfaro se había lanzado presto y veloz a interpretar el siempre cómodo papel de víctima.

En la referida reunión, se manifestó por los abogados en cuestión que la persona que había entregado a sus clientes los referidos efectos, como inversión financiera realizada por los mismos, había sido don Baltasar Egea, quien incluso había presentado a sus clientes información financiera del Grupo Alfaro como documentación acreditativa de la bondad de la inversión; a lo que mis poderdantes contestaron afirmando que el señor Egea, efectivamente, mantenía relaciones mercantiles con ellos, en calidad de intermediario financiero desde hacía diez años, sin que en ningún momento hubieran tenido con él el más mínimo problema. Asimismo, mis poderdantes se ofrecieron a concertar una entrevista con el señor Egea a lo largo del miércoles, 5 de mayo, rogándoles que aguardaran hasta dicha fecha, porque el referido señor Egea debía entregar a los denunciantes efectos por valor de 75 millones de pesetas.

Ante las circunstancias relatadas, y ante el temor de que el señor Egea tratase de abandonar España sin solucionar la situación relatada, e incluso en el temor de que los efectos que habían de ser devueltos por el mismo pudieran servir de vía de financiación para una hipotética huida, mis poderdantes contrataron a detectives que siguieron al señor Egea para tener controlados sus movimientos; detectives que la mañana del día 4 avisaron a mis poderdantes de los acontecimientos luctuosos ocurridos en la vivienda del mismo señor Egea.

Inmediatamente después de que la noticia fuera conocida públicamente, se produjeron dos reuniones con una serie de personas que decían tener efectos librados y aceptados en la misma forma que se relata en el expositivo primero de este escrito, y con idéntica fecha de vencimiento, por un importe que en su conjunto, y en lo que hasta la fecha se conoce, alcanza la cifra de 1.200 millones de pesetas. Tales personas fueron don Pedro Navarro, gerente de la Agencia de Valores Corporación de Bolsa, don Juan Luis Aguirre y don Olimpio Rato.

Que ante las extrañas circunstancias del fallecimiento del señor Egea y su familia, y el conocimiento de los hechos hasta este punto relatados, entienden los denunciantes que es imprescindible poner en conocimiento del Juzgado, al que nos dirigimos, los hechos referenciados, ofreciéndose esta parte a prestar una más amplia y detallada declaración si este juzgado lo estima pertinente.

Madrid, 5 de mayo de 1993.

«Esto se acabó por lo que a mí concierne»

Gafas oscuras, trajes negros, corbatas y silencio. El jueves 6 de mayo, poco antes de las dos de la tarde, en un día luminoso de primavera, tres coches fúnebres se detuvieron en el cementerio privado de Alcalá de Henares. Tras ellos, un centenar de personas que habían sido trasladadas en autobuses desde La Moraleja caminaban con paso lento y gesto respetuoso. Ninguno de ellos había detectado la depresión de Baltasar Egea, ni su descenso a un infierno personal, íntimo. Nadie se explicaba aquella tragedia tan absurda y sangrienta. «Raúl no tenía problemas», repetían sus compañeros de colegio, quinceañeros emocionados, antes de portar a hombros el féretro del muchacho. «Se llevaba muy bien con sus padres.»

Al frente de la comitiva, la suegra de Egea, con el semblante desencajado, no dejaba de mostrar su incredulidad entre llantos. «¿Cómo es posible que todo haya acabado de esta manera? ¡Estaban pasándolo mal, pero no esperaba un final semejante!» No hubo velatorio; tan solo una misa discreta y breve.

La familia de Egea no asistió al sepelio. Tampoco lo hicieron los detectives que, desde el 30 de abril, habían estado pisándole los talones por encargo directo de Alfaro. El miércoles 28 de abril, los abogados Tomás Pelayo Ros, antiguo gobernador civil franquista, y Santiago Gastón de Iriarte habían hecho saber a Benedicto Alfaro que, en representación de sus clientes, pensaban cobrarle las letras de cambio que habían sido libradas por él y entregadas por Egea como pago de una deuda.

Dos días después, tras una reunión con los nuevos poseedores de esas letras, Alfaro puso a Egea bajo vigilancia. El empresario había entregado 75 millones de pesetas a Egea para que realizara una operación desesperada. El «Rey de los Supermercados» trataba de controlar a su bróker favorito mientras, en su entorno, emergía una maraña de adelantos de efectos incontrolados y letras quizá firmadas con una mano «anónima». Era un gran abismo negro, horadado por el hacha del endeudamiento tras el final de unos años marcados por las grandes operaciones especulativas. En plena crisis, el fango del dinero B se cifraba en deudas y pagarés de miles de millones. Un capital confuso, incontrolado, sin apenas documentación, cayó de repente en una red que atrapaba a quienes creían manejarlo con soltura, y que condujo a Baltasar Egea sobre los raíles de la muerte.

Durante los dos últimos meses, con obstinación, el bróker había acudido cada día, por la mañana y por la tarde, a las oficinas de Benedicto Alfaro en busca de una tabla de salvación, para mendigar un arreglo que jamás llegó. Diez días antes de morir, el desesperado Egea enfermó. El lunes 26 de abril dejó de ir a su despacho. Cuarenta y ocho horas atrás, durante una larga y solitaria tarde de sábado, había escrito algunas cartas que no remitiría hasta la víspera de su noche de sangre. Las dirigió al juez Moreiras, pero también redactó folios destinados a sus socios y colaboradores. Escribió hasta treinta páginas en su papel de carta con membrete. «Os he fallado, lo reconozco», se decía mientras sus palabras se plasmaban con caligrafía serena. Aquel sábado, al saberse irremediablemente acorralado y con su reputación arruinada, ya acariciaba la idea de terminar con todo. Una muerte justiciera, casi reivindicativa, ocupaba todos sus pensamientos en una obsesión creciente que trataba de no exteriorizar. Para todos, él estaba oficialmente enfermo como consecuencia lógica de las pastillas que tomaba contra la obesidad.

Sin embargo, la realidad era distinta. Junto al diagnóstico médico de un posible cáncer, el bróker había somatizado su tragedia y la dejaba escrita con fecha del 30 de abril:

> Esto se acabó por lo que a mí concierne. He aguantado hasta el final y más aún, para nada. Para qué seguir, ya no tengo fuerzas, y aparte de quedar mal con vosotros, quedo mal, muy mal, con el señor Aguirre, con el señor Rato, después de lo que han hecho por mí, con todos los clientes. Javier, aparte de todo esto, parece ser que mi tema se confirma.

Aunque ya había decidido su propia inmolación, dudaba si llevarse consigo a su familia o dejarles vivir. Escribió a sus socios de Asesores Agrupados:

> Había pensado inclusive en quitarle la vida a mi mujer y a mi hijo, pero ellos no tienen la culpa de nada. Si pueden, que alguien ayude a mi mujer y a mi hijo, en no sé qué, vender cosas, en asesoramiento. Javier, si puedes y quieres, ayuda a Adela y a Raúl. Marcos, dile cómo tienen sus cuentas. Llegué a pensar en matarlos también, pero no me he atrevido, aunque a lo mejor...

Y se dirigió a otro de sus socios:

> Juan Carlos, sé positivamente que fuiste tú quien dijo que me he llevado el dinero a Suiza. Lamento esta opinión de mí, puesto que para que tú y tu gente cobrarais he tenido que empeñar más joyas. Mi situación es desesperante, horrorosa, ruin. Estoy totalmente destrozado, sin fuerzas para seguir y, Juan Carlos, créeme, sin una peseta. Todo lo que pudiera tener lo he ido poniendo para los clientes y es que ni en Suiza, como insinuaste una vez, tengo dinero.

El domingo 2 de mayo, Baltasar Egea recibió ochocientas mil pesetas del Grupo Alfaro que no sirvieron para aplacar su ánimo. Estaba a merced de una intensa tormenta interior. Por la mañana, al volante de su Porsche, acompañado por su mujer y seguido por los detectives de Oscor, visitó el cementerio privado El Jardín para controlar las obras del mausoleo familiar, por cuya construcción había pagado tres millones de pesetas, sobre una parcela que le había costado otros cinco millones. Egea no sabía entonces que su último deseo no iba a ser tenido en cuenta; que sus despojos no iban a ser trasladados allí. Tampoco sería incinerado. Una orden judicial lo impidió, aunque las diligencias estaban condenadas al archivo inmediato. Los cuerpos inertes de Baltasar, Adela y el joven Raúl no recibirían la última sepultura, sino la penúltima. Tres nichos en los que permanecerían durante un año, tal como está legislado en los casos de muertes violentas, por si resultara necesario someterlos a una nueva autopsia. Después, el cadáver de Baltasar Egea reposaría, junto a los nichos de su hijo y de su mujer, en el pudridero número 27, cubierto por una simple lápida de granito con sus nombres escritos a mano bajo una cruz. Una sepultura totalmente ajena a la ostentación de su vida.

«Hasta mañana... si Dios quiere»

A las seis de la tarde del lunes 3 de mayo de 1993, Baltasar tomó su última decisión: acabar. Metió en dos sobres las cartas escritas durante los días anteriores y, antes de cerrarlos, leyó la dirigida a sus empleados:

> Juan Carlos, te he llamado tanto este fin de semana porque tú eras mi única salvación. Gracias. Tomás, eres perro viejo. Gracias por tu fidelidad, que aunque quede como un chorizo, no lo soy. No me he llevado nada a Suiza. María Jesús: al final le he robado no sé cuántos millones a su madre.

Y si puede perdóneme algún día, no sé cómo voy a quedar. Marcos: también le he robado a tu familia, perdón. Aún me tienes que hacer un favor: enseña a mi mujer los temas de la tienda, de Marade, que no sabe, te lo agradecería. Un abrazo.

Cerró los sobres y escribió los nombres de sus destinatarios. Después telefoneó a su chófer de Asesores Agrupados y le ordenó que acudiera a su casa para echar el correo en Madrid. Tomás García, un hombre de veintiséis años que trabajaba para Egea casi desde niño, no pudo disimular su sorpresa cuando comprobó que una de aquellas misivas estaba dirigida a su propia empresa y las otras dos al juez de delitos monetarios. Pero su jefe le calló la boca:

—Échalas en el correo inmediatamente y no me preguntes nada, por favor.

A las ocho y veinte de la noche, los detectives habían visto llegar a Tomás García, lo observaron mientras entraba en el domicilio de Egea y, minutos después, lo vieron salir con algunos sobres en la mano, montar en su coche y marcharse solo. Lo que jamás pudieron espiar los detectives fue la cara de estupor del fiel empleado cuando Egea, de manera inesperada, se abrazó a él y se echó a llorar en su hombro. Casi inmediatamente, se recuperó y le dijo como despedida:

—Hasta mañana... si Dios quiere.

Tomás ni siquiera abrió la boca. Abandonó la casa y cumplió las órdenes sin rechistar. Pero el impacto del encuentro con Egea afectó su temperamento débil y nervioso. Esa noche, presintiendo la tragedia, Tomás García no pudo dormir. Se encontraba mal. Nada más llegar a su casa descargó la inquietud en su madre. Ella trató de tranquilizarlo, pero fue inútil. A las diez de la mañana del día siguiente, cuando los cadáveres aún no habían sido descubiertos, las cartas de Egea llegaron a su destino. Después, cuando Tomás entregó la carta a la Policía, tras leerla, uno de los inspectores le preguntó:

—¿Sabe usted si Baltasar Egea ha sacado dinero a Suiza, o a cualquier otro país extranjero?

—Yo no sé nada —contestó—. Yo siempre he sido chófer.

¿Quién era Baltasar Egea?

—Es una desgracia que en la vida me haya tocado un loco, un psicópata que mató a su familia en un momento de enajenación mental —declaró el empresario Alfaro a los periodistas.

Pero ¿quién era realmente Baltasar Egea García? Su retrato de humo, reconstruido sobre la base de quienes lo vieron vivir, habla de un hombre de cuarenta y seis años, obeso, de baja estatura, enfundado en trajes caros, con gusto en el vestir y siempre amable con el vecindario. Un triunfador que pregonaba su éxito social con la ostentación de su riqueza. Su parque móvil constaba de un Porsche, un Mercedes blanco descapotable, un Jaguar, un Triumph, un BMW, una Yamaha 600, una Kawasaki 1000 y tres motocicletas pequeñas. En su apabullante tren de vida no reparaba en gastos: regalaba plumas de oro en Navidad y cestas por doquier, daba propinas de cinco mil pesetas a los encargados de llevarle las maletas y aguinaldos de diez mil a los porteros, y cuidaba las relaciones públicas como si se tratara del mayor de los tesoros. Cuando iba a su oficina, ni se molestaba en buscar aparcamiento porque había contratado a un chico para que le guardase el coche a todas horas.

A pesar de estas evidencias, la fortuna personal de Baltasar Egea apareció como un auténtico misterio para la Policía. Apenas existía. El matrimonio tan solo poseía registrados a su nombre el piso familiar de la calle Kerria y una pequeña finca en el municipio almeriense de Cuevas de Almanzora. Adela Llana era propietaria de una tienda de bisutería y de tres trasteros. Según los peritos judiciales, el patrimonio inmobiliario de los Egea no rebasaba los cien millones de pesetas. ¿Dónde estaba la fortuna de los Egea? Esta no fue la única sorpresa. A pesar de tener su domicilio permanente en Madrid, el matrimonio estaba empadronado en Las Palmas de Gran Canaria, donde Baltasar hizo negocios durante años.

Madrileño de nacimiento, desde niño heredó de su padre (que había hecho fortuna en Tánger) el amor a los negocios. Comenzó su actividad en la Distribuidora de Valores Financieros, del Grupo Mas Sardá, de Barcelona, de la que se había independizado hacía trece años, cuando se instaló en el madrileño paseo de La Habana y fundó su propia firma: Asesores Agrupados. En los últimos años se había rodeado de numerosas personas, cada vez más influyentes, que se sentían atraídas por este pequeño mago del dinero. De carácter apasionado, Baltasar Egea estaba considerado entre los corredores de bolsa de Madrid como un hombre serio que nunca dio a nadie problemas de pago. Sin ser un número uno, su principal activo como bróker radicaba en sus relaciones personales. En este escenario, gastar a manos llenas era también el modo de aparentar su éxito.

Que su mujer y su hijo eran sus dos personas más amadas lo demuestra indefectiblemente el hecho de que, al suicidarse, decidiera llevárselos con él para que no vivieran la vergüenza, el empobrecimiento y la ruina; para que no escucharan lo que iban a decir de él. Al acabar con la vida de su mujer y de su hijo quería matar la parte de sí mismo que habitaba en ellos. «Quien mata a otro quiere matar algo de sí mismo en el otro», escribió Philip R. Lehrman.

El psiquiatra forense José Antonio García-Andrade me lo explicó con estas palabras:

—La aparición de las dos armas descarta que haya existido entre Baltasar Egea y su mujer un pacto de muerte, un acuerdo para quitarse la vida. Egea era un depresivo. Cuando este tipo de enfermos sufre una crisis severa, su horizonte perceptivo se cierra de tal forma que, como la vida es un sufrimiento y una tortura terrible, él no puede permitir que aquellas personas a las que ama sigan viviendo. Y por ello tiene que matarlas. Por supuesto, no va a matar al vecino, que le importa un rábano. En contra de lo que la gente piensa, es precisamente su amor lo que le lleva a realizar este acto horrible de matar a su mujer y a su hijo. Los demás no le importan. Allá ellos.

Si...

«Si es verdad que existe la Justicia...»

Han pasado casi treinta años desde que Baltasar Egea escribió estas palabras. Como en un juego de espejos, el caso judicial por él desencadenado muestra todas las caras de la verdad y se convierte en la historia ejemplar, emblemática, de una época de crisis, con sus cierres empresariales traumáticos y sus dioses financieros derrumbados de golpe.

Después de tanto tiempo, la verdad del «caso Egea» sigue contenida en su propia e interesada oscuridad, en su caos jurídico, en su conflicto sin cuartel, en la desaparición de miles de millones de pesetas. «Cinco mil millones», dijo Egea. Más de mil, según el juez Moreiras y los acreedores. La ocultación de ese dinero era tal, y el silencio que lo envolvía resultaba tan clamoroso, que en un futuro próximo pretenderían convencernos de que ese capital jamás existió; que todo se debió a la locura de un desequilibrado.

Todos contra todos.

El dinero negro se tiñe de sangre. Los relacionados con el asunto mostraron una cara distinta de la verdad. Los socios del bróker Egea se manifestaron como víctimas mientras eran acusados por sus propios clientes. Benedicto Alfaro siguió manteniendo que las firmas estampadas en las letras habían sido falsificadas por un autor desconocido y misterioso. Al unísono, los antiguos socios y colaboradores de Egea fueron unánimes: el muerto tenía la culpa de todo. Por no saber, incluso ignoraban la procedencia del dinero prestado y manejado por «la banca Egea».

«Si es verdad que existe la Justicia en este país…»

Junto a la muerte trágica, esta historia contiene una certidumbre indiscutible: centenares de inversores de dinero legal y otros tantos de capitales negros, todos ellos clientes de Baltasar Egea, perdieron miles de millones que jamás recuperarían. Un agujero de tal envergadura deja mucha ruina a su paso, aunque oficialmente se haya volatilizado por los desagües del submundo financiero y ningún inculpado haya sido procesado en ese marasmo de querellas dispersas y lentas, demasiado lentas. Tantos millones diluidos en manos extrañas siempre terminan cobrando su tributo, aunque no existan recibos ni aparezcan pruebas documentales determinantes; aunque domine la ley del silencio en una maniobra que pretenda reducir el caso a un duelo de palabra contra palabra.

La Policía no pudo demostrar la autenticidad de las firmas por la sencilla razón de que los originales no le fueron entregados en este rompecabezas que nadie quiso completar: ¿quiénes eran los clientes de dinero negro? ¿Por qué los misteriosos inversores representados por Pelayo Ros y Gastón de Iriarte no trataron de cobrar las letras de Alfaro? ¿Existía un pacto secreto?

La única verdad demostrada y teñida de sangre es que Baltasar Egea García, acorralado por la desesperación, mató a su familia y se pegó un tiro después de señalar a Benedicto Alfaro como el principal causante de su desgracia.

«No sé si será la crisis o que hay mucho listo», escribió Egea. Al bróker le tocaron en suerte algunos de esos listos de la crisis empapados en dinero negro, capaces de hundir a un hombre débil. Él había sido uno de aquellos tiburones. «Si es verdad que existe en este país la Justicia, espero y deseo que estos señores paguen primero lo que deben y después arreglen sus temas... Es incomprensible que esas personas no estén en la cárcel. Seguro que ahora, una vez muerto yo y mi familia más allegada, intenten salirse por la tangente. Tenga cuidado.»

Si existe la Justicia... Pero, claro, está la crisis, y con ella «los listos». La crisis. Los listos de la crisis.

XII

EL FINAL DEL PRÍNCIPE ALAIN

Su muerte violenta me impresionó sinceramente. Y eso es mucho decir cuando se vive la profesión relatando crímenes verdaderos. Habían pasado muchos años desde que escribí sobre él por última vez. Demasiado tiempo. Después de varios trabajos siempre mal pagados y de muchos libros, Eduardo José González Arenas, también llamado *Eddie* o *príncipe Alain*, regresaba a mi vida de periodista como un epílogo simbólico. No morir en el momento justo tiene estas cosas. Siempre lo he dicho.

El martes 1 de septiembre de 1998, un joven de dieciocho años, con quien Eddie mantenía relaciones, le cortó la yugular con un cuchillo de cocina que había comprado en una tienda de Todo a 100. Bastó un único tajo, certero y letal, asestado mientras el «monstruo» de cincuenta y dos años tomaba un refresco en la terraza de la heladería Manolo, en el pequeño pueblo ibicenco de Santa Eulàlia del Riu, donde Eddie había abierto una discoteca juvenil —sí, juvenil— después de haber cumplido seis años de cárcel por veintiocho delitos de corrupción de menores: Sa Gàbia (La Jaula), un pub-discoteca para adolescentes en un paraíso diminuto. La cabra tira al monte. El local, centro de reunión para los chicos del pueblo, siguió abierto hasta un día después de su muerte. Un escueto cartel lo anunciaba: «Cerrado por defunción».

Cuatro días antes del crimen, Juanito Martín decidió que lo iba a matar. Al quinto día compró el cuchillo, se bebió un anís en el bar Bodegón y cumplió su promesa de asesinar a Eddie. «Juanito vino aquí con el cuchillo que acababa de comprar y me preguntó si podía cortar un trozo de jamón para comprobar si estaba lo suficientemente afilado», recordó Antonio, tras la barra. «¿Quién iba a pensar que lo utilizaría para eso?»

En los últimos meses, las disputas entre Eduardo y Juanito se habían hecho públicas. Eddie le había prohibido la entrada en Sa Gàbia. ¿El motivo? La denuncia que Juanito había presentado contra él. «Quiso chantajearme aprovechándose de mi pasado», había declarado Eddie. El joven asesino se relacionaba con una pandilla de chavales de su misma edad. Todos formaban un «grupo de amigos» en torno a Eddie. Para algunos padres de aquellos chicos, «la denuncia fue un intento de Juan para sacarle dinero a Eduardo». Y así fue como Juan Martín abandonó aquellas compañías. Su nombre figuraba entre los cuatro jóvenes, de entre once y dieciocho años, que en junio del año anterior habían denunciado a Eddie por abusos sexuales. Al final, la magistrada Marta Díaz, titular del juzgado de instrucción número 5 de Ibiza, puso en libertad al antiguo líder de Edelweiss por falta de pruebas. Como casi siempre.

Cuando fue asesinado, Eduardo González Arenas había reorganizado su vida en Ibiza. Algunos vecinos protestaron por su presencia, pero otros cayeron bajo los encantos de una persona «capaz de lavar el cerebro a cualquiera», según dice la sentencia que lo condenó en 1991. No eran pocos quienes lo defendían y lo calificaban de «caballero educado y amable». Así era Eddie, el creador de Edelweiss, el enviado del planeta Delhais, el carismático y manipulador encantador de serpientes, de familia acomodada y educado con clase.

El día de 1996 en que Eduardo abandonó la cárcel, muchas cosas habían cambiado para él. Con su padre muerto, vivía con su madre en un piso de los apartamentos Shark, de Santa Eulàlia. En pocos meses, Eddie logró rehacerse económicamente, montó su negocio nocturno, se compró un BMW y disfrutó de una apariencia sin apuros. Incluso repartía dinero entre jóvenes de la localidad. Pero Eduardo González Arenas se había convertido en un hombre solitario y perdido que, de vez en cuando, recibía la visita de sus antiguos camaradas de Edelweiss.

La tarde del crimen, Juanito citó a Eduardo para reclamarle una cantidad indeterminada de dinero. Ambos tomaron unos refrescos en la terraza de la heladería. Eddie se negó a pagarle «unas deudas». Discutieron. Juanito se incorporó de repente, se situó tras él y le asestó un único y certero corte que le seccionó la yugular. El exlíder de Edelweiss murió casi al instante mientras su sangre manaba a borbotones.

El asesinato de Eddie escondía un móvil sexual. El joven declaró ante la Guardia Civil que «estaba harto de que Eddie le obligase a mantener relaciones sexuales en contra de su voluntad». A cambio, recibía dinero. Había sido detenido en plena madrugada, mientras deambulaba por la calle del Historiador Clapés, de Santa Eulàlia. «Sufría un *shock*», dijeron los agentes. No ofreció ninguna resistencia y, una vez en el cuartel, lo confesó todo. «No aguantaba más», repitió antes de detallar sus contactos con Eddie durante los últimos dos años. «Yo lo hacía por dinero. No tenía ni un duro y en más de una ocasión me vi obligado a robar para poder comer.» Juanito insistía en que Eddie abusaba de él y que se aprovechaba de sus dificultades económicas. El muchacho, de buena familia, se había marchado de su casa y malvivía en el Fenicia, un hotel abandonado próximo a los apartamentos Shark, donde residía su víctima.

Debo reconocer que la noticia me conmovió. Uno se hace mayor y le puede más la sentimentalidad que la sangre. Siempre me perturban los crímenes absurdos, los epílogos que los puritanos y los moralistas consideran inevitables. Cerré el periódico que daba la noticia en una página casi perdida y decidí reunir todo mi material sobre Edelweiss guardado sin orden desde 1977 en un viejo archivador: documentos, testimonios personales, rituales, cartas... para escribir esta historia donde, como en tantos otros casos, he querido buscar la verdad hasta donde me fuera posible encontrarla.

La primera denunciante

A media mañana del 25 de noviembre de 1984, la mujer me recibió en su casa, un piso de clase media situado en un edificio de viviendas militares, junto al parque de El Retiro. Recuerdo que estaba tensa. Hablaba conmigo por consejo del abogado que los padres habían contratado para ejercer la acusación popular. Lancé mi primera pregunta para romper el hielo:

—¿Tuvo algún reparo, o sospecha, cuando su hijo le anunció que quería formar parte de Edelweiss?

—No vi ningún inconveniente —respondió con amabilidad—. Un día mi hijo se presentó con el tal Garrido y con un tal Javier Manos, que me dijo que estaba haciendo la mili. Yo, que soy hija de militar y mi madre también, pues fíjate, le preguntamos cuándo acabas y todo eso. Javier Manos nos dijo que estaba en primer curso de

Medicina, que había estudiado en Norteamérica durante un año becado y que allí se organizaba este tipo de grupos, donde jóvenes universitarios se ocupaban de chicos más jóvenes y los llevaban de acampada, les ensañaban a hacer rappel y actividades de montañismo. Fue maravilloso, porque yo soy viuda; al tener guardia sábados y domingos veía que, durante el fin de semana, el chico, con ellos, iba a estar más protegido. Y así fue la cosa.

—¿Cuándo entró en Edelweiss?

—En febrero de 1983, hace más de año y medio.

—Durante este período, ¿notó usted algún cambio en la conducta de su hijo?

—En una ocasión lo castigué porque trajo malas notas. «¡No vas de acampada!», le dije. En esa época, Héctor se volvió muy díscolo y me contestaba por todo. El mismo día en que lo castigué a no ir de acampada, se presentaron dos chicos, Garrido y otro que parecía bajo su mando. En nuestra conversación, me daban toda la razón y le decían a Héctor delante de mí que estudiaba poco y que debía pensar más en su madre. Lo amonestaron. A esa acampada no fue, pero a la siguiente sí.

—¿Sacaban dinero a los padres?

—De vez en cuando. Hace un año nos pidieron para montar un local. Nos lo pusieron muy bonito. Luego dijeron que el dinero lo habían empleado en mejorar las tiendas de campaña. Me extrañó. Un día, Héctor me dijo que estuvieron en un hostal pagado con el dinero de los mayores. Te lo crees. Siempre iban en tren. El punto de reunión era la estación de Nuevos Ministerios, luego se marchaban a Alcalá de Henares. A los niños no les decían adónde iban. Lo decidían en el último momento. El montaje era perfecto.

—Estaban tejiendo lo que ellos llaman «la tela de araña» —afirmé.

—Para una madre sola como yo resultaban de gran ayuda. Cuando se acercaba el final del curso de 1983, mi hijo iba mal en los estudios. Entonces, ellos mandaron a uno para que, durante quince días, le preparase para los exámenes. Ese año lo aprobó todo. Se nota que Eduardo González Arenas estaba organizando las cosas desde hacía mucho tiempo. Él no pululaba nunca por aquí, y solo aparecía de vez en cuando ante los padres. Enviaba a sus comisarios, a sus monitores, para hablar con nosotros. Esto no quiere decir que González Arenas no nos conociera a nosotros totalmente.

—¿Cuándo empezó a sospechar?

—Este verano. Mi hijo sufrió una caída y tuve que operarlo del codo. Entonces, en el hospital me confesó: «Mamá, te voy a contar la verdad. Mira, en los campamentos nos dicen que hay un agujero negro en otro planeta, y que uno de los habitantes de ese planeta está aquí, y entonces, como va a haber enseguida una Tercera Guerra Mundial, nos van a coger a un grupo de niños y nos van a llevar a ese planeta. Nos dicen que a vosotros, los padres, no os va a importar porque vais a ser muy felices al saber que nosotros no vamos a morir». También me habló de Eddie, que tiene muchos coches y maneja mucho dinero. Y yo le pregunté: «¿Y ese es el que os lleva? ¡Esto se ha acabado! ¡Se terminaron las acampadas y, desde luego, tú no vuelves a ninguna parte!». Entonces me advirtió que el 5 de agosto era la fecha elegida para que vinieran los de ese planeta a por algunos niños. Me asusté, pero cuando regresamos a Madrid, Héctor me dijo que deseaba volver a las acampadas, que todo lo que me había contado era mentira, que se lo había inventado para que yo estuviera más pendiente de él. «¡Mamá, no lo volveré a hacer!» Y me convenció. Además, aquel mismo viernes se presentó el tal Garrido en mi casa y, delante de mi hijo, habló y habló hasta que acabé convencida. «Para que estés tranquila —me dijo Garrido—, Héctor te llamará por teléfono desde donde hayamos ido.» Y, efectivamente, así lo hizo.

—¿Hubo más acampadas después?

—Esta ha sido la única acampada a la que ha ido durante ese curso porque ya sabían lo que estaba pasando, que los padres habíamos empezado a reunirnos a mediados de septiembre, y ellos dejaron de hacer acampadas por miedo. Yo fui la primera madre que se enfrentó a ellos. Cuando vinieron a tratar de engatusarme otra vez, les advertí: «¡No os acerquéis a mi hijo! ¡Si no, vais a tener unas consecuencias muy graves!». Garrido me contestó: «¿Me está amenazando?». Y yo los eché de casa. A los pocos días recibí esta carta de Eddie.

La misiva decía:

Tegucigalpa, 24 de septiembre de 1984

Muy señora mía: Esta es mi contestación al increíble montaje de personas indignas de llamarse ciudadanos libres que respetan una constitución. No cometa el irreparable error de aplicar medidas inhumanas y absolutamente injustas a su propio hijo, basadas en la difamación y la palabrería de personas con dos caras. Su hijo no se lo perdonaría jamás.

Confíe más en su familia y en el diálogo constructivo que es la base del amor familiar, que en el «chisme nacional», generalmente injusto y exorbitado que tanto daño ha hecho a la juventud y a nuestra patria.

No tengo el gusto de conocerlos a usted y a su hijo, pero este viejo luchador confía en que la cordura impugne el diálogo generacional de las familias españolas por encima de los odios y las maledicencias.

Le recuerdo a usted, señora, que Cristo, como un gran luchador, ya dijo hace 2.000 años dos cosas muy importantes: la primera, que todo lo que hagáis por Amor os será perdonado, y la segunda, que huyáis de las lenguas de doble filo, que son como la serpiente que muerde y mata en la mitad de la noche.

Que Dios la ilumine y traiga el Amor y la Paz a su familia.

Muy atentamente.

Firmado: Eduardo González Arenas

Alcé la mirada. La mujer siguió su relato:

—Cuando regresó del último campamento, Héctor quemó el uniforme y un libro sobre los agujeros negros, pero conservó los pantalones bávaros negros, una camisa de color rosa tirando a rojizo y muchos escudos, una boina de paracaidista y un machete. Todo un poquito en plan *scout*, pero entre los papeles que guardaba en su cuarto encontré este informe, redactado creo por el tal Lean. El original lo tiene la Policía. En ese instante el corazón se me disparó. Estaban preparando un plan para poner a mi hijo en mi contra.

Me dio una nueva hoja fotocopiada.

INFORME HÉCTOR

La situación de Héctor en su casa es el resultado de una crisis de largo tiempo.

Al principio de curso Héctor se comprometió con su madre de que iba a ir a entrenar al fútbol. Su madre no puso ningún inconveniente, incluso le obligaba a ir. Era un momento para Héctor en el que estaba entre dos mares (por un lado, su casa, su familia, la vida normal, y por otro, el grupo).

En varias ocasiones he hablado con la madre de Héctor y mi impresión fue muy positiva. En cuanto a los estudios, es una materia que Héctor lleva muy bien, aunque en esta evaluación [h]a suspendido dos (cosa no habitual). En cuanto a las acampadas, ella no tiene ningún inconveniente. No saldría todas, pero sí un 60% o 70%.

A su madre no le gusta que fume, y de hecho si dejase de fumar se ganaría muchos puntos en casa. Esto también influye en que su madre quiera que haga deporte.

Si estudia una hora y media diaria a ella le parece muy bien.

Como puede verse, todos los problemas expuestos tienen solución, aunque de todas formas depende de él.

Héctor es aún muy niño, muy poco responsable en algunos aspectos y siente un excesivo cariño por su madre. El estar tan ligado a su madre le impide esa relación con el grupo que esperamos. Consecuencia de esto es su inseguridad en sí mismo y en los demás.

No obstante, en este fin de semana he hablado con él y sigo hablando. Parece que va reaccionando y empieza a saber dónde pisa. Por su forma de ser, es un chaval que necesita mucha atención. No se puede dejar que se aburra. Tiene que conocer a sus camaradas y así se divertirá con ellos. También necesita más responsabilidades para que se mueva, que no se duerma, que no se sienta uno más, sino uno importante. Es un chaval de una gran capacidad, pero que lo tiene que demostrar ya.

No sabía qué decirle.

—Estaba horrorizada porque, además, entre sus cosas tenía cuadernos de guerrillas, tipos de armas, de aviones, «puntos estratégicos» dibujados... Se ve que a los pequeños, hasta que llegaban al grado de Guardias de Hierro, les comían el coco con el viaje alucinante, la tercera fase, el príncipe Alain... Y cuando pasaban a la Guardia de Hierro les hablaban de un nivel superior.

—¿Y la cuestión sexual de la que ha hablado tanto la prensa?

—A un chico de diecisiete años, a menos que tenga unas inclinaciones muy claras, no le puedes hablar de prácticas homosexuales. Creo que de alguna forma había que engañarles. Eduardo González Arenas tenía un montaje con legionarios, guerrilleros…, todo ese tipo de gente que le da lo mismo arre que so, para vender chicos jóvenes, y cuanto más jóvenes mejor.

—Ha dicho que ustedes comenzaron a reunirse a mediados de septiembre, ¿cuándo recurrieron a la Policía?

—El martes 20 de noviembre, por la mañana, decidimos denunciarlos en comisaría. De allí, nos enviaron a la Brigada Central de Policía Judicial, en la Puerta del Sol, que comenzó las investigaciones.

—¿Cuál fue la actitud de su hijo?

—Cuando Héctor supo que íbamos a denunciar a Edelweiss me contó la parte buena. Yo le insistía si había habido prácticas sexuales con él y él me decía que no, conmigo nada. Después supe que sí. «Tu hijo también», me dijo mi hermana el día en que fuimos a declarar. A pesar de que Héctor tiene mucha confianza conmigo, para un chico es duro decírselo a su madre. Ya no era la promesa del silencio y que si hablaban iban a tener una muerte terrible en la Tercera Guerra Mundial, sino el hecho de decirle toda la verdad a tu madre.

—¿Y en la Brigada Central…?

—Aquel mismo martes, a las seis de la tarde, treinta niños llegaron a declarar con sus padres. Al verlos, mi hermana me dijo muy seria: «Pilar, todos los chicos son guapos». Destacaban por algo, rubios, con ojos azules… Los comentarios a mi espalda eran: «¡El mío no, el mío no!». Los padres no nos mirábamos directamente a la cara. Estábamos avergonzados. Para los policías fue muy duro hablar de todo eso con los niños. Cuando le preguntaron, Héctor contestó que antes se llamaban Edelweiss y ahora la organización se llama Alfa-Omega.

—¿Qué declaró Héctor?

—Mi hijo confesó que tenían relaciones homosexuales, con quién y las veces que lo habían hecho. A mí me dijo que «cuando le intentaban hacer algo, a él no le "salía" nada». No eran relaciones con gente de fuera, como las que han mantenido los que viajaron a Gran Canaria.

—¿También fue al viaje a Canarias?

—Héctor no. Pero una madre investigó y descubrió que la finca a la que fueron, en el pueblo de Tafira, pertenecía a una secta reconocida legalmente, estaba en la montaña, en una zona conocida como Los Hoyos. Esa madre fue a preguntar y le salió una señora que le contestó: «Ah, sí, cuando llegan, yo los distribuyo en casas y en ellas quedan alojados durante el tiempo que están aquí». Nosotros no teníamos ni idea de todo esto. Nos enteramos a través de una carta que cogió una madre en la que le decía un chaval a otro: «Si te dicen de ir interno a los Estados Unidos o a El Escorial, elige Estados Unidos, porque el Escorial está muy peligroso este año».

—¿Qué piensan hacer ahora?

—Una vez que los hemos denunciado, mi postura es olvidarme del asunto. En el notario hemos firmado un poder para hacer la denuncia en toda regla. Y ya, con las enfermedades de los niños, tenemos una base mucho más grande. Uno de los chicos tiene la enfermedad del legionario. Es una enfermedad venérea que tarda mucho en incubarse y muchísimo en saberse. Si lo atajas a tiempo tiene solución. Héctor también está bajo revisión médica.

—¿Cuál fue la respuesta de los dirigentes de Edelweiss cuando supieron que iban a denunciarlos?

—A mí comenzaron a telefonearme en fines de semana. Al principio, llamaban y colgaban. Así ocurrió varias veces. Después hicieron llamadas desagradables y obscenas.

Madrid, noviembre de 1984

«El ideal militar, los principios de grupo neonazi, son una tapadera. Para mí Edelweiss, en el fondo, no es más que una trata de niños.» Esta es la amarga conclusión de Marta C., madre de un niño de trece años que pertenece a Edelweiss.

El martes 20 de noviembre, treinta padres de clase media, de los que se muestran celosos de procurar a sus hijos una educación esmerada, denunciaron ante la Brigada Regional de la Policía Judicial de Madrid las prácticas sexuales de Edelweiss (flor de nieve). Tras este grupo montañero se ocultaba una organización de corrupción de menores, en la que cincuenta niños ya habían sido iniciados en la homosexualidad y prostituidos en lugares secretos por personas que se trasladaban expresamente para sodomizarlos.

Con parafernalia filonazi, entrenamientos casi paramilitares y altos ideales de «amor, justicia y libertad», surgía ante los investigadores una hermética organización capitaneada por una Guardia de Hierro y una docena de monitores bajo el liderazgo de Eduardo José González Arenas, *Eddie*, de treinta y ocho años, con antecedentes penales por corrupción de menores y que, desde la disolución de la Organización Juvenil Española (OJE), se había dedicado a montar grupos montañeros que lo abastecieran de «carne fresca».

La actuación policial fue rápida. Tres monitores detenidos y en libertad provisional: José Garrido, de veintiún años, José Iriarte, de veinte, y Eduardo Gómez, de la misma edad. Otros cuatro huyeron junto con el líder: Carlos de los Ríos, de veinte años, lugarteniente de Eddie, Ignacio de Miguel y Rafael Bueno, ambos de diecinueve, y Antonio Gutiérrez, de veinte. Se marcharon a

Vigo, desde donde remitieron cartas intimidatorias a los familiares de los niños haciendo creer que las enviaban desde Tegucigalpa, capital de Honduras.

El escándalo estaba servido. Los padres, que no habían dudado en dejar a sus hijos en manos de los monitores de Edelweiss, quizá para quitarse un peso de encima los fines de semana, ahora se revolvían contra los corruptores de sus tiernos infantes. Ni las ideas paramilitares, ni los machetes con inscripciones belicosas ni los uniformes rosa tenían importancia cuando se trataba de conservarlos muy viriles.

Los reclutamientos eran muy selectivos. Pablo, de doce años, fue captado en el parque de Roma, como otros lo fueron en El Retiro o en la puerta de la escuela. Allí jugaban y hablaban de ovnis y de galaxias. Luego, ya en su casa, Pablo le dijo a su madre que quería entrar en un grupo de montañismo. La visitaban los monitores y la convencían con palabras tranquilizadoras. Edelweiss extendía así sus tentáculos entre la clase burguesa, buscando madres solteras o separadas y arrancando al niño de la influencia familiar. Un guardia de hierro llamado Juanma, de diecisiete años, realizó un minucioso informe sobre Pablo en octubre de 1984, como el que encontró la madre de Héctor. Todos los monitores investigaban la vida de los chicos. La Policía descubrió en Cercedilla, pueblo de la montaña madrileña, un voluminoso archivo con fichas en las que se detallaba el historial de los padres, sus profesiones, ingresos económicos... Es lo que en Edelweiss se conocía como «la tela de araña»: los pasos que daban para introducir a los chicos en la organización. Después, durante la noche, junto a las hogueras, llegaba el juramento de la Guardia de Hierro de Delhais.

En las acampadas, el nuevo guardia era marcado con un alambre al rojo vivo. Se le tatuaba el símbolo de Edelweiss con tal discreción que solo levantando el brazo era posible descubrirlo. Eddie había visto esa marca en un libro barato sobre ovnis que se había comprado en la Cuesta de Moyano.

Durante el ritual, el adolescente debía demostrar su resistencia ante el dolor sin ni siguiera pestañear, y recitar en voz alta y con solemnidad:

> Yo..., juro por mi honor luchar y pertenecer a la Guardia de Hierro de Delhais hasta mi muerte, defendiendo tres conceptos fundamentales y universales: amor, justicia, libertad, aplicándomelos a mí mismo, caminando por el camino de la verdad de Delhais, y defendiendo el concepto de la verdad de Alain hasta conseguir su y nuestro propósito. Este juramento como guardia se me marcó como un signo debajo del brazo izquierdo, el cual lo llevo ahí, no para esconderlo sino para llevarlo en mi corazón. Fueron mis camaradas quienes me ayudaron a salir de esta injusta civilización y quienes me formaron como un hombre leal, justo y sincero. Ahora yo estoy aquí para luchar por una causa y al servicio de los demás, pero por encima de todo venceré la batalla. Yo juro junto a mis compañeros de la Guardia de Hierro de Delhais, entre los cuales algunos nos han traicionado, luchar hasta el fin. Y si he jurado por una causa, no me echo atrás ni traicionaré esto en ningún momento.

A los pequeños, hasta que llegaban al grado de guardia de hierro, les lavaban el cerebro con el planeta Delhais, el príncipe Alain y los encuentros en la tercera fase. En cuanto pasaban a un nivel superior les hablaban de prepararse para la guerrilla centroamericana.

El inexistente planeta Delhais, en combate con el ficticio planeta Nazar, el extraterrestre *Alain* González Arenas y el nazismo mezclado con la ciencia ficción ocultaban la red. Eddie era el que iniciaba a los guardias de hierro en la homosexualidad, antes de que tuvieran relaciones con los monitores y los guardias más aventajados. Tanto en el planeta Delhais como en la guerrilla no había mujeres, y debían acostumbrarse a tener relaciones sexuales con hombres.

En el verano de 1983, el grupo de montañismo organizó un viaje a Canarias, con pasaportes para acercarse a Marruecos «de compras». Las denuncias de los padres, que se presentaron como acusación particular en los tribunales, eran escalofriantes. Un adolescente de quince años fue sodomizado —según estos testimonios— dieciséis veces en Canarias y Marruecos. El objetivo de la excursión, como anteriormente había ocurrido en otro viaje a Vigo, no era otro que la supuesta prostitución de los niños.

En su desfachatez, Eduardo González Arenas ocultaba su categoría de reincidente. En tres ocasiones anteriores ya había sido detenido acusado de corrupción de menores y creación de grupúsculos pseudonazis. Las primeras acusaciones datan de 1976, cuando fundó sus Boinas Verdes Edelweiss. Fue encarcelado en mayo de ese año acusado de corromper a dos niños boinas verdes. A los seis meses fue puesto en libertad por falta de pruebas. Para olvidarse de todo el asunto se marchó a Alicante, donde fundó la Legión Juvenil de Montaña del País Valenciano, un grupo paramilitar a imagen y semejanza de la Legión Española. Allí, en 1977, volvió a ser denunciado por un «legionario». El 26 de marzo de 1982 fue condenado a una pena de seis años y seis meses por corrupción de menores. Tras beneficiarse de dos indultos, salió en libertad el primero de julio de aquel mismo año y volvió a las andadas.

Su organización Edelweiss era un auténtico fantasma legal: no estaba legalizada como asociación, carecía de sede y jamás iban a albergues fijos donde acampar.

El punto de reunión era la estación de tren de Nuevos Ministerios, en Madrid. Después se desplazaban en ferrocarril al lugar elegido. A los niños jamás les decían adónde iban y a los familiares les mentían hablándoles de Cercedilla, El Escorial o Zarzalejos. El montaje era tan perfecto que resultaba prácticamente imposible cazarlos in fraganti.

Pontevedra, 21 de enero de 1985

Tiene diecinueve años y pasa los días escondida en un pueblo gallego esperando que la detengan en cualquier momento. Su nombre: Esther Ocaña, la única mujer aceptada en la Guardia de Hierro de Edelweiss; además, es la madre de la pequeña Alexia, de nueve meses, cuyo padre no es otro que el máximo dirigente de Edelweiss, Eddie, que ya estaba detenido en Lisboa y pendiente de extradición cuando me entrevisté con esta chica.

Una vez más, Edelweiss estaba preparado.

—Sabíamos que iba a estallar la bomba.

Como en la anterior detención de Eddie en 1982, el grupo seguía funcionando, reorganizándose, esperando que su máximo dirigente volviera a salir de la cárcel.

—Si conocieras a Eddie —me dice Esther, sentados en la cafetería de un hotel pontevedrés—, estarías de su parte.

A los catorce años esta muchacha conoció a González Arenas y se sintió totalmente cautivada por su personalidad. Desde entonces pertenecía a la élite dirigente de Edelweiss. En su brazo distinguí la marca, semiborrada por el paso del tiempo, grabada en el ritual con el juramento de «obediencia ciega al mando».

Desde 1979, Esther dedicó su vida, su dinero y su pequeño patrimonio a Edelweiss. Sus palabras son un testimonio único.

—Yo misma, en el pasado, he amenazado a los guardias que nos abandonaban o delataban. Eddie nos había enseñado a guardar secretos y no comprendo ahora su mecánica mental.

A pesar de saberse utilizada y traicionada, Esther seguía fiel a los principios de la organización:

—Los guardias de hierro teníamos que estar al margen de los demás. Éramos números que obedecíamos órdenes, aunque no las comprendiéramos. La obediencia ciega. Eddie ha hecho mucho daño, ha realizado cosas que los guardias de hierro no entendemos. Por un fin positivo para hacernos más libres ha usado técnicas macabras y herramientas negativas.

Con miedo a sentirse vacía, Esther exclamó:

—¡Pero no éramos dañinos! Nuestro fin es positivo. Somos gente muy seleccionada y estamos dispuestos a todo. El aprendizaje ha sido muy duro. Los guardias de hierro fuimos capaces de hacer por los niños lo que nadie hacía, como ayudarles y darles clase para que aprobaran sus exámenes. Todos hablan de lo negativo, pero nadie habla de las cosas positivas. Yo he visto a niños con el porro en la mano que, al entrar en Edelweiss, han dejado de fumar. Hemos auxiliado a muchas familias necesitadas; nos hemos quedado sin comer para que otros coman.

A los chicos reclutados por Edelweiss se les hablaba de los inexistentes planetas Nagar y Delhais:

—Pero cuando estaban preparados y tenían una formación distinta, les decíamos que todo era mentira. Yo no creo en lo de Delhais y Nazar, pero diciendo eso no hacemos daño, porque el niño cuando crece lo comprende. Es un aliciente, ya que sin darse cuenta ha luchado por algo; y el chaval estudia y progresa. Tenemos la conciencia tranquila de que no somos nazis, ni drogadictos, ni sectas raras.

La muchacha definía a Edelweiss de una manera muy distinta:

—Los guardias de hierro éramos mitad monjes, mitad guerreros. Por eso, durante el pasado verano, nos recluimos en el monasterio de Sobrado de los Monjes, en A Coruña. Durante una semana trabajábamos para los curas. Nos levantábamos a las cinco de la mañana e íbamos a misa. Nos sentíamos cavernícolas y utilizábamos el tiempo para pensar. Era la soledad del guardia, porque un guardia de hierro siempre está solo. El otro nivel, la historia del planeta Delhais y el extraterrestre, es una ilusión. Cuando entran en Edelweiss se prepara a los niños para la mentalidad de mitad monje y mitad guerrero. Así creamos un estímulo y los chicos dejan el porro y las máquinas.

Esta imagen idílica de amor, justicia y libertad se oscurece con los hechos. Los guardias de hierro se prostituyeron para obtener fondos y entraron incluso en los circuitos de la prostitución homosexual europea. En sus frecuentes viajes, Eduardo González Arenas había facilitado a los guardias la dirección del holandés Johnny Van der Land, domiciliado en la calle Lijnbaansgracht, número 310, de Ámsterdam. En caso de apuros, si no tenían dinero, este hombre les proporcionaría el modo de conseguirlo. La red llegaba a países latinoamericanos.

Sin embargo, Esther matiza estas acusaciones de prostitución:

—Es verdad que muchos guardias de hierro se han prostituido. Tres guardias lo hicieron este verano en Cannes y lo que sacaban se lo enviaban a Eddie a Canarias para mantener al grupo. Pero eso no es prostitución. Ellos, como todos los miembros de Edelweiss, utilizaban su cuerpo porque era un objeto más y no le daban demasiada importancia. La vida de los niños de Edelweiss era normal.

A esta fuente de ingresos el príncipe Alain no aportaba nada:

—Vivíamos de las cosas que vendíamos —explicó Esther—, empeños, herencias... Cuando murió mi madre, yo heredé un millón doscientas mil pesetas, de las que solo he olido doscientas mil. El resto fue para Edelweiss. A mí me extrañó mucho que, después de recibir el dinero, Eddie, Carlos e Ignacio de Miguel se fueran al bingo a gastárselo, y no era la primera vez que lo hacían.

El control de los «monitores» sobre la vida de Esther ha sido total. Nada escapaba de sus manos, y la muchacha piensa que ha vivido demasiado deprisa. Estaba con Eddie cuando se sucedieron las primeras detenciones. Entonces decidió apartarse de la organización y por primera vez pensar en ella y en el destino de su hija Alexia.

—No sé si soy víctima o verdugo —afirmó con evidente tristeza.

En junio de 1983, al poco tiempo de que Eddie saliera de la cárcel, Esther se quedó embarazada y Eddie le dijo en son de burla: «Si es niña la tiramos por el balcón». El fruto del parto tendría que ser niño, pues de lo contrario, según el príncipe Alain, no podría viajar con ellos. Eduardo era el padre. En los próximos siete años los guardias de hierro no podrían cuidar de una niña «por la misión que les estaba encomendada». Esther se dejó convencer de que su hija debía ser adoptada por una familia que la atendiera convenientemente. Carlos de los Ríos lo arregló todo y el 24 de agosto la pequeña fue entregada a un piloto de aviación en Las Palmas de Gran Canaria.

—¿Por qué he sido tan cobarde? —se preguntó con amargura—. Si lo hubiera dejado todo cuando tuve a mi hija, ahora sería feliz, pero Eddie me repetía que fuera de Edelweiss no hay nada.

Lisboa, 17 de abril de 1985

Carta inédita remitida al juez del caso
Juzgado Central número 5.
Sumario 6/85 (Edelweiss)
Audiencia Nacional. Madrid
Ilmo. Señor Juez,

La profesión por usted elegida, y la postura ideológica mía nos han enfrentado en plena sociedad española de finales de siglo. [...] Todo lo que les preocupa a jueces, policías y tutores es con quién se han acostado o hecho el amor [los niños de Edelweiss] y en cómo lo han hecho. ¡Qué pobre justicia, que valora como negativo el libre ejercicio de la afectividad y el cariño hacia los semejantes, sean de la edad o sexo que fueren, y no tiene en cuenta la proyección humana de los protagonistas!

Por esa miope concepción de la moral sexual suceden el 90% de los traumas, de las actitudes violentas o retorcidas, de las inhibiciones psíquicas de los humanos. Todo ser inteligente, desde los 12 o 11 años, siente el impulso de la relación sexual como bellísima experiencia humana. Esto ya lo comprendieron griegos y romanos, padres de la cultura universal, hace dos mil años. Y se olvida que grandes hombres como César, Séneca, Platón, Dante, Leonardo da Vinci, Unamuno, Óscar Wilde, Quintero y muchos más, practicaban su libertad sexual sin importarles un pimiento la opinión de sus coetáneos.

Con ello quiero dejar muy claro que no hay marginados, traumatizados o psicópatas en este terreno, la única culpable es la sociedad y sus leyes. Creo que no es importante «cómo» o «con quién» se hace el amor, ni tan siquiera «cuándo», sino si es fruto de un cariño sincero y creativo, libremente aceptado y propuesto. Lo haga quien lo haga. El sexo solo es un problema cuando se reprime o se violenta. Es absurdo negar la evidencia de la libre atracción sexual desde la noche de los tiempos, por mucho que se intente manipularla.

Los niños, a partir de cierta edad, no son ya «objetos» a los que moldear actitudes a la puñetera fuerza, sino ciudadanos libres con todo el derecho a ejercer su afectividad como les dé la gana, siempre que reciban una información TOTAL y SINCERA sobre la sexualidad como comunicación humana, sin limitarla en ningún sentido. Hay que desdramatizar el sexo, descargarlo de todos los injustos tabúes que lo rodean y entonces, quizá, acaben las violaciones, los crímenes pasionales y la prostitución. Y nuestra historia, que hoy suena a escándalo, mañana será una brillante realidad social.

Ni yo ni ninguno de los camaradas que se encuentran procesados hemos tenido relaciones extravagantes de ningún tipo con nuestros pequeños compañeros, y que jamás ningún niño de Edelweiss ha sido inducido, forzado o violentado en el terreno sexual. Y si alguien ha tenido alguna experiencia, tengo la absoluta certeza de que ha sido libre y consciente por ambas partes, y fruto del cariño y la amistad, y no de la repulsiva vertiente que quieren presentar los cancerberos de la libertad de Edelweiss. Así, puedo asegurarle que las declaraciones sacadas a los chicos han sido forzadas y dirigidas por determinados padres, que conocían el criterio de Edelweiss en materia sexual y por ello resultan disparatadas.

Resulta cómico, si no fuera por el aspecto trágico de la realidad, que se despenalice el adulterio o la homosexualidad, y se castiguen las relaciones sexuales libremente aceptadas entre jóvenes y adultos. Si dos hombres o dos mujeres pueden a partir de los dieciocho años amarse libremente, ¿dónde está el delito al informar sobre ese tipo de afectividad a los menores de esa edad?

Si no se considera un delito el hecho sexual consentido, ¿por qué se castiga ese mismo hecho en la infancia o la juventud adolescente, cuando el niño o el joven lo practican por propia iniciativa y de común acuerdo? ¿Qué derecho tienen los adultos sobre los sentimientos o comunicación física de los más jóvenes?... Solo se escandalizan con el tema sexual de los muchachos, que *jamás* fue un trauma para ellos hasta que la prensa, los tutores, la Policía y los abogados «acusadores» lo crearon.

Por todo ello, le sugiero que, como adulto, juez, padre de familia (imagino) y antiguo niño y joven, examine estos puntos con absoluta sinceridad, olvidando lo que dice la ley que puede ser injusta y reformable...

Que el Profundo le ilumine y guíe su entendimiento y su pluma. Quizá sea el eslabón buscado en la cadena del Amor que lleva a la libertad. No me importa lo que pretenda hacerme a mí. Pero ponga en libertad a esos chicos y acabe con la pesadilla de nuestros niños, en manos de padres, tutores y abogados irresponsables y egoístas. Si es valiente para así hacerlo, gracias en nombre de todos los niños y los jóvenes. En cuanto a mi persona, yo soy igual de libre tras unos barrotes que en mitad del bosque. Tan libre como cuando, de niño, con 13 años, me juré defender la libertad y la comprensión de los niños y jóvenes, para toda mi vida. Y ya son miles los camaradas, en diversos puntos de la tierra, que luchan por este nuevo amanecer.

Reciba mi más distinguida consideración.

Eduardo González Arenas (GHD)

Madrid, 12 de abril de 1985

Hechos descritos por el auto de procesamiento

RESULTANDO:

—Que el año 1978, Eduardo González Arenas funda y pone en marcha una organización llamada «Edelweiss», destinada especialmente a la captación de niños y jóvenes para la práctica de actividades de montaña, complementadas con otras de tipo cultural; si bien bajo dicha apariencia, y unida a las mencionadas actividades, la asociación tenía otra finalidad más: la de fomentar relaciones homosexuales entre los mandos y monitores del grupo y los afiliados al mismo, así como entre monitores y afiliados. Para dar a esta actividad deshonesta una apariencia aceptable a los todavía no iniciados, se les daba charlas, impartidas por los monitores, a niños cuyas edades oscilaban entre los doce años, incluso menos, y los dieciséis años, en las cuales se decía que en los planetas Delhais y Nazar, situados en puntos lejanos de la Galaxia, se practicaba todo tipo de relaciones sexuales, especialmente las de carácter homosexual, y estas eran necesarias para poder ser elegidos para vivir en dichos planetas cuando se produjera el holocausto nuclear en una guerra mundial.

Por otra parte, en el grupo se toman en cuenta las citadas relaciones como mérito especial para ascensos y títulos honoríficos como el de «Guardia de Hierro». Todo ello era seguido de efectivas relaciones sexuales, especialmente por parte de los monitores o jefes con los mismos que se integraban en el grupo. [...] La actividad del grupo, que se desarrollaba en secreto y con consignas de silencio, implicaba, en la mayor parte de los casos, la relación sexual entre un monitor y varios niños o uno solo, surgiendo uniones más o menos estables entre ellos, en cuyo caso se denominaba al niño AP, o sea, «amistad particular» de su monitor.

—Que Eduardo González Arenas fue en todo caso el jefe y promotor de toda la actividad de Edelweiss, y prácticamente mantuvo relación de tipo sexual, ya sea masturbación, tocamientos o introducción del órgano en el ano, con prácticamente todos los monitores e infinidad de niños, algunos de ellos con edad inferior a los doce años.

—Que Carlos de los Ríos e Ignacio de Miguel eran personas de especial confianza de González Arenas, que habían ingresado en esta organización cuando tenían entre doce y quince años, y su actividad consistía, entre otras, en dar charlas sobre los planetas citados y exaltar las ventajas de las relaciones homosexuales. Ambos mantuvieron relaciones con niños del grupo en múltiples ocasiones, masturbándolos e introduciéndole el pene en el ano, hechos que se produjeron hasta mediados de 1984, en acampadas realizadas en Cercedilla y El Escorial, lugar en el que disponía además de un apartamento.

—Que Eduardo Gómez, José Garrido, Juan Iriarte, Rafael Javier Bueno, Antonio Gutiérrez, Javier Marcos, Millán Arroyo y Javier Muñoz-Bustillo estaban igualmente integrados en la organización Edelweiss en 1984; dieron charlas a los niños en las cuales presentaban las relaciones homosexuales como buenas y recomendables y las mantuvieron en diversas ocasiones con los niños, practicando en algunas de ellas el denominado «coito anal», y en otras, masturbándolos y haciéndoles objeto de tocamientos deshonestos.

—Que José Luis Merino, en una ocasión, masturbó a Rafael Javier Bueno, en el verano de 1984, en presencia de algunos niños del grupo...

El magistrado Francisco José Castro Meije procesó a Eddie y a sus monitores por los delitos de asociación ilícita, estupro y abusos deshonestos.

El Partido de los Niños

En el Centro Penitenciario de Badajoz, mientras aguardaba su traslado a la cárcel de Carabanchel, el lugarteniente de Eddie, Carlos de los Ríos, me recibió durante una tarde de abril. En el locutorio, los barrotes eran de color naranja y el muchacho se había puesto un traje para causarme buena impresión.

—Edelweiss —dijo con voz grave— es una corriente revolucionaria. Nos vamos a legalizar como asociación política: «El Partido de los Niños». Estos son nuestros Estatutos y nuestro programa de actuación.

Después, leyó solemnemente el Título XXI:

—«Se reconocerá el libre ejercicio de la sexualidad a partir de los trece años. Se reconocerá como unidad familiar a la pareja de individuos que convivan en régimen similar al matrimonio, independientemente de la naturaleza de sus sexos».

En una carta manuscrita fechada en Lisboa el 21 de abril de 1985, el propio Eduardo González Arenas me transmitió este delirante mensaje:

> Señor Mariano Sánchez,
>
> Edelweiss, como organización revolucionaria de la juventud, creada en España en 1972, abarca catorce países en los cinco continentes, con cerca de un millón de niños y jóvenes en activo, y miles de adultos que estuvieron en sus filas cuando niños y que hoy ocupan un amplio abanico de profesiones, desde las meramente técnicas, a las políticas, jurídicas e incluso militares.
>
> Por funcionar con una estructura autónoma e independiente en cada grupo, y trabajar en el más absoluto anonimato, no solo es imposible desmontar (gracias a Dios, para el futuro de los Hombres), sino que los ataques aislados y

furibundos de cualquier ignorante malintencionado, no solo no la afectan en absoluto, sino que mueven a todos los Edelweiss a cerrar filas con mayor fe en el mañana y en el trabajo de cada día. [...] De cualquier forma, los diputados del Congreso que pertenecen a Edelweiss, además de a sus formaciones políticas respectivas, ya van haciendo llegar nuestra voz al Parlamento, a través de propuestas tendentes a acabar con la corrupción y la mentira como herramientas, que tan asiduamente impregnan la Sociedad. [...]

Toda esa historia, Mariano, de homosexualidad dirigida y prostituciones, constituye la más indignante de las calumnias que sobre unos jóvenes se haya podido verter. Como lo de la «venta» de mi hija Alexia. No puedo creer que Esther hiciera esta afirmación. [...] Usted fue miserablemente engañado. Esther es una buena chica, con algún afán de protagonismo, que la llevó a declarar cosas ante las que no dábamos crédito. Por descontado, que está perdonada de antemano.

Los dirigentes de Edelweiss fueron juzgados y condenados a puerta cerrada. Resulta fácil adivinar el porqué.

Post scriptum

ESCRIBIRÍA DESDE EL INFIERNO

La escritura es para mí una actividad total en la que cabe el periodismo, el ensayo, la narrativa, la poesía... Son distintas parcelas de una única posición ante el mundo. Soy un cronista, un narrador, un periodista de sucesos y tribunales: uso la palabra escrita como herramienta absoluta para buscar la verdad. Cuestión aclarada.

Durante mi adolescencia decidí dedicarme al periodismo. Pasaba muchos días en los talleres del periódico de mi pueblo, entre linotipistas en camiseta de tirantes e impresores encajando titulares en los moldes. Todo olía a tinta y a gasolina, a resmas de papel, a sudor humano. Mi padre y mi tío fueron impresores y yo jugué de pequeño con los tipos de plomo. Casi aprendí a leer allí. Descubrí que los periodistas no se manchaban con tinta como ellos y que, además, les pagaban por escribir. Por eso, cuando decidí dedicarme a la literatura, la vi como un trabajo. Entendí mi actividad literaria como una profesión. Desde entonces, vivo escribiendo porque es la única manera que conozco de seguir vivo en este mundo tan brutal.

Tengo la suerte de haber llegado a ser lo que me propuse en mi adolescencia. Me siento afortunado. He sido periodista en activo durante más de treinta años. He trabajado en redacciones y he escrito en medios relevantes: *Tiempo*, *Interviú*, *El Periódico de Catalunya*... Mis artículos y reportajes de fondo se han publicado en *Le Monde Diplomatique*, *Temas para el Debate*, *Contexto*, *elDiario.es*, *Diario 16*, *Público*, *El Temps*... Cuando cambié el periódico por la universidad (como profesor de documentación informativa y de guion cinematográfico) seguía siendo en esencia un periodista, porque para mí era y es una manera extraordinaria de conocer la realidad, de relacionarme con ella y estar en el mundo.

Los periodistas de prensa escrita somos narradores de un tiempo en ebullición. Algunos saltamos a la ficción porque comprendemos que ningún tema está escrito. La creación ha sido siempre para mí como un péndulo. Cuando la investigación periodística no llega hasta sus últimas consecuencias, en vez de conformarme y pasar a otra cosa, utilizo esos materiales para crear ficciones en las que construyo la historia que podría haber escrito si hubiera conseguido los datos precisos y demostrar los hechos indagados. Así han nacido mis novelas, inspiradas y documentadas a partir de mis investigaciones periodísticas: *Para matar* (1996, «caso Yolanda González»), *Nuestra propia sangre* (2009, «caso Dulce Neus») o *El asesinato de los marqueses de Urbina* (2013, «caso Urquijo»)... Lo que descubro como periodista se convierte casi siempre en un material excepcional para narraciones en cuyas páginas la reconstrucción de la realidad resulta inevitable. Así queda patente también en *Carne fresca* (1987), *Festín de tiburones* (1990), *Lejos de Orán* (2003) y *La brújula de Ceilán* (2007). Donde el periodismo no consigue llegar, la literatura de ficción puede convertirse en la verdadera narradora de lo que significa la condición humana en una sociedad como la nuestra.

Mis reportajes, novelas y ensayos contienen a menudo dos temas: la violencia en todas sus expresiones y los abusos del poder. También esto me ocurre en el terreno de la investigación histórica. A mis libros sobre la extrema derecha, *Los hijos del 20-N* (1993), *Descenso a los fascismos* (1998) y *La larga marcha ultra* (2022), se suman otras obras que, sin proponérmelo a priori, ofrecen una visión global sobre el poder del dinero en España y sobre la manera en que este poder actúa sobre nuestras vidas: *Ricos por la patria* (2001), *Las sotanas del PP* (2002), *Negocios privados con dinero público* (2003), *La transición sangrienta* (2010), *La familia Franco, S.A.* (2019), *Los ricos de Franco* (2020)...

Como en obras anteriores, para escribir *Una hojarasca de cadáveres* he recurrido a los «hechos probados» recogidos en sentencias y documentos oficiales, contextualizados y explicados mediante fuentes primarias y testimoniales. Son materiales imprescindibles en mi conocimiento de los casos que fueron «cubiertos» por mí, en su día, desde el buen periodismo intencional. Este libro que acabas de leer pretende que la gente se acerque a la verdad de la manera más clara posible. Siempre he sido un autor a la caza de una historia que contar y, como periodista, me he movido en terrenos donde imperaba el crimen y la política. Eso curte.

Escribo, pues, libros realistas, documentados, basados en personas y en sucesos reales. Interpreto los hechos, trato de reflexionar a través de la acción, y lo hago con narraciones cuyas peripecias nos conducen al retrato social y humano. Es mi opción. Mis ficciones y mis no-ficciones forman un todo, se complementan. Yo escribo las historias que me interesan y hablo de los asuntos que me importan. Son, para mí, libros necesarios que están trabajados a conciencia. Actúo sobre la realidad que percibo e introduzco todos sus elementos para que salga convertida en la mejor literatura de la que soy capaz.

La escritura es una actividad solitaria; simplemente se trata de transmitir los asuntos que verdaderamente nos importan. Estoy a favor de un mundo más razonable y más justo. El asesinato en 1980 de la estudiante Yolanda González me golpeó de forma decisiva. Yo tenía entonces veintiséis años y desde el primer momento sabía que debía escribir sobre aquello. Los sumarios más controvertidos de las últimas décadas han sido utilizados para construir *Una hojarasca de cadáveres*, pero mi experiencia directa es la herramienta fundamental de este descenso a los abismos. Siempre supe que sería capaz de escribir desde el mismísimo Infierno.

FUENTES DOCUMENTALES

Los crímenes que relata este libro han sido reconstruidos siguiendo las investigaciones policiales y judiciales. Además de la presencia directa, los viajes a los lugares del crimen y las entrevistas a testigos y a procesados, el autor ha utilizado los siguientes documentos:

I. Caso Yolanda González. Sumario número 34/1980, del juzgado central número 1 de la Audiencia Nacional. Hechos probados de la sentencia número 79/82, dictada por la Sección Primera de la Sala de lo Penal de la Audiencia Nacional, en Madrid, el 29 de mayo de 1982. Ratificada posteriormente por el Tribunal Supremo.

II. Caso Urquijo. Sumarios números 133/81 especial y 101/83 especial, del juzgado de instrucción número 14 de Madrid. Hechos probados de la sentencia número 215/83, dictada por la Audiencia Provincial de Madrid, el 7 de julio de 1983.

III. Caso Dulce Neus. Sumario número 5/81, del juzgado de instrucción de Fraga (Huesca). Diligencia de inspección ocular y levantamiento del cadáver, realizada el 29 de junio de 1981, con fotos y planos. Exhumación y autopsia. Acta del juicio oral en Huesca, el 26 de mayo de 1982 (manuscrita).

IV. Caso Cortina. Sumario 71/83 del juzgado de instrucción número 4 de la Audiencia Provincial de Madrid. Auto de procesamiento, del 23 de marzo de 1984.

V. Caso Nani. Sumario número 18/85, del juzgado de instrucción número 11 de Madrid. Hechos probados por la sentencia número 190/88, dictada por la Sección Cuarta de la Audiencia Provincial de Madrid, el 3 de septiembre de 1988.

VI. Caso María Teresa Mestre. Hechos probados de la sentencia dictada por la Audiencia Provincial de Tarragona, hecha pública el 6 de julio de 1985. Documentos de la autopsia.

VII. Caso Torreblanca. Comunicados de la Jefatura Provincial de Policía de Sevilla. Investigaciones realizadas por su cuenta por el detective-escritor Juan Carlos Arias Ranedo, quien se las facilitó al autor.

VIII. Caso Vaccarizi. Grabaciones telefónicas realizadas por el Grupo de Represión del Bandidaje de la Policía de Lyon. Cartas autógrafas de Julio Balader.

IX. Caso López Moscoso. Cartas enviadas por José Ramón López Moscoso al Defensor del Pueblo, al director general de Instituciones Penitenciarias, al Tribunal Constitucional y al Juez de Vigilancia Penitenciaria de Bilbao. Cartas de los reclusos Ricardo Moreno Roch y José López Olea.

X. Caso Lucrecia Pérez. Sumario número 7/92, del juzgado de instrucción número 15 de Madrid. Hechos probados en la sentencia (sin numerar) de la Sección Sexta de la Audiencia Provincial de Madrid, dictada el 4 de julio de 1994.

XI. Caso Baltasar Egea. Diligencias previas instruidas por el juzgado de instrucción número 1 de Alcobendas (Madrid) y por el juzgado central número 3, de Delitos Monetarios, de la Audiencia Nacional. Cartas enviadas por Egea al juez.

XII. Caso Edelweiss. Sumario número 6/85, del juzgado central de instrucción número 5 de la Audiencia Nacional. Recursos de apelación, autos de la Sección Segunda de la Audiencia Nacional y conclusiones del Fiscal. Correspondencia del autor con Eduardo González Arenas mientras estaba preso en Portugal.